我终究选择了你

选择了你

中原三爷 著

中国华侨出版社

图书在版编目（CIP）数据

我终究选择了你 / 中原三爷著. —北京：中国华侨
出版社，2015.8

ISBN 978-7-5113-5617-8

Ⅰ.①我…　Ⅱ.①中…　Ⅲ.①言情小说—中国—当代
Ⅳ.①I247.5

中国版本图书馆CIP数据核字（2015）第191484号

我终究选择了你

著　　者 / 中原三爷

策划编辑 / 周耿茜

责任编辑 / 文　喆

责任校对 / 孙　丽

封面设计 / 一个人·设计

经　　销 / 新华书店

开　　本 / 880 毫米×1230 毫米　1／32　印张 /9.5　字数 /224 千字

印　　刷 / 北京中印联印务有限公司

版　　次 / 2015 年 11 月第 1 版　2015 年 11 月第 1 次印刷

书　　号 / ISBN 978-7-5113-5617-8

定　　价 / 32.00 元

中国华侨出版社　北京市朝阳区静安里 26 号通成达大厦 3 层　邮编：100028

法律顾问：陈鹰律师事务所

编辑部：（010）64443056　64443979

发行部：（010）64443051　传真：（010）64439708

网　址：www.oveaschin.com

E-mail：oveaschin@sina.com

目录
Contents

第一章
爱情拂过

　　牡丹市总是对外宣称自己是花园一样的城市，但城建部在这座城市的大街小巷里却连根草也不栽种。这使得很多慕名而来的游客在来到牡丹市后都大呼上当，可能在来之前，牡丹市在他们心目中被幻想成了这个样子：

　　金色的阳光倾洒在长满三叶草的弧形土丘上，白色篱笆墙上攀爬着四季常春藤，鲜绿色的藤蔓盛开着五颜六色的花朵。五彩斑斓的蝴蝶围绕着各色鲜花翩翩飞舞。清澈的小河潺潺流过，红色的、金色的小鱼在透明的溪水里欢快地嬉戏……

　　只可惜绿色的童话再一次被灰白的现实所遮盖。

　　游客们万万没有想到，牡丹市却是交通拥挤、黄沙弥漫、烟气熏天……喜欢抽烟的烟民都不用掏钱买烟，直接张大了嘴巴在路边猛力吸一口，烟瘾便会毫不夸张地立马消散。

游客们乘兴而来败兴而归，心中的不爽也很大一部分嫁接到了常年居住在牡丹市的普通市民们的头上。

尹尚就是一位经常昧着良心为这座城市开脱罪名的一位普普通通的市井小民。不过尹尚内心深处也是明白得很，在牡丹市居住久了迟早会患上某些连名字都不曾听说过的致命绝症！

私下里尹尚总是庆幸他常年住在乡下，可以避免堵塞的交通，可以不用呼吸各种味道的空气。相对于那座污浊不堪的城市，乡村简直成了人间天堂，至少肺是得到了解放。

不过在尹尚暗自庆幸乡下空气清新怡人滋心润肺的时候，另一个振奋人心的消息差点没把正在喝水的尹尚呛死在杯下。他每天津津乐道的这片乡村土地也已经受到了严重污染，尤其是他正在享用的地下水源。

身高 1.77 米，相貌略显清秀帅气，外加几分幽默，偶有一点小闷骚，缺少同龄人的成熟和男人应有的担当。这是认识尹尚的人对于他简单粗略的评价。尹尚今年 24 岁，是一位爱情、事业、长相，甚至可以说除了健康的身体没有一点是符合他妈妈理想中标准儿子的各项指标的。

用尹尚妈妈的话说就是："尚啊，当初我把你生得那么漂亮，这没几年工夫，你咋给我长成了这副熊样？"尹尚就这样在他妈妈各种言语打压下依靠自己顽强的生命力愣是存活了下来！一向以生命力顽强而著称的"小强"在尹尚面前恐怕都有些卑躬屈膝、自叹不如了。

尹尚的事业像极了三国时期赤壁之战中的曹操曹丞相。战争来临之前他信心满腹，积粮练兵，造船布阵，好像一切尽在股掌。无奈道高一尺魔高一丈，被敌人一场大火烧得弹尽粮绝，丢盔弃甲，落荒而逃。差点连老婆本都赔了进去。

尹尚的爱情则如同牡丹市经久不变的街道环境，对外总宣称自家庭院美得仿如原始森林，羡煞得别人哈喇子流一尺多长！本市市民却被伤得七荤八素，其实这么说有点过于残酷。可以说尹尚好比是灰太狼抓喜羊羊的爱情版，一直很努力地变着新鲜花样抓羊，但悲催的却是从未吃到过羊，更可怜的是背后还有红太狼似的神一样存在着的催婚妈妈。

尹妈妈总是千篇一律不厌其烦地说："尚儿，你瞧瞧咱邻居那谁谁，跟你一样大，人家孩子都会叫奶奶了。你瞧你，也老大不小了，什么时候带着你准媳妇让你妈我看看，也让街坊四邻瞧瞧，我这老婆子死也瞑目呀！"

在尹尚老家，20岁上下结婚生子那是天经地义的事儿！哪怕婚姻登记处根本不给你办理结婚手续！

如果你因为读书或者某种千奇百怪的理由耽搁了婚姻大事，那你恐怕就要背负大逆不道的重大罪名了。不孝有三，无后为大。村杯年度十佳不孝子孙您绝对能位列前三。

就像不论你从事何种职业，只要年薪够高就特有面子是一个道理！

如果在你二十三四岁之前还不结婚，那你这辈子在那些村大妈眼中就真的注定会打一辈子光棍了。

尹尚竖着早已生出老茧的耳朵，眼皮都未抬一下，慢悠悠地嘟囔："天将降大任于斯人也，必先苦其心志，劳其筋骨，饿其体肤，空乏其身，行拂乱其所为，所以动心忍性，增益其所不能。"

尹尚妈妈叹口气，很是忧伤地说："孩子，你娘我只是想让你找个媳妇，没让你征服天下称霸武林！"

尹尚妈妈每年最快乐的节日不是中秋也不是春节，因为在闲暇之余她们那些老姐妹儿凑在一起，总是唠叨一些诸如谁家儿媳妇给自己买什么新衣服啦……谁家孙子非常调皮都快管不住啦……这种幸福的抱怨总能为尹尚带来极大危险，因为尹妈妈在听到这些话时总是脑补一巴掌拍死尹尚的情景，以解她没有儿媳妇之耻！

当然在一年三百六十多天里还是有一天会让尹尚妈妈快乐的，这伟大的一天就是——母亲节。这天，尹尚妈妈会收到一些意想不到的礼物。

这不，今年母亲节随着气温的升高如期而至。

这天一大早吃过早饭，尹尚兴高采烈地蹦跶到尹妈妈面前，有点娘娘腔的甜声问道："敬爱的母亲大人，母亲节您老想要什么礼物呢？您至亲至爱的儿子就算上刀山下火海也会满足您老的愿望！"

尹妈妈白了一眼作怪的尹尚，恶狠狠地说："老娘我就想要一个儿媳妇！"

尹尚翻翻白眼表示这事还真不是他上一次刀山下一次火海就能办到的事儿！

尹尚哭丧着脸略带幽怨地看着他亲娘，惋惜以及可惜地叹息道："恕孩儿无能……"

转眼又至六一儿童节，尹尚看着朋友们在网上晒的各种奇葩幸福照，内心突然油生一阵悲凉。仰面看着被地面景观灯映照的微红看不到任何星光的夜空，忧心发出一声长吁短叹，哀声道："亲爱的孩子，今年儿童节你又过不上了，都是你爸爸太笨，还没有追上你妈妈，你要原谅爸爸，你再等等吧。"

上苍也许感应到了尹尚的真诚祷告，漆黑的天空隐约显露出了久违的淡淡星光，恍惚间一颗流星划破天际，似是向站在地面上欣赏它的人招手示意。

尹尚仿佛看到了希望，立刻学着偶像剧里女主角的模样双手合十天真地向流星许愿。不过尹尚忽然又觉得自己这举动太过娘娘腔，为了凸显自己男子汉的气概，尹尚大喝一声，粗犷的男中音立刻在空旷的田野久久回荡，换来几声狗吠。

国民的幸福指数与日俱增，尹尚的幸福指数却比尹父购买的股票跌得还要厉害。生活的压力让没心没肺的尹尚都觉得他的存在如同充满了氦气的气球，悬浮在半空中。上也上不去，落也落不下来，里面是空的，外面还是空的。除了一身臭皮囊，只剩下臭屁一股了。

尹尚发自内心地想逃离这种被指手画脚的生活。现在的尹尚与儿时的尹尚所追求的梦想没有一点交际。

那时尹尚希望自己长大后做一位身着帅气制服的人民警察，整暴治恶为民除害，像电影中的侠士一样独步天下。等长大梦想与现实碰撞数次后，最终现实击败了梦想。尹尚忽然觉得认识一位警察局局长是人生中一件无比重要的事情。

抓贼梦想破灭，尹尚并没有从此一蹶不振去做一位偷鸡摸狗的梁上君子。后来尹尚突然顿悟，立志要做一位身着白大褂的医生，救死扶伤。像李时珍那样四处求学拜师，终有一日定会学成出山名扬天下。等长大后连感冒都付不起医药费的尹尚又忽然明白，原来在一生中认识一位医院院长也是无比重要的事情。

尹尚对于现实社会中被一小撮不良用心的人炒作得风风火火的事情早已无暇呐喊。此刻，他第一次出现了内心的彷徨。

深入人心的事情，早已分不清现实与虚假，尹尚也只好随波逐流一起稀里糊涂。

被现实折磨得遍体鳞伤的尹尚内心未免有点太过憋屈。在家遭嫌，出门没钱，读书时假期的生活再一次被尹尚演绎得淋漓尽致。

尹尚在经过一番深思熟虑后最终还是决定要离家出走，去风筝市畅游逍遥自在一番！他此刻已经开始在心底幻想自己躺在柔软的大床上一觉睡到中午 12 点的美好生活了。

放荡不羁的青春，一定要有一次说走就走的旅行！

尹尚飞速在电话簿中翻阅了一下，找到一位身在风筝市的哥们儿，遂致电道："亲爱的，最近可好？"

听筒里立刻传来对方恶言恶语地咆哮："老子是有女朋友的人，你小子有话快说，有屁快放，没时间跟你谈情说爱！不仅浪费感情，而且浪费钱财。"

尹尚表面嬉笑心中暗骂一声，语气瞬间变得冰冷："大爷我最近无聊，能否去你那儿游玩几日，暂住一二，也好叙叙旧情。"

电话那头传来一阵鄙夷的哈哈大笑，30 秒后笑声突然戛然而止，像是被人从身后猛力掐住了脖子，吓得尹尚还以为对方因大笑过度而抽了过去。不料正当尹尚在思虑要不要替对方拨打 120 的时候手机那头又忽然传来一种未卜先知的语气："就知道你在家待腻了，来吧，包吃包住没工资。"

尹尚喜上眉梢，住房问题已解决。如果再有一位陪玩的，那就更好不过了。

尹尚买了一些小礼物，寻到尹妈妈，满脸献媚地说："母亲大人，给您老商量个事儿呗。"

尹尚妈妈挑挑眉毛，面带笑容，一副暴风雨前艳阳高照的神色。质问道："你准备偷户口本去登记吗？"

听到这话后尹尚立刻转换了面部表情模式，满脸哭丧地喝口水壮壮胆颤声继续说道："您老能不能不提'儿媳妇'这仨字？我只是想说，我要出去玩几天，散散心。还望您老批准……"

尹尚还未说完，尹妈妈立刻怒发冲冠，厉声呵斥："你小子找揍是不是！你一个月才挣几个钱还想出去逍遥自在！你咋不学学隔壁你王婶家的那小子！你看看人家一个月多少工资！你再看看你！你还好意思说出去散心！你活这么些年都没失恋过一次，你散哪门子心？你伤哪门子心了！都这么大了还没女朋友我都替你脸红！你还好意思说出去散心……"

尹尚眼皮一耷拉，摆出一副死猪不怕开水烫的样子，轻言轻语道："又不是我一个人去，有好几个女孩子人家都准备要去的。你如果阻止我，那我怎么向人家交代？再说了，您是那么一位仁慈而又富有爱心的伟大母亲，怎舍得看着人家那几位青春靓丽的小姑娘扫兴呢。对不对？"

第二章
回 梦 故 里

尹妈妈听到尹尚说有几位年轻女孩同去,她那严厉神情立马烟消云散,面部瞬间绽露太阳花似的笑容,很是和蔼可亲慈眉善目地询问道:"那几位闺女还是单身吗?有男朋友了吗?你有没有机会呀?尚儿,你出去玩钱够不够?不够你给妈说,妈给你钱。妈妈可告诉你了哦,和女孩子出去你可不能太小气了哈,吃饭什么的你要主动埋单,晓得吧?……"

看着自己妈妈态度180度大转弯,尹尚暗自哀叹,在心里颇有感触地叹息道:谁再说婆媳是天敌我跟他拼命!

不过数日,尹尚收拾好行囊便准备出发。此刻尹尚还不知道,他的命运将因这次旅行而发生翻天覆地的变化。

……

尹尚在家百般无聊地又待了几日，待一切准备妥善，他才起身准备前往风筝市。

　　拉着刚买来就断了拉手的行李箱，尹尚风尘仆仆地便奔赴火车站去了。看着人口密度如此大的候车厅，尹尚在心底不禁一阵唏嘘感叹，铁道集团一年营业额得多少亿啊！

　　穿过层层人群，尹尚早已被挤得口眼歪斜、衣衫褴褛。尹尚心道，如果从牡丹市到风筝市就这么一路挤下去，恐怕到了目的地自己也只剩下半条命了！

　　火车"哐当哐当"地奔驰在坚硬的铁轨上，尹尚拎着大行李箱子累得吭哧吭哧地把自己硬塞进了车厢，费了吃奶的力气才勉强找到自己的座位。尹尚艰难地放好行李，不料刚一落座，一股杀人于无形之中的臭气立刻扑面而来。看着旁边那死也打不开的窗户，尹尚无奈地用袖子掩了掩鼻子，嚼起了早已准备好的口香糖，缓解一下毒气密度过大的空气。还好现在火车上没人吸烟，不然在这么狭窄的地方待上五六个小时还真能要了他这条小命。尹尚迷糊地想着。

　　什么叫幸福？在拥挤到抹不开身子的车厢里自己还能有个座儿，这就是幸福！

　　牡丹市距离尹尚将要去的城市路程本来不远，如果全程高铁的话估计也就一个小时，可是外表笨重的大绿皮火车可就难说了。

　　时至中午，尹尚口渴难耐，不过在看到车厢中人挤人的走廊后，尹尚又很是知趣地打消了跑去车厢尽头喝水的念想。天无绝人之路，就在此时，尹尚隐约听到了一声久违的轻吼："香烟瓜子矿泉水，让一让脚挪一挪行李啊……"

叫卖声循环往复，声音分贝逐渐变大，售货员在人墙中硬是杀出了一条血路，朝着尹尚的方向走来。尹尚瞬间感觉这才是纵横杀场横穿敌人万马阵营的无敌大将军！

售货员来到近前，尹尚伸着干渴的舌头，几乎快要作呕。双眼期盼地扫视着售货员面前小推车上的各种饮料食品。

尹尚灵巧地伸出右手在空中虚晃了一下，变魔术似的在空中变出了一张蓝黑色大钞。尹尚拿着蓝黑色大钞在空中晃了晃，态度非常大爷地对售货员说道："来瓶饮料，黑色的那种。"

很显然，尹尚的这个动作并没有引起售货员的好奇和喜欢。

售货员不假思索冰声冰语道："7块！"

尹尚很明显地被售货员的报价震惊了一下，有点不敢相信自己的耳朵和售货员报出的价位，略有疑惑地伸长脖子寻问道："多少？7块！多大的瓶子卖这么贵？"

售货员表情僵硬地瞥了瞥尹尚，明显有些不耐烦，继续冰声冰语道："就是外面卖3块5的那种！"

尹尚嘴巴张成O形，相当难以置信，心道，您老做生意还真诚实！口渴难耐的尹尚双眼不停地在售货员面前的小推车上来回扫视，遂伸出右手食指，指了指另一个浅蓝色瓶子，语气非常无奈地说道："那您还是给我拿瓶无色无味的矿泉水吧。"

售货员显然已经磨光了脾气，恨声道："3块！"

……

像是经历了二万五千里长征似的，满车厢的人全部无精打采满脸狼狈，一副刚刚爬下雪山的样子。车速逐渐放缓，车厢顶上的播音器中终于传来了久违的标准国语的甜美声音:"各位旅客你们好,列车即将抵达风筝市火车站,需要下车的旅客请提前做好下车准备……"

尹尚拉着残缺的行李箱跟随缓慢的人流踉跄地走出车站,此刻的尹尚早已是饥肠辘辘、满身恶臭。尹尚恨不得立刻找家酒店猛吃海喝一顿然后再洗个热水澡顺便美美睡上一觉。

风筝市和牡丹市相比,火车站外少了许多混乱不堪的景象,更没有了各种大小车辆拉客的热闹场面,昔日卖水的大叔也早已不见了踪迹。如今有序不乱的场面令尹尚眼前一亮,顿觉焕然一新,对风筝市火车站留下不少好印象。至少再没有了每次刚出车站出口都会有很多位拉着他非要住店并且可以保证看电视上网外加特色服务一条龙的大妈阿姨了。

车站外的廖辰风已经等候多时,不耐烦的表情也早已深深刻入眉宇之间,他不停地瞄着手机上显示的精准时间,踮着脚尖昂起脖子东张西望地胡乱看着。

尹尚放下死沉的行李箱,冲着两眼珠子不停盯着美女看的廖辰风讽刺道:"哎,哎,眼睛乱瞅什么呢!哥们儿我都站在你面前大半天了,你愣是瞧都没瞧我一眼!"

听到有人叫自己,廖辰风转回目光。

廖辰风瞅了一眼狼狈的尹尚,故作神秘地轻轻一笑,面色飞扬,随即凑到尹尚身旁轻声说道:"帅哥,你猜我刚刚看见谁了?"

刚下火车的尹尚显得很是疲惫,丝毫没有兴致去跟廖辰风打哑谜。尹尚摆出一副灰太狼的经典眼神说道:"你是瞧见柳岩了还是看见志玲姐姐了?竟把你兴奋成这副嘴脸。瞧瞧你那德行,哈喇子都快流到地上了,咱以后见了美女能不能不再这么没出息?"

廖辰风视尹尚挖苦意味严重的言语如粪土，全不在意，仍旧满脸神采飞扬，故意嘿嘿一笑："难道你就没一点想知道的意思？不过也没什么，等晚上聚餐的费用你报销了以后我就告诉你我究竟见到了谁。但是你放心，这消息绝对会让你亢奋到吃饭都能把自己舌头咬破了！"

被勾起好奇心的尹尚在心里暗骂一句廖辰风果然阴险狡诈，真不愧被誉为 21 世纪小人界的最伟大楷模。如果赵高、秦桧、高俅还有幸在世的话，恐怕都要屈膝跪地膜拜他廖大人了。

先不管廖辰风在火车站到底看见了谁，单说这廖辰风什么时候算计人的心思又更上一层楼了。自己大老远风尘仆仆地跑来，这小子不给接风洗尘也就罢了，竟还打起自己主意来。

有这等经济头脑不去经商真是你命中注定活该穷一辈子！

尹尚看着廖辰风用轻蔑中略带讽刺的语气说道："我能这么没出息？你拍悬疑剧呢？还给我整伏笔。"

廖辰风见尹尚故意装出一副丝毫没有兴趣的样子，担心尹尚是真的没有感到好奇，赶忙又接着说道："这消息对你来说绝对可以称得上是比蜘蛛侠参加复仇者联盟都令你震惊！咋？你还不信？哥们儿我敢用我下半辈子的幸福发誓……"说着廖辰风就信誓旦旦地伸出右手食指和中指对着路灯发起誓言来。

尹尚一脸不耐烦把行李箱扔给了廖辰风，懒散地说："得得得……您老就别在我面前浪费表情了。你发出去的誓言就连我刚才乘坐的火车都装不下了，如果你要全部一一去兑现的话，恐怕现在陪你聊天的就应该是黑先生和白先生了。哦，对了，还有油锅和十八般刑具。"

廖辰风伸手接过行李箱，仍旧不死心地说道："哎，你还别不信，这次绝对是真的！哎哟，你这行李箱还真够高级的，拉手还可以跟箱子分道扬镳另立门派，你这是要唱'敖春割袍断义，老死不相往来'吗！哈哈。"

尹尚瞥了眼廖辰风，心道，这家伙国粹会得还真不少，扛个行李箱都能说上两句。尹尚又低头看了一眼彻底坏掉的行李箱，没有丝毫怜悯之心，学着大人那种望子不成龙的模样叹了口气说："那可不，这可是我刚买的新款，没想到这箱子也步入了 3G 时代变成了智能应用款，这可是本天才我刚开发的新功能。不过这功能厂家可没敢往使用说明书上写，专利权就让给你了，不用谢。"

两人嘻嘻哈哈抬着坏掉的行李箱走出火车站，坐上公交就直奔廖辰风的住处去了。

街道两旁耸立着雄伟的钢铁建筑，空气中夹杂着说不出的城市中独有的气味，道路两旁的绿色植物被汽车尾气滋养得生气勃勃，势有粉身碎骨全不怕的伟大气势。坚定竖立在道路两旁的铁栅栏围墙上爬满了蔷薇藤，被铁栅栏围堵在里面的梧桐树高昂地挺立着，明媚的阳光透过稠密的枝叶洒下一地斑驳。这里的一切仿佛没有任何变化，熟悉的景色让尹尚觉得风筝市是那么的亲切自然。

风筝市是一座海边城市，整座城市的景色可以说是充满了绿色，相对于牡丹市污染较轻。所以风筝市的旅游业尤为发达，本市的建设部也特别给力，下大力度整顿了本市市容，大街小巷全部栽满了花花草草。旅游业的不断兴盛自然带动了当地经济发展，这让当地人更加热爱风筝市，热爱这座充满自然气息的现代城市。

尹尚和廖辰风在大学报到的第一天便对这座城市留下了深刻而美好

的印象，他们觉得这里的一切都显得那么亲切。好像从小在这里长大，中途离家出走，现在终于回归家乡了似的。

不过这事儿他们可从未向家乡人民提过半句，不然他们二人一定会背上"吃里爬外"的骂名。虽然这里确实没有牡丹市的那种混乱不堪的景象！

大学四年后廖辰风毫无疑问地选择留下来，而尹尚却因为诸多原因不得不离开。时隔两年后，尹尚又风尘仆仆地回到这座让他充满激情的地方，可见他的心情是多么舒畅。

尹尚喜欢亲近自然，向往原始丛林生活，他尤其羡慕身手矫健的猴子，可以在树梢之间嬉闹跳跃。可矛盾的是他又离不开现代科技为他带来的种种便利与新奇，所以尹尚就这么一直矛盾地活着。好像他的人生多半都充满矛盾，一直在两者之间徘徊。

廖辰风和尹尚是认识了七八年的铁哥们儿，关系好到彼此的内裤都可以互穿。

廖辰风身高 1.80 米，是一位典型的阳刚型男，漂亮的五官更是为他带来不少好运气。但廖辰风生性喜欢吹牛说大话，这在别人看来廖辰风是有着一具可以依赖的皮囊，但操纵这副皮囊的却是一个油嘴滑舌的地痞小瘪三。这种独特搭配直接导致廖辰风可以纵横花丛数年而不被株连九族！这就好比设计简约时尚的苹果，不仅软件好用，硬件也不差。

第三章
欧 式 别 墅

......

公共汽车缓缓停靠在熟悉的站牌前，尹尚背着背包一马当先跳了下来，伸展舒缓一下还有些酸疼的脊背，兴奋地对着茂密的梧桐树说："我尹帅哥又回来啦！"

身后跟着的廖辰风独自一人扛着沉甸甸的大行李箱子，累得吭哧吭哧地下了公交车。对尹尚埋怨道："尹大公子，您能不能可怜可怜我们这些跑腿的，这箱子死沉死沉的，您帮帮忙会死啊。您不会把您家金银珠宝全都装进这箱子里千里迢迢带来了吧！累得我这堂堂七尺男儿都有些直不起腰来了！"

尹尚转身看着累得满脸通红的廖辰风，很为难地露出几分同情的神色，打趣道："你不是号称自己是一阵自由飘荡的劲风嘛，温柔中夹杂着刚韧，刚韧中夹杂着逍遥。怎么，坚强的风被这区区一个破箱子打败了？"

廖辰风被尹尚说得脸面无光，目露凶煞，露出一副誓死永不低头的坚韧气势。廖辰风憋着通红的脸又弯腰扛起了箱子，证明自己还依然拥有着无懈可击的强劲肌肉。不过在箱子刚刚摆脱地心引力脱离地面仅仅只有几公分的高度后廖辰风随即又把箱子扔在了地上，喘着粗气说道："我真替这箱子感到难过，怎么就能摊上你这么个不知轻重的主儿！真怀疑你是怎么把它塞进那拥挤的火车厢里的，你到底在箱子里装了什么稀罕物件儿？竟重得这般出奇，说出来让咱这无知小民也长长见识。"

目露精光的尹尚满脸堆笑，拍了拍廖辰风宽厚有力的肩膀，感觉肌肉仍然紧绷，但充满了男子汉应有的力量。尹尚随即哑然失笑，讽刺中夹杂着讥笑说道："风哥，看你魁梧有力满身肌肉，风采依旧不减当年，难道岁月果真是把杀猪刀，无形中早已把你残害？唉，现实与梦想，梦想又一次完败。没想到你'欧阳疯'也有今天，竟然被这几本书折了腰。只怕日后传出去好说不好听啊！当年的优秀生竟败在几本书下！"

尹尚话毕，廖辰风勃然大怒，吼道："你小子竟然带了一箱子破书，你还好意思张这么大嘴巴炫耀！你白痴呀，竟在这个电子书横行的年代扛纸质书出门，而且还带这么多！我还以为你搞了一箱子家乡特产！风哥我还特意跑到火车站去接你，白瞎了白瞎了……再说，风哥我当年是读书破万卷，谁扛书破万卷了？"

廖辰风恨不得把尹尚这破行李箱子像扔铅球似的丢到小区外面的景观河道中，只可惜尹尚行李箱的重量让他实在不敢恭维。廖辰风被气得哇哇大叫，感觉自己像是被别人卖了还天真地好心帮人家数钱似的。

廖辰风非要闹着让尹尚赔偿肌肉使用费。

尹尚闹不过死缠烂打的廖辰风，只好答应晚上请客吃饭，前提条件是先把这箱子给抬回去。

……

竹香苑是廖辰风居住的小区，小区内房屋交错，楼房外观清新简约。园内绿色植物覆盖面积甚广，景色优美。小区东南方有一处天然池塘，池塘北岸生长了许多金丝竹。池塘风水位置绝佳，据某位白胡子大师说此池塘藏风聚气招财纳福，是一处难得风水宝地。

飒飒清风，竹林微摇晃动，意境优雅。如有文人骚客偶经此处，定会旁若无人地大大夸赞。

廖辰风无聊时总喜欢坐在池塘边钓鱼，看着清澈的池水发呆，好像在思考他为什么总是一条鱼也钓不到，这令他都有想往池塘中投毒药的冲动。还好他的理智战胜了冲动，不然已经取消了劳教制度的法律，还真没办法好好教育他。

尹尚在廖辰风的带领下抬着坏掉的行李箱便来到了廖辰风的住所，他们在小区内七拐八拐不一会儿就到了一座独立二层洋楼外。其间廖辰风一直嘴不停闲地向尹尚介绍小区里的奇闻逸事，比如，哪户人家总是整夜整夜地不关灯，哪户人家像中了邪似的每天晚上 7 点钟左右一定会传出打碎东西的声音……尹尚笑骂廖辰风不守妇道，整日想着隔墙偷窥别人。

"欧式风格小别墅，不错嘛，你小子什么时候脱贫致富成有钱一族了?"看着矗立在眼前的欧式小洋楼，尹尚忍不住遇见土豪的激动情绪，双目闪闪放光地赞叹连连。

小洋楼矗立在一座独立的院落内，楼房整体外观设计得简约时尚大方，清新中略微透露出一点低调奢华。房间内随意摆放的家具更是洋溢着年轻人的个性与随和，室内的每一处犄角旮旯无不彰显出房间主人的明净与整洁，可谓是干净得一尘不染。置身于这么洁净的空间内，一直以邋遢形象闻名于朋友圈内的尹尚都不好意思下脚了！

尹尚看着室内的景象有些目瞪口呆，心道，能把房间打扫得干净到令人发指的人恐怕在自己朋友圈内除了许颖再找不出第二个。许颖一向都是有着重度洁癖的，这个大家不言而喻。想到这里尹尚意味深长地看了一眼廖辰风，意思是你能在许颖的魔掌中存活到现在真是福大命大造化大。阿门，上帝以后还会继续眷顾你的。

不过尹尚可没敢对廖辰风这么坦白，他只是微微面露惊异，语气假装平淡地说："嗯，混得不错，能住得起这样的房子也算是小土豪了。不是随便卖两个肾就能买得起的，你确定在我走后你没洗劫过银行或打劫过运钞车吗？"

廖辰风把尹尚的大行李箱随手一扔，耻笑道："这也敢自称土豪，撑死顶多算是一暴发户或者富二三代什么的。再说，打劫运钞车那种违法犯罪的事我可不敢做。"

尹尚刚要张嘴说些什么，这时从楼上不知道哪个房间里忽然传来一声甜美的声音："尹大作家来了呀，要不要小女子下来接客？"

这声音清脆婉转动听，嗲声奶气十足，让尹尚和廖辰风同时不由自主地打了个战栗。尹尚竟起了一身鸡皮疙瘩昂着脑袋朝天花板回答道："不劳您许小姐大驾。我只是一介草民，又不是某王公贵族下榻此处。理应我斋戒沐浴后前去拜访您老才是。"

廖辰风踢了踢被他扔在地上的大行李箱子，捏着嗓子学着楼上许颖嗲声嗲气的声音对尹尚说："大作家，走吧，我带你去你的闺房看看。"

看着地上被廖辰风踢来踢去的行李箱，尹尚瞄准廖辰风的屁股恶狠狠踹了一脚，示意这是轻视他行李箱的严重后果。

廖辰风不顾尹尚那恶毒的眼神和抱负，仍旧踢着地上的大行李箱子朝客厅里边的一间房子走去。来到卧室内，尹尚终于忍不住说道："廖辰风，你那邋遢习惯是怎么在许颖的调教下改邪归正的？虽然你们光鲜靓丽的外表总给人一种郎才女貌的错觉，但我还是纳闷以你这种生活习惯许颖是怎么接受你的？或者说你是以怎样顽强的生命在她霸权主义下存活下来的？"

四仰八叉地躺在卧室床上的廖辰风假装啜泣了几下，很是委屈地说道："兄弟啊，我有苦说不出呀。你不知道风哥我曾经因为一双拖鞋没有放整齐而被许颖棒揍得体无完肤的熊样。不过还好，你总算来了，以后许颖的小宇宙就有发泄对象了，肯定无暇顾及我这位已经步入正轨的非正经流氓了。"

听到廖辰风的诉苦，尹尚看着天花板长笑一声，略带质疑地说道："您觉得我会在一位有着重度洁癖的姑娘面前展露我猥琐的一面吗？在来之前我就已经洗心革面、痛改前非了，自力更生、丰衣足食，这叫未雨绸缪！要不要开瓶香槟咱们庆祝一下先？哈哈……"

……

许颖和廖辰风谈了5年恋爱，如果恋爱也分等级的话，估计他们现在也算是红宝石恋情了。在两人都有明显缺点的前提下这已经属于很不容易的事情了。廖辰风曾经总结恋爱经验时这么说："世俗间很大一部分女孩比较喜欢肌肉男或者文艺男，而廖少侠不才，恰好两样全有，可谓两全其美。这是我能够征服并且降伏许颖最主要的原因，没有之一！"

其实还有最关键的一点，廖辰风没有注意到，那就是他有一张帅气无比、特有小白脸潜质的脸。

而许颖是现代新世纪女性的杰出代表，可以说她卖萌、耍二、扮萝莉、演女王、晒下限、玩小清新无所不行。扮演女汉子徒手翻墙出去逛街；卖萌、撒娇，嗲得廖辰风硬是花了暑假勤工俭学得来的所有工资都为她买衣服；装清纯、玩小清新，恋爱第一年两人愣是没拉过手；卖萌请假不去上学说自己床单生病了，自己必须留下来陪它……此等事情数不胜数，总之，许颖表情模式比华人牌手机傻妞都多。这也是她总结说为什么如廖辰风这般有着天时地利人和的花花公子总一直败在她石榴裙下的最主要原因。

尹尚对于这对奇葩鸳鸯的总结就一句话：俩活宝一不小心在同一个阴沟里翻了船。

在高中时廖辰风和尹尚加上许颖他们三人自称是牡大附中建校以来最美三剑客，三人就像被同一条绳子拴着的蚂蚱，不论是课上课下，都经常厮混在一起。没人知道为什么脾气、习性没有一处相同点的三人却总能在一起叽叽歪歪说个没完，并且可以保证两年内没有其中任何一人能同时遭到其他两人的恶毒算计。也许三人都有一颗八卦别人私生活的心。

当然在大一那年，廖辰风正式向许颖表白后这个规律就不攻自破了，全班人对此事件都表示高度怀疑，并且有人打赌说这俩活宝在一起的时间不会超过一年。显然那位同学输得异常惨烈，这俩活宝竟然安然无事地谈了5年恋爱并且扬言说等下一年有俩小钱后就举办一场空前绝后的自认为十分伟大的婚礼。

自许、廖两人相恋以后三剑客就变成独行侠和——黑白无常！因为廖辰风和许颖两个不着调的人整天不分白天黑夜地混迹在校园中的每个角落。并因此引发了以后风靡网络各大娱乐版新闻头条的各种门事件……

……

正在收拾东西的尹尚好像突然想起了什么，扭头质问正趴在床上装死的廖辰风道："廖帅哥，这房子不会是蒋公子的婚房吧?"

睡意绵绵的廖辰风叽叽歪歪转了个身，贼笑道："尹作家的智商果然非同凡响，虽然比我预期的时间稍微慢了那么一大截，不过我很理解，这已经是您大脑CPU处理事情的最大速度了。不瞒您说，这里还真是为蒋大公子带来无限痛处的那座婚房。"

在得到准确确认之后尹尚不自觉地发出一声异常无耻的坏笑："你们也太卑鄙了，竟然住在人家要结婚用的新房里。不过这种无耻的事情可以继续下去。"

廖辰风咧嘴微微一笑，叹息道："要抚平他爱情伤痛最直接的方式就是往伤口上面撒把盐。"

第四章
青 春 记 忆

　　蒋公子名叫蒋泽恺，是一位名副其实的富二代，风筝市本地人。在大学时期一次篮球友谊 PK 赛中认识了廖辰风。因为两边球员的小肚鸡肠，两个本没仇恨的篮球队竟为了几条破规则在篮球 PK 赛赛程打到一半的时候，演变成了球员肉搏 PK 赛。很明显，廖辰风以凶悍有力的健壮肌肉赢得了这场肉搏 PK 赛的最终胜利，同时也博得了蒋泽恺怦怦直跳的小心脏，更是看得在场所有少女以及非少女全都心花怒放、春心荡漾。

　　一直被对方压制得抬不起头的蒋泽恺像是得到了真主的启示，又或者说他恍然感觉自己找到了心目中那朝思暮想的真英雄、真豪杰、真大哥！反正就是王八看绿豆——对眼了。

　　蒋泽恺从此便一直追随在廖辰风左右，并且对廖辰风忠心不二、言听计从。

廖辰风本就喜好吹牛胡侃、夸大其词。廖辰风在与蒋泽恺交流自身历史的时候，把对方忽悠得张口结舌，不停夸赞廖大哥果然英明神武、气宇不凡、名不虚传等所有拍马屁时常用的名言。蒋泽恺对于廖辰风口中那些所谓的真实事迹佩服得五体投地，丝毫没有怀疑之心。这种忠诚程度恐怕会羡煞无数宗教教主的心。

就这么一晃几年，两人称兄道弟感情好得跟一个人似的。蒋泽恺跟着廖辰风那也自然是学会了一套花言巧语，终于在毕业之际抱得美人归。

篮球肉搏 PK 赛过后，廖辰风和蒋泽恺均成了风筝大学的风云人物。一位是阳刚型男，一位是面相阴柔略显帅气的富二代。以前以软弱闻名风筝大学的蒋泽恺终于可以在同学们面前扬眉吐气说句狠话了。平日里常欺负他的现如今见了面都是"蒋哥蒋哥"低头哈腰地叫不停，生怕蒋泽恺一个不高兴回忆起先前的恩恩仇仇，以免他去告知那位肌肉结实的廖辰风。

这就像是踢猫效应，先前蒋泽恺是猫，现在蒋泽恺终于翻身做地主变成了踢猫人。

外表阴柔的蒋泽恺给人一种柔弱无力的错觉，这种无力并非病态，只是一种体态缺乏锻炼的表现。蒋泽恺这种体格在少年时期的男人堆中虽然起眼，但却对同龄人构不成任何威胁。没有威胁的蒋泽恺自然在朋友们面前也没什么威信可言。没有杀伤力的蒋泽恺只好忍气吞声一直忍受着别人发来各种挑衅味十足的冲击波，年轻时期的蒋泽恺颇有越王勾践卧薪尝胆的韵味。

私下里蒋泽恺暗暗起誓，一定要用武力为自己博回尊严，哪怕一丝丝、一丢丢。他开始疯狂发掘自己各种潜在的男人应有的本质，什么搏击术、剑术、棍术、跆拳道、截拳道……他通通都不会！蒋泽恺一心发展篮球事业。

根据遗传学测定本应身高在 1.7 米左右就已经生长到极限的蒋泽恺愣是努力恶补营养长到了 1.80 米，这么励志的故事在蒋泽恺成为风筝大风云人物后也一直被传为佳话。先前流传的版本是：就算你身高八尺，你仍会甘拜下风。现在流传的版本是：集体向蒋哥学习不畏艰难险阻的大无畏精神，积极深化自身改革努力勇创下一风筝大神话。

蒋泽恺与廖辰风在学校形影不离，这让天生自称魅力无限的许颖颇感不是。不仅让许颖身心感到不是，更是对许颖魅力的挑战！

可是许颖又百般无奈，她有些开始怀疑起自己的女人味和廖辰风的性取向。直到在廖辰风多次催促逼迫下蒋泽恺对风筝大十大校花之一的穆诗曼表白为止，众人对两人的误会才终告一段落。

对于蒋泽恺的深情表白和各种示好，穆诗曼一直以"无事献殷勤，非奸即盗"九个字回绝他。多次碰壁的蒋泽恺并没有因此而气馁，原因是他身后站着一位越挫越勇的军师，自称女神杀手的廖辰风。

廖辰风坦言，没有他拿不下的女人，只有半途而废的男人。可惜廖辰风却忽略了一个致命点，现在他已变为幕后黑手，前面作为枪头子杵着的可是生性腼腆的蒋泽恺。

喜欢把兄弟赶鸭子上架似的往心仪女孩面前硬推是廖辰风枯燥人生中的一大乐趣，他最乐意看的就是羞涩的小男孩满脸红润地站在心仪女孩面前面色羞红手足无措的样子。

尹尚曾经就吃尽了这种苦头，因为尹尚一直缺乏男人应有的担当和同龄人的成熟。可是廖辰风又总喜欢撮合他与女孩子交往，直到最后尹尚实在无可奈何对廖辰风坦白说他还惦记着高中时的那位学姐。至此，廖辰风的逼迫才终告一段落。

胆怯的暗恋貌似只有羞涩少年才会乐此不疲，廖辰风给予尹尚的评价是：柏拉图的伪粉丝。廖辰风暗骂尹尚一句尿包后才勉强放他一马，从此不再逼迫他出去泡妹子。

尹尚自有难言之处。他在高中时喜欢过一个女孩，那女孩是尹尚的学姐。情窦初开的尹尚年少无知，不，是年幼腼腆！尹尚不敢前去搭讪，他的宗旨是只可远观而不可亵玩焉。

为了恪守宗旨，两年来尹尚就这么在心底一直默默地暗恋着心中那位一直以女神形象存在的学姐。时光荏苒，直到两年后学姐毕业离开学校。学姐的离开让尹尚明白时光的短暂和青春的一去不复返。他懊悔不已，但却仍无可奈何。

一年后尹尚和廖辰风、许颖一同考入了学姐在读的大学。尹尚对大学生活充满了希望和期待。他在暑假时就暗自发誓说，到了大学后他一定向学姐表白！可惜天有不测风云。

尹尚步入大学后的第一项工作就是筹划对学姐的表白言辞以及策划一场自认为浩大宏伟的表白场面。尹尚深思熟虑措辞百遍，怀揣着忐忑不安的心煎熬了数天，可惜他却得知了一个几乎要把他煎熟的消息。学姐已经恋爱了，和他的学长。可恶的学长！

得知噩耗的尹尚故作镇定，对着策划书哈哈一笑，拉着廖辰风就去了学校附近的地摊喝酒了。

......

竹香苑东边一独立院落内。尹尚正踢踏着拖鞋懒洋洋地来回在客厅里转悠，一边擦着头发一边嘟嚷着饿死了。好像他真的快要饿死了。

厨房餐桌上早已摆放好了廖辰风为他热好的饭食，尹尚抓着毛巾胡乱擦了擦湿漉漉的头发。心道，果然兄弟如手足。刚还说饿死帮我收尸呢，我这刚出浴室，你这还不是乖乖把饭菜热好了等着尹大爷我来享用！

每个人的人生中仿佛都有位这样的朋友，尤其是在读书时生活在同一寝室的哥们儿。一觉睡到午饭点，懒得下床吃饭的你对哥们儿说帮我带点外卖，哥们儿骂骂咧咧说饿死你也不帮你带饭，然后等他吃完回来却给你带来了热腾腾的食物。上午刚洗过衣服就慌忙外出的你却听说下午有雨，可是下午你又有事赶不回来，你只能告诉寝室哥们儿帮忙收衣服。哥们儿又骂骂咧咧说被雨淋湿了回来让你重新洗，幸运的是下午依旧晴天，你傍晚急切地回到宿舍，却发现晾干的衣服整齐地摆放在你的床上。

满嘴流哈喇子的尹尚抓起筷子就对餐桌上的食物进行了大扫荡，那副凶神恶煞的吃相在别人看来好像他跟食物有着弑父之仇夺妻之恨似的。狼吞虎咽都不怕把自己噎死，好像他自打出生以来就没吃过饱饭，比经历过大饥荒的老人见了食物都感到亲切！

十分钟后，尹尚拍拍肚子，打个饱嗝。简单收拾了下狼狈不堪的餐桌，一副天下最幸福的事情莫过于撑死的表情。

尹尚端了杯白开水依偎在客厅沙发上，那副慵懒的样子颇有懒羊羊的神韵，只差抱着靠枕呼呼大睡了。自尹尚从浴室出来廖辰风就不见了踪影，他可能去找楼上的许颖去了。尹尚不好意思跑到楼上去做电灯泡，虽然他的瓦数对于两人来说形同虚设！

酒足饭饱，尹尚忽然想起在火车站时廖辰风那副夸张的表情。他实在想不通在火车站廖辰风究竟见到了什么人，竟然这般兴奋异常。难道是他的初恋情人，不对啊，许颖这不就在楼上嘛。

廖辰风竟还以此消息要挟自己请他吃饭，难道这事真与他有剪不断撕不开的缜密关系？难道是她?! 尹尚脑海中忽然闪过一个非常熟悉的名字。

爱一个人，就算他在你面前挖鼻屎时你也不觉得恶心！尹尚就是这么认为的，虽然他从没跟女神共处一室过，更没见到过女神清晨蓬头垢面的素颜。这么理想化的谬论完全源自于他稀里糊涂的意淫，和面对那些静态图片的异想。

他与女神接触最亲密的距离，就是望着手机屏幕中女神照片的时刻。

科技迅速发展的今天，手机仿佛成了生活中的万能钥匙，尤其是你蹲在某处等人闲得无聊到发慌的时候，它就更发挥了它那随时取乐的功能。当然，有 Wifi 的地方就更加完美无缺了。

近些年智能手机异军突起，紧随它诞生的应用软件更是五花八门让人眼花缭乱、应接不暇。最近尹尚就迷上了微博，他对微博的喜爱程度一点都不亚于他对手机的依赖程度。一天不刷微博的尹尚好像就在这个信息飞速传递的时代落后成了远古山顶洞人。刷微博对于他来说就像烟民抽烟，只要稍有闲暇时光烟民们很自然地就开始点烟吞云吐雾，直到头脑眩晕香烟灰飞烟灭！

斜靠在沙发上的尹尚不停划拉着微微发热的手机，幸好他的手机屏幕贴着超强劲儿的保护膜，不然依他那卖力的硬爪手机不被戳烂真是太阳从西边出来了。

尹尚微博听众不多，也就百来十人，他就是那些所谓大 V 口中的小喽啰。所以，尹尚永远也赶超不上微博大 V 在微博上的号召力。

粉丝少，不喜欢发帖，然后粉丝更少！

这就像搬个小马扎蹲在公园广场听一群老头侃大山，有几位踊跃发言的，有几位积极起哄的，而尹尚就是那位蹲在人堆中默默无闻打死也不吭气儿的。很明显他这位默默无闻的人肯定是不会被大家所认识的。

微博是个大舞台，有许多人喜欢泡在那里。遇见高兴事儿就哈哈一阵狂笑外加几张努嘴剪刀手自拍照，遇到不高兴事儿就一顿乱骂，所以说你听众的多少取决于你嗓门的高低。

微博可以一夜让你成名，也可以一夜让你身败名裂；微博可以让你明白是非，也可以让你沉迷虚幻；微博可以让你谴责庸俗，也可以让你追捧高雅……

尹尚手机屏幕显示等待片刻，随后微博页面迅速打开。如尹尚预期的一样没有任何人艾特他，就连顾客虐他千百遍，他待顾客如初恋的客服妹妹都懒得瞧尹尚一眼。内心强大的尹尚丝毫不感冷漠，很快伴随着呵呵傻笑尹尚无休止地开始刷起微博来。

稍加观瞧，尹尚开始对几条热转的帖子细细品读，然后沉思，然后品读，然后再稍作批示，最后转载。几经一番下来，尹尚稍觉劳累，自觉颇有当年皇帝批阅奏折的快意。

第五章
各种抱怨

时光飞逝，夕阳西下。

尹尚喝完最后一口凉白开站起身伸了伸懒腰，直到微博里再没有可以吸引他的东西，此刻尹尚才恍然如梦，自己竟然在这里稳如泰山地坐了一下午！不过这还不是他刷微博的最高纪录，尹尚是他微博朋友圈连续 10 小时刷微博纪录保持者，这曾让他一直津津乐道自豪无比。

他收听了将近两千人，有着刷不完的消息也不难理解了。

二楼一间有着落地窗的房间内。许颖正一本正经地坐在写字台前，双眸紧盯着面前的电脑显示屏，一刻也不舍得移开半寸。旁边的廖辰风双眼通红地正在游戏里杀得起劲，对于站在门口半天的尹尚两人都丝毫没有一点察觉。

"天塌了地陷了，小花狗不见了。你们两个不会脑筋急转弯的傻瓜脑袋撞树上了。"被完全忽视的尹尚实在耐不住寂寞对着死盯着电脑屏幕的两人高歌起了儿歌。

"咦，这不是你们村儿西头王二傻子的名言吗！怎么，在家待了些时间把人家精髓学到手了？"许颖只是快速地瞟了一眼尹尚，然后仍旧死盯着电脑屏幕不放。好像她跟电脑有仇似的，非要看得电脑粉身、碎骨灰飞烟灭才肯罢休。

"一个打游戏，一个刷微博。话说，有朋自远方来，不亦乐乎。你们倒是忙得不亦乐乎。"

"姐是在赚钱，不像他，就知道在游戏里打打杀杀。更何况我可是大 V，每天不忙得昏天黑地处理那些头版新闻我都对不起我的粉丝们。"许颖面色略带自豪又有些疲倦说。

"我也有微博，可惜粉丝还不多。你是怎么把微博玩成大 V 的？像他似的一个劲儿打怪升级吗？"尹尚抬手指了指旁边对着电脑仍杀得起劲的廖辰风。

"任何社交工具在使用营销策略后都可以变得强大，更何况我是用工作的心态去对待它的。"

"社交工具用工作心态去对待，你还能从中淘金不成，能为你的购房大业添砖加瓦吗？"尹尚好奇地看着许颖。

"落伍了吧你。微博不仅可以娱乐性地了解时事新闻，还可以用它发财，据我所知玩微博最多的年薪三十多万呢。啧啧，如果我也年薪三十来万那我一定要去趟马尔代夫看看海。听说那里的天空特别蓝，沙滩特别软。"许颖憧憬地望着天花板，好似她发财了真就可以想要什么就有什么了似的。

微博是近年来风行最快的社交平台之一，也是传播新闻最快的社交平台之一，同样，它也是自媒体的代表。像那些粉丝数千万的大 V，在微博上稍微嗨一声就有成千上万的人点赞。可想而知，拥有众多粉丝的人随手在自己微博上发条广告的话那影响力可是不容小觑的。

　　作为新事物的代表，能够瞬间接受并且玩转它的人并不多，尤其是了解它的精髓。许颖就是看中了这点，所以她才乐此不疲地疯玩微博，疯狂地去各大网站注册微博。

　　在她看来，新事物的普及就是新商机的开始。

　　功夫不负有心人，许颖经过数月努力，终于小有成就。她在微博上帮别人推广广告，撰写广告文案，转发微博帖子，一个月利润也颇为丰厚。至少比廖辰风天天打网络游戏挣得多。

　　"不愧是新时代女性的杰出代表，猫在家里随便敲敲键盘就能养活自己。你比那些在写字楼内钩心斗角死命打拼的白骨精们不知要幸福多少倍了。"羡煞得尹尚哈喇子流一地。

　　"付出总是会有回报的，何况我这么奔波劳累各大社交网站乱窜。不过，干我们这行当的自由是自由，可是我们没社保，完全自力更生自生自灭孤儿一枚。我就好比工地搬砖的民工，月薪堪比白领，待遇几乎为零。大热天工头都不带给买瓶冰镇啤酒的。怎一个惨字了得。"许颖敲了敲酸疼的肩膀，好似她真的在工地搬砖刚回来似的累得腰酸背痛腿抽筋。只差口吐白沫眼嘴歪斜一命呜呼了。

　　"人家还有高温补贴咧，你只有高温空调电费单。"尹尚说道。

　　"高温补贴费什么的都是虚头，不会落实。我邻居马三皮跟着隔壁村孙工头干两年多了，别说高温补贴费，工钱都是留到年底统一结算。"

廖辰风揉了揉太阳穴，看来打网游也是件体力活。真为他的业余爱好深深捏一把汗，竟然把这么劳累的体力活坚持做了这么长时间，意志力都快赶超卧薪尝胆的越王勾践了！

"家家都有本难念的经，往死里催债吧，磨不开面子，乡里乡亲的。上级下来调查工资问题吧，又不能说啥坏话，以后还要跟着工头干活挣钱哩。左右为难。"廖辰风端起杯子喝口水继续补充道，"有钱没钱关电脑吃饭。"

"劳心者治人，劳力者治于人；治于人者食人，治人者食于人。天下之通义也。别整得自个儿跟哀怨小媳妇似的，啰里啰唆。弱肉强食，自然规则嘛，你廖同志就不要有什么抱怨了。我们都是社会主义下的一块砖，哪里需要哪里搬。小时候父母总是教育你好好读书，将来考个好大学，找个好工作。刚刚脱离青春期的你现在总算明白父母的良苦用心了嘛。现在明白还为时不晚，以后好好孝敬爹妈就是了。"许颖打着官腔挥手训话。

说完，许颖从座椅上站起来，关了电脑。

"现在是明白了，好好上学的目的就是将来换工作时看得懂合同上的霸王条款。"廖辰风站起身打了个哈欠。

"种地打农药也是需要看得懂说明书的。"尹尚讪讪地朝门外走去。

提起吃饭，三人动作麻利迅速一溜烟全跑到各自房间换衣服去了。分分钟钟后三人在楼下客厅集合，一个个把自己收拾得干净利落，丝毫不见前几分钟的邋遢相，完全一副资深逛街男女的青春靓丽形象。

尹尚等人刚出了蒋泽恺豪宅，廖辰风便掏出手机开始呼叫它的正式主人，然后叽叽歪歪对着话筒讲了一大堆。大致意思是蒋公子在哪儿呢，干吗呢，等会儿没事儿吧，尹尚来了请客吃饭啊，赶紧的老地方见哈，拜拜思密达。

听筒对面的那位表情变化估计是这样的，从面无表情眼神流离瞬间转换成张大嘴巴眼冒红光猛烈点头哈哈一笑说声"风哥稍等马上去！"

不多时，三人已经走出所在小区院落，门口保安还不忘向廖辰风点头问好嘘寒问暖一番。本就喜好装腔作势的廖辰风自是摆出一副挺胸抬头面带微笑高干视察基层寒苦的姿态。廖辰风向保安兄弟们挥手致敬，"小李、小刘、小王、小张……好好干啊，明年哥争取给你们娶俩漂亮嫂子！"

许颖飞起一脚，正中廖辰风屁股，只听廖辰风哀号一声惨叫，立马乐极生悲含泪告饶。

蒋泽恺豪宅小别墅所属高档小区，保安力量自是不薄。光是守门的就有七八人之多。在园区内巡逻的就更不用特意数了，没有过百也有数十！保安同志们脚蹬军靴身穿绿色制服，胸前统一抱着军用警棍，一个个气宇轩昂地在园区巡逻时三五成群小皮鞋嗒嗒的好不威风。

刚毕业那年，同学们恋恋不舍聚一块吃完散伙饭，第二天便一哄而散毫不留恋各奔前程去了。有门路的找门路，有富爹的找富爹，有雄心的跑去下海创业。运气好的遇到好老板的工资待遇没得说，没关系没雄心没机遇的留在风筝市或回老家老老实实混日子。

风筝大这种二流大学出来的二流学生（仅限廖辰风）毕业后是完全取决于自身生存能力的。风筝大没有技术学校那种"包教包会包分配，发了工资交学费"的优厚待遇。

廖辰风属于有雄心没机遇没门路的，求爷爷告奶奶托关系找了个把月的工作才终修成正果。师傅领进门修行在个人，入门，并不一定代表成功。

最终，廖辰风以他爸爸的妈妈的闺女的丈夫的母亲的妹妹的儿子的关系才勉强得到一份保安职业，工作不累，薪水不高，糊口尚可。

保安月薪千八百的怎入得了有着雄心壮志廖辰风的法眼。上岗工作三个月的时间，廖辰风积极学习保安知识，日复一日终于功夫不负有心人。廖辰风在三个月内几乎已经掌握了保安工作中的所有流程。为此廖辰风还很自豪无比，夸自己果然是位天才，这么复杂的职场关系他只用了区区三个月时间就俘获于股掌之中。尹尚笑骂他蠢蛋，说保安无非是立定站好敬礼见了领导问声好。就这点破事还能用三月时间去领悟！简直是风筝大的悲哀。

廖辰风在保安公司待了三分之一年后终于遇到了发迹的机会。事情是这样的，保安公司一年前接管了一所高档住宅小区的安全管理权，随后便安排安保人员前去交接。起初一切顺利，保安公司高层领导乐滋滋地以为又接到了一份赚钱美差。可是好景不长，该保安公司便屡遭小区业主投诉。业主反映问题含糊不清，又总咄咄逼人，似乎是看保安人员不顺眼的意思。这问题一时间让保安公司领导急得抓耳挠腮，总不能聘请帅气的男模去给他们看家护院吧！

此消息落入廖辰风耳中，使他双眼一亮，立刻明白自己机会来了。廖辰风便凭借他姑姑的这层关系找到了保安公司的大队长，信誓旦旦立下军令状说自己在一月之内定会改善当前局面。公司领导正为此事束手无策，只好相信廖辰风死马当作活马医，并放开权力说此事全权交由廖辰风处理。

大任在肩，廖辰风不敢耽误，立马着手行动起来。他先找到一家做职业装的服装店，预订了漂亮制服。然后他又走访公司旗下的各个保安大队，挑选了数十位人高马大长相刚毅帅气的年轻安保人员，并安排他们入住小区，替换先前的工作人员。

廖辰风汇集起他特意招来的这批人集中训练礼仪，并换上他特意定制的新制服。一个星期后廖辰风的礼仪训练便初见成效，这批安保人员在上岗时遇人均绽露标准的职业微笑，很快便和小区人员打成一片。

事态的变化果然向着好的方面发展，保安公司领导看在眼里乐在心里，这块肥肉算是保住了。为了嘉奖廖辰风，公司高层决定任命廖辰风为该区保安队队长，月薪将近一万余元。

后来廖辰风在谈及此事时说，高档小区居民非富即贵，安保人员也一定要穿着体面。更何况他特意挑选来的个个都是帅哥而且见面还总对你微笑，"阿姨""大妈""大婶"地叫着。

天色渐黑，血红色的夕阳已经没入地平线大半，映照得余霞如同被漂染过一样呈现艳红色。城市中的霓虹灯又开始闪烁起五彩光芒，似乎是在召唤那些喜欢夜生活的人蜕去白天故意伪装的躯壳，尽情在夜空下释放充满激情的本性。

第六章
蒋氏父子

　　三人所住小区旁边不远有一人工湖，名曰天池，寓有天公之作浴仙池之意。天池湖湖水清澈，锦鲤颇多，一些闲来无事的大爷总喜欢端着钓鱼竿在此钓鱼唠嗑。一方面是为了休闲养性，另一方面他们自愿担任起天池湖湖面清洁工作。湖水清澈，周围清凉舒爽，游湖赏鱼的游客也逐渐开始多了起来。相应地，围绕着天池湖开设的店铺自是生意旺盛，越来越多，逐渐形成一条产业链。

　　近些年天池湖旁大兴土木，兴建了许多商业楼和高档住宅小区，另外加一天池广场和天池公园。至此，天池湖一夜之间从臭水沟蜕变成了人间天堂。广场周围也多是服装店、化妆品店和餐厅。白天，天池广场是大妈们的天下。到了夜里，天池广场是小商贩们的天下。跳广场舞的大妈阵容强大，在广场上摆摊儿卖小吃的小商小贩更是数之不尽，生意好得还能排起长队。曾经一位买煎饼果子的大妈就号称一个月营业额超过五位数，纯利润都有两万多。

廖辰风工作失落时在广场找过一位卖烤鸭的大叔打听摆摊秘诀，起初卖烤鸭大叔心生戒备，只想敷衍几句了事。后来廖辰风买了瓶白酒又买只烤鸭跟大叔对饮上了，那大叔也是好酒之人，酒过三巡便豪爽了起来。大叔貌不惊人语惊人，说自己前些日子日营业额三千多元人民币。当时廖辰风就有一种膜拜的感觉，并发誓要立刻辞去工作来广场卖烤鸭。大叔眼见不妙，后悔莫及。有些怕廖辰风抢了他生意，瞬间变换了脸色和语气，数落起自己的难处和不易。说干他们这行当得风吹日晒起早贪黑还得躲着城管，现在他第一辆卖烤鸭的三轮车还在城管大院放着呢。劳累得很，不仅没养老保险，连最起码的医疗保险都没有。

未经世事的廖辰风自然不辨大叔言语真假，当时信服得五体投地，所以才没有下湖摆摊。不然现在算算，如果当时廖辰风真去卖烤鸭的话现在或许也是一富二代的爹了。只是他那威武英俊的外表恐怕也会因此大打折扣。

蒋泽恺毋庸置疑是一位标准富二代，但他却是一位为人低调的小富豪。这种谦虚作风还要从他的父亲说起，蒋父中年发家，凭借的是一股无懈可击的干劲和无可抵挡的好运气。

蒋父发迹前是一位地地道道的标准农民，不过他不愿碌碌无为一辈子，内心狂野的蒋父孤注一掷不听家人劝解在家搞起了观光农业。可惜天公不作美，第一年就赔了个底朝天，蒋父含泪叹息。东借西凑第二年又接着实现他农民企业家的梦想，可惜老天仍不顾蒋父死活，再一次让他走入谷底，欠下一大笔外债。这次蒋父真是走投无路了，竟心生吞药了断性命的念头。

那时蒋泽恺不过是六七岁的孩童，幼小的蒋泽恺看到父亲终日郁郁寡欢心中也稍有闷闷不乐。一日，蒋泽恺走到父亲面前，用稚嫩的小手拍了拍蒋父肩膀，说了句"爸爸不哭"。

儿子的一句话如同给蒋父打了兴奋剂，蒋父立马收拾心情立刻又投入到创业的忙碌当中。终于皇天不负有心人，第三年蒋父便赚了个盆满钵满，不仅还了外债，手头还多了盈余。

从此以后蒋父事业如日中天，红火得不得了，竟还把他的生意延伸到了矿产业。这下蒋父身价就更高了，几乎翻了数倍。不过蒋父仍不忘发迹前的穷苦日子，为了不让自己飘飘然胡作非为，他仍坚持自己种地收庄稼。不过他自身的派头却不像当年，每天开着豪车在田间地头瞎晃荡，他曾经为了种地特意购买过一辆加长林肯，原因是锄头太长一般小车放不下。

有其父必有其子，蒋泽恺是生在寒窑中长在金窝里。孩童时期生活拮据，曾经因为能在大热天吃上一块爽口的冰激凌而向蒋母整整缠磨了一上午。现如今自己已成农民企业家的儿子，自是需要把孩童时期所遭受的种种委屈补偿回来的。蒋泽恺似是三国时期的刘阿斗，不把自己家底折腾干净誓不罢休。

十几岁的蒋泽恺为人处世一点也不低调，到处炫耀自己家里如何如何有钱，出门如何如何风光。蒋泽恺在学校拉帮结派，手下小弟一大帮，在其学校已然成为一股小势力。蒋泽恺出手大方，他对于自己这帮小兄弟自是慷慨有加，有难必帮，这么一来愿意跟随他的人就更多了。由于蒋泽恺行事从不低调，渐渐引得校方注意。老师曾屡次出面对蒋泽恺进行人生教育，可是效果不佳。蒋泽恺不但不知悔改，且总振振有词。

蒋泽恺已被校方拉入黑名单，成为朽木不可雕、孺子不可教的不良少年，在别人眼里蒋泽恺都是在少管所预备着雅间的。蒋泽恺班主任不忍看自己学生如此堕落下去，便把蒋泽恺的种种恶行告知了蒋父，一向自称清贫的蒋父得知此事后立刻恼羞成怒、火冒三丈。一路燃烧着三昧真火怒气冲冲地便找不孝儿子蒋泽恺去了，蒋父趁着怒火打了蒋泽恺一巴掌。这一巴掌不轻不重，打得蒋泽恺如梦初醒。蒋泽恺早已飘向九霄云外的魂魄也恍恍惚惚坠落回了身在凡间的躯体。

身在凡世心在红楼，狂妄不羁的阔少行为着实害得蒋泽恺不轻。同时，蒋父也悔不当初，自己为人之父、为人之夫竟也如此。贫贱不能移，富贵不能淫。难道自己发家致富为的就是这些吗？爷俩儿同时对自身做出深刻检讨。

为了儿子，他以身作则，把自己多年积累的豪车通通卖掉，所得资金全部捐献给了当地学校和敬老院。蒋父此等举措可谓是一举多得，先是教育了儿子，然后又被乡里乡亲称为蒋善人，不仅光宗耀祖，同时为自己博得美誉。

生意场上的朋友得知此事，都不禁暗暗为蒋父竖起大拇指，同时也认定了这位朋友。生意上的往来变得更加密切，蒋父事业再一次攀升，可是他却少了那些土大款的豪放不羁，多了些儒商的谦恭礼让。

一个人的能力越大，他的责任也就随之增加。一位成功的商人不在于他能拥有多少财富，而是他回报了社会多少。

尹尚三人行至天池湖旁，发现天池广场早已灯火通明摊位林立，有些卖特色小吃的摊位前甚至已经排起队伍。许颖看到这些硬是深深咽了口唾沫，轻轻抚了抚自己早已饥肠辘辘的肚子。恨不得立刻冲上前去买下所有吃食。

"风风，你背我好不好？"许颖撅着小嘴瞪着闪闪放光的大眼睛楚楚可怜地看着廖辰风撒娇道。

以柔弱乖巧女子的外表去博得大男子主义横行的廖辰风的怜悯是许颖惯用的手段之一。许颖手段之多总让廖辰风应接不暇，智商不到120的，还真会屡遭她算计。唉，谁让她对付得了小三，打得过流氓又下得了厨房哪。这是命，得认。廖辰风总是如此安慰自己。

"颖颖乖，不要这样子嘛，你知道我最怕漂亮女生撒娇卖萌的啦。"廖辰风同样一脸可怜巴巴的相貌对许颖柔声说道。虽然廖辰风卖萌时的容貌有些惨不忍睹！

这叫以牙还牙，是廖辰风忍辱负重多年总结出来的经验。但是据目前测试结果，这种以牙还牙的招数对许颖无任何根本性作用，其他软妹子也均可自行免疫。

廖辰风明知此等方法无效，可是在遇到许颖撒娇卖萌时廖辰风仍会下意识来上这么一句。酒壮英雄胆，萌助女人威，所以，许颖刀下死，做鬼也风流。

"不要嘛，你背人家到那里就好了呀，人家实在太饿了嘛。么么哒。"许颖伸出白皙的小手指着前方不远处的广场。她撒娇的手段可谓炉火纯青，看得站在一旁的尹尚浑身冒鸡皮疙瘩。

"边玩去，少在这儿恶心大爷我。"廖辰风突然冷言冷语，丝毫不配合许颖的装腔作势。

"去你的廖辰风，敢在老娘面前充大爷。你小子吃错药了吧今天！"许颖瞬间转换成女汉子模样，恶狠狠地瞪着故意躲得远远的廖辰风破口大骂。

"这才正常嘛，乖，一会儿哥带你去吃好吃的。"廖辰风冲着恼羞成怒的许颖呵呵傻笑了几声。

"好呀好呀，我要先吃30串铁板鱿鱼开开胃……"许颖又以光速转换成一脸乖巧模样望着廖辰风。

这对活宝情侣上演的现场版"变脸记"着实让尹尚大跌眼镜，看得他稀里糊涂云里雾里。不过既然是免费现场版，有的看就不错了。尹尚才不会较真非得弄个一清二楚。

近几年韩流成风，幸好不是寒流乘风，不然大多数人的偶像该是西伯利亚雪橇犬了。韩剧热播主要原因众多，其中之一便是剧情纯粹、画面唯美、故事温暖、爱情浪漫符合绝大多数女孩的公主梦，而且又很符合文艺小青年的小清新口味。其二便是演员漂亮有气质，温文尔雅有礼貌。

尤其是剧中一位位油头粉面的俊俏帅哥，几乎是摧毁了中国所有小女生的小心脏。网络上盛传这么一句话：韩剧毁了中国女人，日剧毁了中国男人。可是中国男人看再多的日剧心目中的女神还是只有那一位，而中国女人每看一部韩剧就会换一次男神，这貌似就很不好理解、耐人寻味了吧。

韩日剧情的差别和受欢迎程度无不体现了追剧人的梦想，韩剧追求浪漫注重恋爱过程，日剧崇尚一步到位。一个人的爱好可以体现他品位的高低，一棒子打死一群人是现代人难以改正的通病。

无不例外，许颖也是位标准韩迷，而且许颖嗜剧如命。她曾经创下连续 72 小时不间断看韩剧纪录。此纪录一直被风筝大莘莘学子传为佳话，无人能破。曾几何时，廖辰风无时不为许颖的身体健康指数深深捏一把汗。

许颖是风筝大韩迷吧吧主，既然是吧主，必定不是凡人！由她创下的纪录定能载入风筝大韩迷吧史册，许颖在韩迷吧被大家亲切称为"眼泪公主"。原因是她曾经在追一部韩剧时哭湿了整整一麻袋手帕纸。那是廖辰风省吃俭用挤出伙食费，为的就是帮许颖买纸巾擦鼻涕眼泪。不过现在想想，那些年许颖没把眼睛哭瞎真是她福大命大造化大。

每日哭得梨花带雨是许颖的必修课，通宵达旦追看韩剧是许颖的家庭作业，除了这些，她在学校唯一的室外活动就是陪廖辰风出去吃饭。就这么一个事儿，还让她觉得特费劲儿！

家有一老如有一宝，家有贤妻夫无横祸，家有许颖务必跳坑。这是许颖追韩剧以来廖辰风发自肺腑的无奈感慨，廖辰风对许颖如此热衷于韩剧表示刀架在脖子上也无法理解其中缘由。精髓就更别提，就廖辰风这智商，他在看韩剧时也只能听得懂思密达、思密达、思密达……

第七章
热 血 已 在

　　许颖追韩剧已经达到了废寝忘食的地步，廖辰风表示这是病，必须得治！要想根除这种精神上的疑难杂症，电线杆子上贴的那些小广告恐怕是指望不上了，就算拉到非正常人类研究中心解剖后用福尔马林泡上三月也不会看出个所以然！

　　廖辰风不让许颖追韩剧的原因有很多，其中之一便是自从许颖看韩剧后他这位从没去过韩国的普通男生根本无法跟高大上的许颖正常聊天了。许颖张嘴闭嘴就几句话：欧巴、米安哈么呢达、撒浪嗨幼、思密达。

　　母语还未修得精髓的廖辰风自是对许颖的新语种表示不明就里。他总对许颖说："思密达亲，英语这位半路杀出来的程咬金已经把我打得猝不及防、鼻青脸肿了，您老就消停会儿吧，为了谈个恋爱我至于去跟本就把普通话作为母语的女友讲韩语吗?!"

对于廖辰风的殷勤忠告,许颖表示不屑一顾、不值一提,反正就是不理不睬,许颖仍旧坚持不懈继续自己的追剧大业。看到自己完全被无视后廖辰风有种被许颖踩在脚底下的感觉,对于自己这位软硬不吃的女友廖辰风心道,恐怕爱情三十六计在她面前也是无计可施了!当然,廖辰风肯定是没有受到爱情三十六计编者的真传。不然,他也不会有这么丧气的想法了。

文的不行可以来武的,如若武的不行该怎么办?廖辰风就陷入了这样尴尬的局面,谈恋爱总抵不过行军打仗,非要整个三十六计、七十二变。思前想后,廖辰风榆木疙瘩般的脑袋终于想出一条妙计。

许颖因为追剧占用了自己大部分时间,倒霉男友廖辰风自是被她晾在了一边,两人热恋后第一次陷入冷场局面。冷战开始,热恋时的腻歪时间相对来说就减少了一大半,两人忽然同时感觉到自己业余时间倍增。时间充足心情就特别舒畅,吃嘛嘛香身体倍棒,一口气爬到八楼气也不喘了腿也不酸了腰也不疼了。

距离产生美,距离也产生寂寞。许颖虽有韩剧日夜陪伴,但她仍没跳出三界外逃离五行圈,免不了有凡夫俗子的衣食住行吃喝拉撒。每到饭点和想逛街的时候孤独一人的她便会立刻想到以前随叫随到的廖辰风,此刻许颖终于体会到廖辰风的用途和好处了。

可惜彼时不同现今。往日许颖一个电话廖辰风5分钟内一定屁颠屁颠地跑来。时过境迁,现在呼三四次对方都不带回应的,呼五六次都有被廖辰风拉入黑名单的危机。好不容易盼星星盼月亮似的把姗姗来迟的廖辰风请来,他也懒得跟你说句客套话或甜言蜜语一下下。如果只是这些也就算了，而他后面还总要跟着一位以电灯泡存在的跟屁虫蒋泽恺。

吃饭、逛街、看电影廖辰风总是一路与蒋泽恺谈天说地有说有笑故意把许颖扔在一边不理不睬，许颖看着两个大老爷们儿在自己面前搞暧昧有种说不出的恶心感，而且其中之一竟还是自己现任男友！难道廖辰风性取向变了，还是自己魅力减弱到连男人都吸引不到了？许颖思索良久终不得其解。

起初许颖只是有些气不过，因为当时她把生活重心放在了追韩剧上，而她心目中的男神也一直存在于韩剧里。所以廖辰风对于她来说只不过是男神未向她表白之前的一个临时替补而已，用当下时髦词儿来形容廖辰风的尴尬处境那就是——千斤顶。

只可惜廖辰风这位"千斤顶"工作做得未免有点太过尽职尽责，许颖每次出去逛街廖辰风一定早已在门口恭候多时。廖辰风伺候许颖就像李莲英伺候慈禧太后似的低头哈腰一路搀扶恨不得亲自弓腰背着自己的这位"女主人"。

很明显许颖的傲娇脾气是被廖辰风日积月累宠爱出来的，没有当年他的百依百顺怎能铸就许颖如今的盛气凌人。这就是搬起石头砸自己的脚，活该！

现如今许颖被廖辰风的无视气得心跳加速、血压飙升，恨不得一巴掌把廖辰风拍进水泥墙里抠都抠不下来。男神还是要找的，恋爱也是要谈的。许颖的目标是一箭双雕一只脚踏两只船，或者说吃着碗里瞧着锅里，家里红旗不倒外面彩旗飘飘。虽然许颖的此等想法非常令人不齿，又有辱良家妇女形象，不过幸好许颖梦想中的男神一直没有出现在她生活圈子里，绿帽子这事儿廖辰风目前还没机会戴。所以许颖自以为她对廖辰风还是比较忠诚专一的。

经过多次逛街看电影吃饭后许颖终于受够了廖辰风的冷落和蒋泽恺的溜须拍马。在一个月不黑风不高大雨不滂沱的夜晚，许颖终于忍无可忍爆发了她隐藏多日的愤怒小宇宙。起初许颖宿舍一位嘴角长着颗大美人痣的妹子告诉许颖对付廖辰风此等男人一定要一哭二闹三上吊，死皮赖脸使劲缠！不过，自称是新时代女性杰出代表的许颖更是技高一筹，不屑使用这等封建妇女专用技能。

夜，月光清澈如水。

许颖在操场寻到挥汗如雨累得气喘吁吁正在打篮球的廖辰风。看到廖辰风正忙，许颖很是知趣地一个人乖巧地坐在篮球场外，没有前去打搅廖辰风打球。而且许颖还不停地在场外挥手为廖辰风助威呐喊，看起来像是廖辰风的一位铁杆球迷。在廖辰风中场休息之时，许颖赶忙跑上前去送水递毛巾，帮廖辰风擦汗扇风揉肩捶腿，时不时还撒娇卖萌逗廖辰风开心，伺候得廖辰风飘飘然美煞得旁人跪地直向上帝祷告也赐他一个像许颖一样的女朋友。

廖辰风被许颖突然间的温柔弄得晕头转向有些摸不着头脑，原因可能是许颖这招太出其不意完全不在廖辰风意料之内。吓得廖辰风战战兢兢第一时间便立刻回忆起最近自己又犯了什么错误，惹得许大妹子这般不同寻常！这是暴风雨来临前的征兆吗？此时的廖辰风已经无心恋战，挥手向一旁正看得眼冒红心的队友说了句改日再战然后就以迅雷不及掩耳之势拉起许颖朝不远处的小树林奔去了。

刚走到黑灯瞎火的小树林后廖辰风立马就有种要给许颖跪地求饶的怯懦感。"男儿膝下有黄金"的古谚警句现如今在廖辰风眼里早已变成了"男儿有泪不轻弹，跪跪老婆有何难。"廖辰风虽是这么想的，不过他明知自己故意疏远许颖的方法生效，仍要刻意隐藏自己心中的胆怯，在许颖面前装出一副非常大爷的气势。

正经威严的廖辰风一本正经地望着站在自己面前故意秀出一副可爱相的许颖，用柔和中略带严肃的语气说："颖妹子，找风哥有何贵干？"

"嘿嘿，没啥贵干，没啥贵干，就是多日不见实在想念。"

"想我！你还会想我!? 是韩剧大结局了吧！你也只有在你无聊的时候才会想起我！你以为我是你的魔法小精灵，随叫随到？我不是你的贴身侍卫，请不要把我当作你的手机，随时可以攥在手心里。"廖辰风故意面露一副不屑的表情。

许颖没有立即答话，只是站在一旁笑盈盈地看着他。

双眼弯弯嘴角上翘一副很可爱的样子，即便是真在怒火上的廖辰风也不会对这么一位可爱的妹子发火的。

"讷讷讷，别色诱我哈，你知道我最见不得你卖萌的。"廖辰风假装害怕似的故意退后了几步。

"人家要不把你当作手机，你哪有全天 24 小时的时间陪人家的嘛？"许颖嘟着嘴可怜巴巴地望着廖辰风。

"别学那些狗血的言情剧，你是想把我玩弄于股掌之中吧！"

"哎哟，别说得这么坦白好嘛。好像人家已经把你怎么着了似的。"

"啊！你还想怎么着？"廖辰风双手护住胸部，摆出一副惊恐的表情。

"嘿嘿，今晚你就顺从了老娘吧，老娘以后可不会亏待了你的。敢跑！小心老娘抓到把你废了！"许颖怒吼着就朝廖辰风扑去，颇有恶狗抢食的神韵。

两人就这么着从冷战模式再一次步入热恋状态，然后一直持续到现在。许颖对廖辰风的性格了如指掌，所以，廖辰风才对许颖俯首帖耳。

……

三人来到天池广场，寻到一处卖麻辣烫的摊位就此坐下了。许颖嚷嚷着非要去买铁板鱿鱼，廖辰风拗她不过，只好跟屁虫似的随她去买。留下尹尚独自一人待在麻辣烫摊位看守随行物品。

麻辣烫老板忙活着招揽在摊位前走过的男男女女，不远处的大妈们已经推着巨大的音响在悄悄聚集，免费的广场舞表演恐怕又要准时上演，虽然她们的观众还没有表演者人数占据优势。尹尚一个人坐在那里显得特别孤单，幸好他的手机从未离身，才化解了这份寂寞。提到手机，尹尚又要玩微博了，他总是这么不厌其烦地刷刷刷…

刷微博无非就是想了解别人的最新消息，好在第一时间八卦出去，就像前几年流行的QQ说说和人人新鲜事一样。只不过微博可以八卦世界，而后者只能八卦校园。

尹尚伸出右手大拇指下拉手机屏幕，松手，"丢"的一声滴落水的声音。微博对话框内弹出一条消息，是腾讯微博搞的一个"再见单身"的活动，上面贴着一张美女照片，显然很多都是被PS过的。在看到腾讯微博弹出的消息后，尹尚被震惊得目瞪口呆。他不是被美女的美艳而震惊，他是对照片中的人和上面写着的一段话而震惊。

基本内容如下：

♯再见单身♯♯风筝市征友♯推荐MM唐雪，所在地：风筝市，身高：165，年龄：24，职业：销售，爱好：旅游、逛街、购物、上网、读书，择友标准：身高 175 以上，年龄 23 至 27，交友宣言：你来我相信你不会走，你走我也不会强留。下面附赠一张美女生活照。

"唐雪，唐雪，竟然是唐雪！"尹尚小声嘟囔着，双眼直勾勾地望着手机屏幕发呆，有些不敢置信微博上面晒出的这则消息。过了大概 5 分钟左右的时间，尹尚才从震惊中逐渐恢复神志。

随即，尹尚颤抖着双手评论了这条微博。尹尚写道：要走，或许情非得已。喜欢一个人不是霸道到毫无理由完全占有她（他），而是遵从她（他）的生存法则，懂得她（他）的喜怒哀乐。

时间不长，尹尚手机提示有新消息，是唐雪私信发来的。上面写道：爱情是两个人的事情，不可以盲目地追求自由和释怀，这种规则是两个人必须承受以及遵守的，不然就太过自私！

接到唐雪私信，尹尚激动得心脏怦怦跳，继续颤抖着双手打了一行字：爱一个人就是要懂得付出，哪怕对方爱的并不是自己，自己也会蹲在墙角默默祝福。

发完私信，尹尚乐得有些手舞足蹈，连忙把上面那条微博点了收藏。

第八章
点 到 为 止

　　许颖抓着一大把孜然味浓厚的铁板烧和廖辰风喜气洋洋地走了回来。许颖嚼着鱿鱼含糊不清地对尹尚说道："来，姐请客，甭客气，使劲儿吃！"

　　尹尚眼睛带笑地看着许颖，晃了晃手机，说道："今天我一定狠狠地宰你一顿。"

　　"有啥子喜事儿竟把你乐成这熊样儿。"廖辰风一把抢过尹尚的手机，好奇地翻看起了里面的秘密。"天！这不会是真的吧！"廖辰风在看到唐雪发的微博消息后，比哥伦布发现新大陆都显得吃惊。

　　"什么事儿啊？把手机拿来让老娘我瞧瞧。"许颖用命令的口吻对廖辰风招呼道。由于许颖两只手都拿着铁板烧，实在腾不出多余的爪子，廖辰风只好屁颠屁颠地赶紧拿着尹尚手机凑到许颖面前，毕恭毕敬地指着电子屏幕中的那条微博。

"天！"许颖也是大吃一惊。尹尚暗道这对情侣果真默契十足，就连用以表示吃惊的叹语都是如此相同。"你竟然还惦记着她！小伙子，有魄力！姐支持你。"

"魄力，呵呵。他这叫癞蛤蟆吃不着天鹅肉死性不改。"

"呵呵，你这叫癞蛤蟆吃得到天鹅肉却不知道珍惜！"

"不要把自己看得太过重要，OK？"

"你这叫癞蛤蟆想吃天鹅群！"

"请不要贬低你英俊潇洒的男朋友，不然也会牵连你慧眼独具的眼光的。"廖辰风语速极快地岔开了话题，以免许颖接着说他是癞蛤蟆。

"下面我就给你们分析分析什么是爱情。"

"自古英雄难过美人关，宁舍江山不弃美人。古今中外有关于爱情的故事更是数之不尽，三天三夜也道不完。其中不乏感人至深的生死恋，自然也不缺少甜美浪漫的公主王子恋，更不缺……"学着单田芳的口吻的廖辰风坐在那里独自讲起了爱情。

"少废话，这次老娘一定会拼尽全力帮助尹尚泡妞的！"许颖打断还要继续啰唆的廖辰风，斩钉截铁地说道："唉，我空有一身泡妞的本领，可惜自己却是个妞！"

"有劳颖姐费心了，大恩不言谢，我先请你吃个烤串。"尹尚从廖辰风手中夺过一把烤鱿鱼，殷勤地送给了正吧唧着嘴巴的许颖。

"来来，为了你的泡妞计划我以茶代酒，先祝你成功。"廖辰风举起塑料一次性杯子，煞有介事道。

许颖空出手，也拿起塑料杯子，说道："为我们的泡妞计划。呸！

为尹尚的爱情。"

"为了我们的爱情，为了我们不留遗憾的青春，为了只在一棵树上吊死的我，干了！"廖辰风说这话时特意朝许颖眨眼放电。

有人认为婚姻是爱情的坟墓。如果两个彼此相爱的人结婚，即便婚后生活是无聊或者困苦的，相信他们在看到对方努力的样子后，依然会微笑着面对对方。在这个并不缺乏爱情故事的世界里，十年的婚姻很普遍，十年的恋爱也存在，可是，暗恋一个人十年，这事儿恐怕只有内心强大的尹尚才能够做得出来。

而且，在这个荒唐的以爱情为中心的世界里，花痴的一直是妹子，花心的一直是男人。所以，尹尚为了自己心目中的女神竟然独守十年，这绝对不是正常人能够干的事儿！

说话间，一辆白色轿车驶入了三人视线之内。廖辰风放下杯子潇洒地对车子招了招手，示意车内驾驶员把车停到这边。短小的汽车在广场上发挥了它独特的短小功能，在几个漂亮的弧线甩尾后白色小轿车准确无误地停靠在了麻辣烫摊位后边。时间不长，从主驾驶下来一位身着浅蓝色修身小西装的英俊青年，那青年面带微笑，对尹尚三人招了招手，但是并未立刻走来。而是屁颠屁颠地跑到对面副驾驶旁，伸手拉开车门，毕恭毕敬地请下来了一位上身穿着浅黄色韩版雪纺衫下身穿着白色休闲裤的漂亮妹子。两人站在一起，论身着束、相貌气质，都颇有情侣的味道。

正啃着铁板烧的尹尚三人在看到这对打扮潮流的青年男女后都纷纷露出惊诧的目光。他们三人诧异的倒不是这对青年男女的装束，而是站在那位青年男人身旁的漂亮妹子。

"穆诗曼！"三人同时惊呼。

显然尹尚三人的呼喊并没有惊吓到那对青年男女，他们依旧微笑着朝尹尚这边走来。

"诗涵？对，是诗涵！"尹尚坚定地说道，不过他的声音极其细微，只有旁边的许颖和廖辰风听到了。

"你们……怎么在一起？"廖辰风看着蒋泽恺和穆诗涵质问道。

"我是诗涵，你们可别把我当成我姐姐喽。"穆诗涵笑盈盈坐在许颖和尹尚中间的空位子上说道。

"正因为你是诗涵，他才会如此好奇。"许颖用嘴努了努廖辰风，然后恶狠狠地咬了一口手中的烤串。

待蒋泽恺和穆诗涵落座，尹尚赶忙把手中的铁板烧分给两人。蒋泽恺大咧咧吃了起来，丝毫不顾忌形象。反观穆诗涵，只是轻轻咬了一小口，优雅地轻轻咀嚼。丝毫没有许颖那种粗犷的豪放气息。

廖辰风抬眼看了看许颖，又看了看穆诗涵，忧愁中略带痛苦地哀怨道："唉，有一种女朋友，叫作别人家的女朋友。"

话毕，许颖立刻心领神会，恶狠狠地在桌下踢了廖辰风一脚。

"呵呵，这么多年，你们俩一点都没变。"穆诗涵笑呵呵地看着许颖说道。

"他们俩是一对活宝，天造地设的那种。"答话的是尹尚。

"别岔开话题，老实交代，你们俩怎么混到一块去了？"廖辰风打破砂锅问到底。

是这样的，穆诗涵缓缓道来。

原来，在毕业后，穆诗涵的姐姐穆诗曼因为一些她也不明白的原因离开了风筝市。穆诗曼是悄悄离开的，蒋泽恺不知道，甚至连她的孪生妹妹穆诗涵也不知道她到底去哪儿了，原因是什么穆诗涵也表示不明白。

毕业后，穆诗涵留在了风筝市。由于没有关系，苦苦找不到合适的工作，一连两三年的时间，穆诗涵在职场苦苦打拼，勉强维持生计。就这么穆诗涵连续换了三四家公司，每家公司都是被穆诗涵以不适合为由炒了老板鱿鱼。穆诗涵性格要强，非要在风筝市独闯一片天下，誓死不回老家。家人奈何不过她，只好任由穆诗涵在风筝市发展。缺钱只要一个电话，爹妈半个小时之内一定打到她指定账上。

姐妹俩一个玩失踪，一个不回家，这让穆父穆母整日愁眉不展。还好穆诗曼还算有良心，相隔二十几天还会打电话给妈妈报个平安，只是总不提及自己在哪里。任由穆妈妈如何威逼利诱，穆诗曼总是巧舌岔开话题。

穆诗曼消失以后，蒋泽恺发疯了似的四处寻找。他独自一人走遍了穆诗曼曾经告诉过他的每一处旅游景点，可是蒋泽恺终究无功而返。大概过了半年时间，蒋泽恺无奈只好回到风筝市从长计议，尝试去用时间消磨内心的孤独。可是蒋泽恺发现，时间只会带来更多的寂寞。

就在最近两个月前，穆诗涵再一次辞职找工作。无意间，穆诗涵来到了蒋泽恺与朋友合资开设的公司。由于穆诗曼的关系，两人很久没有任何联系，这次偶遇，又牵扯出了蒋泽恺的旧情往事，使他痛中加痛。每一天面对与自己失踪女友长相一模一样的穆诗涵，多少会让蒋泽恺产生幻觉，致使他把应给予穆诗曼的爱全部移花接木到了穆诗涵身上。万幸，蒋泽恺始终深爱着穆诗曼而非穆诗涵，而穆诗涵又十分明白，两人这才同时出入公司而无任何绯闻。

　　"这么如花似玉一姑娘，天天在你身边绕来转去，你如果没有任何非分之想那简直就是不正常了。"廖辰风靠近蒋泽恺，声音极其细微地对他说。

　　"往事已如烟，追忆成枉然。"蒋泽恺眼神复杂地看了一眼廖辰风，然后小心翼翼地指了指尹尚，声音也是极其细微地对廖辰风说："她和这小子经常通电话，谁知道有什么奸情。我就是有贼心，也没机会偷呀。"

　　"呦呵，恕在下眼拙，还真没瞧出来他们竟然暗地里还有勾结。"廖辰风嘲弄道。

　　尹尚似乎隐约听到了廖辰风两人耳语般细腻的对话，尹尚扭头看了他们两人一眼，小声对他们说道："这叫防患于未然，预留后备之用。"

　　隔墙有耳，尹尚这话，恰巧被一旁正和许颖聊天的穆诗涵听到了。穆诗涵有些诧异，尹尚这是在说谁，便疑声责问道："什么预留后备之用？"

　　旁观者清，正吃得带劲的许颖嚼着筋道的鱿鱼责备地瞪了廖辰风一眼。廖辰风明知自己有错，立刻趴伏下来细细啃起了铁板烧，唯唯诺诺如同犯了错误的小孩子。

　　"呵呵，就是预备准备结束单身的对象。"尹尚尴尬地笑了笑，在心里赞叹真为自己的机智而感到自豪。

　　现在，女神遥遥无期。"备胎"，则招之即来。矛盾如尹尚，吃不到葡萄却不说葡萄酸；吃得到葡萄又不说葡萄甜。

人已到齐，廖辰风大爷范儿十足地立刻招呼老板点菜。老板不敢怠慢，答应一声，怯懦感十足地小跑而来。众人七嘴八舌叽里呱啦点了一大堆，老板乐得屁颠屁颠地赶忙招呼烧菜师傅抓紧忙活。不一会儿，便开始上菜。

饭中，廖辰风喝点小酒嘴里又把不住风开始与蒋泽恺胡扯，满嘴跑火车的两人戏谑的言语逗得许颖和穆诗涵咯咯直乐。尹尚低调地坐在一旁心里直纳闷，看我中华五十六个民族，大部分民族在酒后都有载歌载舞的习惯，唯有我大汉民族，一喝多了就开始吹牛！

饭毕，许颖满脸幸福地嘟囔着再也吃不下了，廖辰风和蒋泽恺也已喝得晕晕乎乎。许颖怕蒋泽恺酒后开车不安全，便夺过钥匙，开车载着穆诗涵就回了家，留下尹尚三人在风中凌乱。

没有女人的兄弟聚会才是真正的聚会。

廖辰风醉醺醺地把胳膊搭到尹尚肩膀上，酒气熏天地说道："兄弟，你不诚实啊，这么大的事儿你都不跟哥们儿说一声。"

"今天在火车站你是不是见到了唐雪？"

"你怎么不按套路出牌？完全驴唇不对马嘴。我是在火车站见到唐雪，并且还想以此为筹码狠狠敲诈你一笔，只可惜我今天胃口不好，发挥不正常，要不然吃不死你。哈哈哈。"廖辰风回答得倒是实在。

"天真，又不是唐雪托你给我带什么信件。你也只是远远地看了人家一眼，就这点无任何价值的消息还想以此要挟我，你当我花痴啊！"

"唐雪这个名字已经在你短暂的人生中缠绕了你十年，如果就连你还不能用花痴一词来形容的话，我看梁山伯和祝英台都要从坟墓里爬出来了！"醉醺醺的蒋泽恺趴伏在路边的马路牙子上一阵翻江倒海，尹尚见状，连忙递水上去。蒋泽恺漱了漱口，接着说道："我说风哥今天你喝了 18 瓶啤酒，吃了 26 串烤鱿鱼和 24 串烤羊肉，还有那一桌子菠菜、生菜、花菜、油麦菜……基本上全让你包了，你还嫌发挥不正常，你有考虑过粮食局的感受吗！"

第九章
夜半惊魂

"花痴的代价就是别人把你当傻子一样看待!"尹尚眼神有些冷漠。

"我也是……"是字还未讲得圆满,蒋泽恺便一头栽进路边的绿化带内呼呼大睡了起来。一点也不考虑花草的感受。

"小子,胆敢跟我比酒量,喝不倒你!嘿嘿。"那边蒋泽恺的春秋大梦还未做得圆满,这边的廖辰风又扑通一声,一个狗吃屎也紧跟着栽进了路边绿化带内。

尹尚无奈地看着随遇而安的两人,实在束手无策。又不可直接倒地跟着他们以天为盖地为庐,这样的生活看似洒脱,但却危机四伏。在这个遍地流氓的当下,这么洒脱的生活还是不要经历为好。前几天尹尚就曾经在微博上看到过路边一位醉酒男子就遭到了一位衣衫褴褛相貌可憎的男乞丐的亵渎。那情景着实恶心得尹尚把头天晚上吃进去的兰州拉面都吐了出来。

为了不让廖辰风和蒋泽恺再步那位"倒霉蛋"的后尘，尹尚毅然决然地打电话给了廖辰风的那帮保安兄弟。不过三分钟，廖辰风手下的得力干将张副大队长就带领着三位训练有素的保安兄弟前来营救他们至亲至爱的廖大队长了。

在张副队长英明神武的指挥下，尹尚几人费了九牛二虎之力终于安全地把廖辰风和蒋泽恺抬回了家。

尹尚对张副队长和几个兄弟连连道谢，并拍着胸脯保证改天请客以表答谢之恩。张副队长微笑着默然笑纳，并未推辞。

正在客厅看电视的许颖眼神淡然地横了廖辰风一眼，似乎有种莫名的愤怒从意识中毫无保留地喷射了出来。醉醺醺的廖辰风像是无线电波接收器，瞬间便察觉到了许颖神情突兀的异样，顿时酒醒了一大半。

清醒过来的廖辰风如同立功心切但却总犯错误的小兵，在意识到自己又一次出力不讨好后便立刻安分守己了下来，马上搀扶着蒋泽恺去了他经常住的房间。

"小样儿，喝啤酒装晕！"许颖蔑视味十足地嘟囔了一句。

看到这幅情景，穆诗涵和尹尚意味深长地对视了一眼，双方面部均流露出一丝超级无敌特鄙视的表情。

尹尚对穆诗涵笑了笑，身心疲惫地一屁股蹲在了沙发上。可能由于太过厌恶酒气的原因，许颖扭头瞥了尹尚一眼，自言自语道："我去洗澡了，你们慢慢看吧。"

"嗯。"穆诗涵轻哼一声，便扭头朝尹尚神秘地一笑。尹尚专心看着电视，没有察觉这些，穆诗涵自觉无趣，可又心有不甘，便献媚地朝尹尚身边坐了坐。

"两年不见，你觉着我有什么变化？"穆诗涵盯着不断变换色彩的电视屏幕，若无其事地问道。

"现在更有成熟韵味之美。"

"你嫌弃我老了？"穆诗涵瞪着尹尚。

"你会在意我的想法吗？"

"如果你在意我，会像我在意你那么深。"穆诗涵顿了顿，接着说，"也对，何必去在意那么多。青春本就是一篇结局已定、情节波折、伏笔众多的言情小说。"

"韩剧里面有这句台词？"尹尚好奇地问道。

"这不是你在你新书中自己写的嘛？"

"呵呵。"

"哈哈。"两人相视而笑。

许颖顶着湿漉漉的头发来到客厅，安排了一下穆诗涵的住处便姗姗地准备回去睡觉。夜已深，电视机中不间断地播放着无聊的综艺节目，穆诗涵伸了伸懒腰打了个哈欠，起身跟尹尚道了晚安也准备回去睡。尹尚端着杯子，精神依旧，只不过一个人待在客厅实在无聊，也便关闭电视起身回屋去就寝。

得了手机综合征的同学在睡觉前总是要摆弄一会儿手机的，要不然便会觉得今天自己好像遗漏了些什么事儿。尹尚同学单薄的躯体已经被手机综合征的病毒侵蚀到了骨髓，刷微博是他睡觉前的必修课。此时，尹尚想起他"艾特"唐雪的那条私信，不由得神情再一次进入亢奋状态。尹尚颤抖着手点开微博，叮铃一声手机提醒有未读消息。

尹尚急忙点开，是唐雪发来的信息：睡不着，可以陪我聊聊天吗？

时间显示是半个小时前。

看到唐雪艾特自己的私信，尹尚激动不已，一连默读了好几遍才诚惶诚恐地回复道：非常乐意为您效劳，今晚我也有些失眠。

男生在追心仪女神的时候总会或多或少在心底去罗列自己与女神的相似之处。然后满脸献媚地告诉心仪女神，单从咱们这些共同点而言，其实咱们是很般配的一对！

这种拙劣的手段，貌似是每一位初恋男生都乐此不疲使用的。当然，成功的概率是和你女神智商的高低成正比的。

只是，尹尚消息发出去后却石沉大海，久久得不到唐雪回复。还好，尹尚早已死灰的心已经习惯了唐雪对他的漠视。

尹尚无奈，悻悻然躺在床上胡思乱想着，手机放在枕边依旧发出幽幽荧光，不敢关闭，生怕等会儿唐雪会发来消息，他会再一次错过。一直到尹尚昏沉沉睡去，他的手机再也没响过一下。

尹尚睡觉有个毛病，就是手机必须放在枕边，而且是彻夜开机。他怕夜里万一会遗漏什么重要消息，事实证明，他在夜里除了中过几次三等奖和儿子被绑架过，其他再无任何有价值的简讯。可是，即便如此，尹尚依旧乐此不疲。

他能落下这么一毛病，还要从读高中那会说起。

尹尚读高中那会儿，手机忽如一夜春风似的迅速普及了初高中校园。通信的便利直接致使青少年们课余生活丰富多彩、熠熠生辉，为同学们之间情感的交流和学习增加了无限乐趣。当然，感情永远是放在生活第一位的，尤其是在这个情窦初开的青春时代！

有了手机这种便利的通信工具，手机 QQ 自然也跟着水涨船高。在那个还没有微信、陌陌这种神器的年代，唯一相对普及的社交软件就是手机 QQ。支撑着这所谓时尚的动力已被我们用一个词汇完全概括——网恋。从暗恋到网恋，这是恋爱界的一小步，却是人类的一大步！

为了不让自己的青春留有一丝遗憾，尹尚毅然决然地加入了网恋大军。网恋并非只要成为网民你就能理所当然地恋爱，所有聊天工具也只是为你搭讪男神女神提供一个媒介。所谓师父领进门，修行在个人，讲的就是这个道理。经过数月努力，尹尚终于吃一堑长一智、后知后觉地悟透了这个理儿。

网恋不成，尹尚遂抛弃网络转战到现实。也就是在以这个为前提的背景下，尹尚才有了追求唐雪的勇气。

女神也是人，也要一日三餐，不写作业也是会被老师臭骂的。

每日默念三遍，泡尽天下女神！这么具有洗脑意识的句子尹尚是根据国内某位知名英语讲师的名言名句演变而来的。后来，干了几个月保险业务员的尹尚对于这种洗脑式言语产生了极其厌恶的抵触心理。才最终明白，洗脑与成功的概率是没有必然联系的。

不过高中时期的尹尚还是十分相信这种洗脑教育，就像民间神论者坚信世间会有神灵一样，对此深信不疑。

虽然尹尚的英语水平一直徘徊在初级阶段。这也丝毫没有让他对某著名英语教师产生抵触心理。

那时，尹尚每日必念三遍。这份信仰虽未治愈他心中那份天生的胆怯，但，确实激励了尹尚不少勇气。就像等待上阵杀敌的士兵一样，心中的怯懦感被带头将领几句话振奋得热血沸腾，恨不得逮谁都想捅上一刀。仿佛杀人是一件多么高尚的事情一样。

　　幸好尹尚年幼时信奉的对象只是鼓舞他的勇气，而并非教育他焚火烧身以报国恩，不然牡丹市的英雄纪念碑上还要追加尹尚一个光荣搀扶老奶奶过马路的烈士称号了。不过，也很有可能在尹尚书写光荣烈士称号的时候他甚至连老奶奶的医药费都赔不起。

　　就这么在强大内心的驱使下，尹尚使出浑身解数通过各种歪门邪道的手段终于查清楚了唐雪手机号。

　　"嗨，你是塘雪?"这是尹尚发给唐雪的第一条短信。

　　第一条短信，承载了尹尚无数希望与幻想。当年尹尚激动的心情一点也不亚于数年后的今天。和同一个人聊天数年，而且还能保持心跳加速很有可能在下一秒都有血脉冲胀爆裂而死的激动心情，这恐怕只有尹尚能够做得到！

　　"嗯，我是唐雪。"看到回复，尹尚窘得恨不得就地挖个坑立刻把自己掩埋起来。自己竟然连对方名字都能拼错，真是糗到家了。

　　因此，尹尚惭愧了好一阵子，再没了回复短信的勇气。

　　事情就这么过去了，一直到夜里12点。尹尚睡得迷迷糊糊，枕边的电话突然毫无预兆地大吼大叫了起来，像是中了邪的看家犬，在半夜神经大条地疯狂吠叫。

　　熟睡中的尹尚睁开蒙蒙眬眬的眼，手机强势的荧屏灯光立刻刺得他双目短暂性失明，所以在他还未来得及看下来电显示就把手机听筒按在了耳朵上，口中含糊不清地讲了句："喂……"

"你谁啊！没屁事儿发什么破短信，信不信分分钟揍得你满地找牙！……"听筒里的声音暴跳如雷，显然对方已经气急败坏血压升高恨不得逮谁都想揍他个鼻青脸肿。

"嗯……睡觉呢，有什么事等我睡醒了再说。"尹尚睡意蒙眬，丝毫没有被对方火冒三丈的怒意吓到分毫。手机随手一扔，调整了下姿势继续呼呼大睡。好像刚才什么事儿都没有发生过一样。

直到第二天清晨，尹尚懒洋洋地打着哈欠揉了揉双眼这才回想起昨天夜里好像接了个恐吓电话。

尹尚惶恐不安地翻开通讯录，在看到"唐雪"俩字后不由愣在那里，一时间竟不知所措，努力开始回想起昨天夜里唐雪究竟说了些什么。只可惜尹尚记性太差，努力了好长时间仍旧未回想起只言片语。只感觉对方脾气非常暴躁，然后就没有然后了。

本次通话留给尹尚最为深切的感受就是唐雪情绪愤怒态度很不友善。

可是事到如今尹尚也懒得做缩头乌龟，定了定神不假思索便短信回复道："昨天晚上让你吓得我差点把手机扔了，还以为世界大战爆发了呢。直接吓得魂不附体直到今天早上才缓过劲来，急忙翻开手机一看，竟然是你唐大小姐。以后咱能不能不这么一惊一乍的？有心脏病的还不直接让你吓过去。"

过了片刻，唐雪回复他："谁让你这么胆小的。哈哈……很显然我威慑力还不够强大，至少你的手机还可以发短信，我的终极目标是直接摔烂。"

“太阴险狡猾了，世界上又没什么摔手机奖，有什么气冲我来，放开我的手机。”

“更阴险的还在后面呢，非吓死你不可!”

第十章
摇 摆 不 定

"大不了 18 年后还是一条好汉！我就不信你能隔着无线电波直接电死我。"

"走着瞧。"

"静等风来。"

然后，又没有然后了。

尹尚和唐雪的第一次交锋，以唐雪这位大 boss 完胜而告终。

此事被尹尚戏称为"恐吓门"事件，以奠定他和唐雪成功搭上话为重要依据。此后，尹尚隔三岔五便和唐雪短信聊天，起初唐雪对尹尚爱答不理，有一句没一句地回复。尹尚死皮赖脸穷追不舍，而且还经常10 块 20 块地给唐雪充话费。可能是出于拿人钱财替人消灾的心理，唐雪开始慢慢和尹尚频繁地发短信，其内容无非娱乐杂志上那些取悦大众的八卦新闻。

伴随时间的推移，两人逐渐熟悉了彼此，可是尹尚却没有进一步采取任何行动。他和唐雪所谓的熟识，也只仅限于手机聊天。人家网络结识的唤作网友，尹尚同学和唐雪同学按理论应该称为手机朋友，简称机友。

不敢从网络转战到现实的爱情俗称见光死综合征，通常发病者临床表现如同尹尚一样。间隔着电子屏幕讲话幽默风趣、温文尔雅，可现实之中，他的语调却喜怒哀乐言表于色。不过见光死的最大原因就是看脸，与长得帅的才有青春是一个道理！

尹尚与唐雪之前的这点小隐私，尹尚同学的隐蔽工作做得超乎异常地好。在高中未毕业前，就连廖辰风和许颖都是不曾知道的。

事情的发展如同遇到瓶颈的修仙者，在达到一定实力后便会停滞不前，像荡秋千似的来回摆动着悬浮在空中，停留在一个尴尬但却十分重要的空间里。

……

清晨阳光依旧，尹尚伴随着鸟鸣从睡梦中缓缓醒来。现在的生活是他曾经无比向往的，如今已梦想成真，尹尚怎会不好好享受。

偷得浮生半日闲，怎一个爽字了得！就连夜里做梦，尹尚都会偷偷乐醒。

可惜，倒霉如尹尚，这次竟是被尿憋醒的！话说昨晚喝了那么多，第二天他如果能睡到自然醒那简直是天理不容！殊不知，此刻楼下厕所门外已经排起队伍。廖辰风满脸痛苦地贴在厕所门上，咬牙切齿憋得脸色通红，一副恨不得就地解决掉的样子。

看见他这副挨千刀的模样，尹尚顿时尿意大增，可又无所去处。这个挨千刀的房子，房间那么多，厕所却这么少。尹尚一时隐忍不住在心里问候了设计师十八辈祖宗个遍，算是对他自认为超级牛作品的称赞。

由于是礼拜天的缘故，蒋泽恺和穆诗涵都没有扛着疲惫的身躯去工作，而是放松灵魂继续沉浸在曼妙的梦境当中。廖辰风是这个小区保安队的大队长，平时除了上级前来视察工作时比较忙一点其他时间就是打游戏打到手累，然后抱怨时间过得真慢！

这种极易招恨的工作廖辰风还特不淡定地经常拿到朋友圈去炫耀，然后不怀好意地坐在电脑前不停刷着网页，慢条斯理地回复朋友圈内各种羡慕嫉妒恨的评论。这种惬意的生活并没有持续多久，有一天他突然发现自己的朋友圈比以往安静了许多。

廖辰风百思不得其解，调查了好久廖辰风才终于明白因为他的各种显摆而招致众愤，大家把他屏蔽了！此事曾经乐得许颖连续三天都从睡梦中笑醒，然后廖辰风通过许颖朋友圈向朋友们各种赔礼道歉并承诺以后一定改邪归正。由于廖辰风态度诚恳，加之各种诉苦说自己就是个看门的，众亲友这才勉强放他一马。

三人在厕所外打个照面道了句时间尚早，然后便各自回屋睡回笼觉去了。

梦里寻花千百度，蓦然回首，那人仍在鼾声处。

一直到上午 10 点，尹尚才口渴难耐地跑到厨房寻水。此刻，穆诗涵已经饥肠辘辘在那里啃食零食，边吃还边气鼓鼓地抱怨"这就是尹尚的待客之道，早上都不带给做饭吃的！"

吃饭！您穆大小姐不是在减肥嘛，怎么这么不负责任地吃早餐，你这不是在自毁体型嘛！这么罪恶的事情我可不能眼睁睁看着你自甘堕落、误入歧途，我要拯救你！亲爱的穆小姐。

尹尚一把抓过穆诗涵正在吞食着的零食，毫不客气地塞进嘴里，含糊不清地讲道："你不是要减肥嘛，可不能这么不负责任地乱吃，万一长胖了怎么办？泡不上帅哥，你还不懊恼死这身肥膘！"

"吃不饱哪有力气减肥！没有帅哥，有你这普通人凑合着也一样。"穆诗涵飞快地夺回零食，接着讲道，"都快晌午了你们还不喊人家吃早饭，你想饿死人家啊。"

果然，女人减肥永远都只是个噱头，用以博取别人的羡慕和称赞。这么复杂的生物还真不是男人们随随便便卖弄个某某论文假装研究一下就能整明白的。

恐怕，在生物进化论中，女人这种高等生物进化的速度已经远超男人几条街！

"私心想着只让你睡美容觉了，再说，年轻人哪有吃早饭的习惯。除非你被那把无情的杀猪刀摧残了。"尹尚眨了眨眼睛，开玩笑道。

"你才被杀猪刀摧残了呢。我这么貌美如花气质绝佳，人见人爱还来不及呢。岁月怎会舍得在我这么俊美的脸颊上留下任何痕迹，更别提摧残，小朋友，这种玩笑开不得的哦。"穆诗涵做了个鬼脸，接着说，"美容觉这么浪费时间的事情只是那些懒虫美容专家为自己有合理理由睡懒觉找的借口罢了，你还真信了。专家还不建议你早晨空腹吃饭呢，我怎么从没见你半夜出来觅食加餐呀。"

"有道理，所谓美容知识还是要相信美女的经验，毕竟你们用事实证明了自己方法的正确。我这歪理谬论还算有点道理吧，穆美眉?"尹尚朝穆诗涵抛了个媚眼。

"小伙子够聪明，我喜欢。本小姐勉为其难奖励你陪姐姐出去吃饭。机会难得，好好珍惜哟。"穆诗涵也学着尹尚的样子，向尹尚眨了眨眼睛，可爱而又神秘地笑了笑。

"来，吃饭前先给哥哥笑五毛钱的。"尹尚伸手挑起穆诗涵的下巴，调戏道。

"不要这样子嘛，人家都不好意思啦。"穆诗涵嗲声娇媚萌气十足。

尹尚打了个寒战，跑去洗漱换衣服去了。穆诗涵待在客厅无聊地啃食着零食，静静等待着尹尚。

两人吃过饭，带着三份外卖回来，仍不见廖辰风三人起床。尹尚打个哈欠睡意犹存，准备接着回去睡个饭后觉。却心不甘情不愿地被穆诗涵拉去看电视了。

整个下午尹尚都在陪穆诗涵看韩剧，他真想不明白为什么剧情如此狗血的电视剧穆诗涵会看得这么津津有味，感动得好像她是剧中女主角似的。虽然尹尚也在写言情小说。

可是自来到风筝市后，尹尚的大作便搁浅至今，还未有时间仔细斟酌一下剧情。至于正在脑海中酝酿的爱情故事，到目前为止，连故事梗概都未写出。想到这里，尹尚不禁为自己的懒惰而汗颜，更是认定拖延症真的会毁一生! 就像《西游记》中的那经典桥段，所有妖怪在抓到唐僧后都会说一句: 等抓到孙悟空后一块把唐僧炖喽。不出意外，最后倒霉的都是妖怪，而没有吃到唐僧肉的最直接原因就是没有在抓到唐僧后直接扒皮抽筋煮熟吃了。

懒惰毁一时，拖延毁一生。这是尹尚噙着泪水在自己笔记本上写的一句话。

廖辰风在二楼陪着蒋泽恺打游戏，许颖正为她的事业而忙碌得焦头烂额，尹尚左顾右盼坐立不安，只有穆诗涵悠闲自得、清闲无比。这么下去也不是办法，尹尚一直在蓄谋合适的借口逃脱穆诗涵魔爪，就这么想着想着天色便黑了下来。尹尚又在心里无限诉苦，果然他已经病入膏肓，进入了拖延症晚期。

拖延症是病，必须得治！尹尚咬牙痛表深受其害。

又到晚饭时间，许颖三人从楼上陆续下来。众人见面后的第一句话非常统一：今晚吃什么？

貌似我们总被生活中诸类平凡事情困扰，绞尽脑汁，百思不得其解，最终而又总被现实折服。尹尚为了摆脱这种困境，使灵魂得到升华，主动请命去买外卖。众人一致表示赞同，此等大事就全权委托尹尚一人定夺，不论荤素，只要无毒就行。

尹尚屁颠屁颠地便跑了出去，至于晚饭到底吃什么，他还真不知道，心想见什么买什么就对了。

在饭店排队等候拿餐的时候尹尚甚觉无聊，被遗弃一天的手机再现神功，发挥了其打发时间的独有功能。

虽说现在智能手机功能多到你都不知道自己应该去玩什么，但在众多选择中，唯得大众喜爱的聊天APP要说聊天神器微信了。微信的问世直接结束了短信和打电话带来的巨额费用，诸如嗯、啊、呵呵、嘿嘿此类废话便可以通过微信语音随意发送，并且价格超低。是众无聊男女互相调侃的必备神器。

尤其是在这么一个高端大气上档次的公共场合，众目睽睽之下一位身高八尺的汉子公然玩游戏，这会是一个很矛盾的事情。你想呀，玩操作简单的游戏别人会以为你智商有限，只能驾驭得了这么幼稚的东西。玩复杂一点的游戏会立刻导致贵机发热，不仅耗电，而且还会减少手机使用寿命。何其苦哉哀哉。

相对于这些左右为难的问题，避而不做实为上策。

这么一来，微信聊天也就成了上上之选。无聊时候还能增进友谊，实为一举两得。你跟妹子搭讪，聊得花枝乱颤，一来让旁边众男心生羡慕，二来又让旁边妹子心生好感。但前提条件是不要当众喧哗，聊得忘乎所以，整得偌大厅堂都是你一人的笑声，这就有点适得其反又凸显你道德低下了。

尹尚无疑是寻到了其中精髓，好友列表中的所有人都打了一声招呼，即便对方不在，也可增进一下友谊，免得以后见面说这么长时间不见，也不打个电话问声好。虽然在你想不起他的时候他也想不起你来，可是总有些人以此当作友谊渐渐疏远的借口，用以抚慰双方早已无所谓的心。

果然，如尹尚预料的一样，微信发出后，他没有收到一条消息回复，哪怕是客服妹子都不曾发来一条。

尹尚无奈地摇了摇头，扔了个瓶子又搜索了一下附近的人。这么无意间一搜不打紧，着实激动得尹尚差点在原地蹦一米多高，可是在兴奋过后尹尚马上便迎来了忧愁。

微信显示：唐雪，100 米以内，2004～2014 十年间消失的只是时间，不是梦想，但愿我们不期而遇。

看到这里，尹尚倒吸了一口冷气。此刻他实在难以置信，自己居然和唐雪距离这么近。尹尚经不起大风大浪的小心脏立刻抽搐了一下，猛然转身在人群中去寻找那一个对自己来说既陌生而又熟悉的背影。

第十一章
女 神 你 好

　　和所有狗血电视剧或小说一样，在尹尚转身的一刹那，唐雪也看到
了他。只不过，尹尚是站在某自我感觉高档无比的饭店门口，而唐雪则
站在广场中央不断往外涌出清水的人造喷泉旁。可能由于光线的差异唐
雪看不清尹尚，而由于广场投射灯光的角度尹尚是刚好看得到唐雪的，
这一点在下一帧画面中唐雪微微转了一下身就可以看出来了。

　　像着了魔似的，尹尚竟径直朝唐雪走了过去，那动作缓慢而又坚定
不移！若是在以前，此刻尹尚一定会胆怯地抱头鼠窜，因为他经不起波
澜的小心脏在见到唐雪后是经不起那种疯狂跳动的速度的。

　　在尹尚走出灯光的阴影部分后，唐雪似乎发现了什么，定睛朝尹尚
看了过来。

　　在唐雪炯炯目光注视下，尹尚没有像以往那样退缩到黑暗的墙角

里，胆小如鼠似的藏头缩尾。这次反而出乎寻常坚定不移地继续朝唐雪走去，在两人距离接近到彼此说话都可以听到的距离后，唐雪率先开口。

"好久不见。"唐雪嘴角微微翘起，似乎是在笑，可是笑得却那么不明显。

"好久不见，最近可好？"尹尚声音有些微颤。

"没了你的短信骚扰，感觉世界清静了不少。"唐雪半开玩笑似的说道。然后顿了一下，秀眉拧了拧，疑问道："你哭了？"

"有吗？"尹尚略显尴尬地伸手擦了擦眼角。"清静到一定程度就是无聊，你不是最怕无聊吗？"

"怕不代表它不会来，就像你总喜欢玩捉迷藏一样。既然得不到，何不放手任其隐藏。"

或许等到了一定时间，那个人自然是会出现，只是时间会久一点。仅此而已。

尹尚略显尴尬地笑了笑，环顾了一下四周，接着说："一个人吗？吃饭了没？"

"还没。"

"赶巧，我也没吃呢，呵呵。要不，我请你去吃麻辣小龙虾吧。"

唐雪低头笑了一下，笑容中带有一丝不易察觉的了然，然后高兴地对尹尚说道："好啊，那边就有一家店做得不错，要不我们去那边吃。"

倏忽，尹尚竟有些被女神的大方镇住了。他万万没想到唐雪会这么轻易就会答应他的邀请，这有些太出乎他的意料。

难道是请她吃麻辣小龙虾的缘故吗？或许是吧，尹尚在高中时就知

第十一章 女神你好

075

道，唐雪曾经告诉他，自己非常喜欢边吃麻辣小龙虾边喝果汁。

唐雪说那种麻辣的感觉可以暂时让她忘记一切，把所有注意力都集中在辣辣的嘴唇上。

唐雪与尹尚并肩行走在嘈杂的天池广场，尹尚心情复杂得犹如翻江倒海。每一寸波浪都触及心灵深处的那块礁石。

天池广场商家林立，尤其是各种地方名吃，更是数不胜数，多到在天池广场逛一圈只是闻闻味都能把人腻死！

广场西北角有家回头客川味店，店内装饰简单不失风雅。对于这里，唐雪轻车熟路都不用货比三家便带着尹尚径直来到了回头客。跟在身后的尹尚忽然有种被唐雪下套了的感觉，不过事已至此，更何况是自己非要请人家吃饭的。

两人在店内找了处空位坐下，唐雪招手叫来服务生，指着菜单毫不客气地刷刷就点了十几道菜。一旁的尹尚微微有些惊讶地看着唐雪，心道，就算咱们时隔几年初次见面也用不着兴奋到胃口这么好吧！此刻在外人看来倒显得是唐雪在请尹尚，而失去主动权的尹尚倒像是被请者。坐在那里动作非常局促，面色很是不好意思，一切都在等东家安排。

不过尹尚最终还是耐不住性子，小声问唐雪道："点这么多，咱们两人吃得完吗？"

"没事儿，等会儿宁静和邵婉晴还要来，她们会帮忙解决掉所有食物的。"唐雪抬头对尹尚微微一笑。

"啊……哦……"从尹尚面部表情变化来看，从吃惊到平静。很显然，尹尚是认识宁静和邵婉晴的。

在校园里，唐雪、邵婉晴与宁静三人，总是形影不离，不仅是闺中密友，更是学习上的好帮手。尹尚像个变态似的暗地里时常注意唐雪，自然认识宁静和邵婉晴。

怪不得女神会如此爽快地答应自己，原来唐雪早就约好了人。难道女神只是单纯让自己来付账的？可是，根据尹尚对唐雪浅显的了解，对方什么时候变得这么腹黑阴谋诡计一肚子了？可若不是这样，那唐雪让宁静和邵婉晴来做什么？讨厌单独和自己在一起？这种答案未免有些太勉强。要不然就是唐雪早就约好了她们，是自己打扰了她们聚餐。那么唐雪为什么又会答应自己的邀请呢？尹尚实在不明白女神的用意，只好老实巴交地坐在那里，随机应变。

只是，尹尚不曾听说过这么一句话：如果一个女孩愿意介绍她身边的人给你认识，那么，她一定对你产生了某种好感。

看着眼前琳琅满目的美食，尹尚已经无暇顾及这些了，早已饿扁的肚子不停怂恿着他赶紧对桌上的美食进行大扫荡。不过，尹尚碍于面子不得不像个有修养的绅士一样端坐在那里举止文雅地与唐雪叙旧寒暄。

可是拥有一副淑女外表的唐雪却没有注意这些细节，拿起筷子很自然地享用起美食来。眼馋得尹尚直流哈喇子，人家身为一介女子都不表现得如此拘束，倒显得尹尚有些过于讲究了。

完全放开的尹尚也是一位十足的话痨，更何况他和唐雪本来就有话题可聊。还记得尹尚第一次给唐雪打电话，两人东扯西扯竟然聊了两小时，直到最后电话提醒欠费为止。因为是长途加漫游的缘故，所以话费消耗得比较快，这些生活小常识咱们大家都心领神会的。

两人闲扯起来如同亲密无间经常厮混在一起的朋友，没有一丝尹尚先前预想的尴尬。到目前为止，可以说晚餐进行得非常顺利，两人都未明显表现出任何不适。唐雪的落落大方虽然是在尹尚意料之中的事情，可是他自己的气定神闲却并不是自己预想到的。按照尹尚对自己在见到唐雪后精神状态的评估，此刻的尹尚应该是坐立不安如坐针毡。再怎么假装镇定也不会像现在这样这么坦然自若地和唐雪谈天说地。

聊天期间唐雪接了一次电话，是宁静打来询问回头客地址的，唐雪简单而又快捷地告诉了她最便捷的行走路线。

而尹尚也没有闲着，廖辰风很关切地用微信发来消息，询问外卖购买的是否顺利，需不需要他带领一干帮众前来帮忙。看样子他是饿得快不行了。尹尚回复说又不是跑到工地上偷水泥，还是让你的保安兄弟们早点洗洗睡吧。然后，尹尚又附赠了一张他和唐雪吃饭的合影照，外加一个坏笑的表情就发给了廖辰风。照片下面写道：看到这张照片，我相信你的饥饿会被震惊一扫而空的。

果不其然，在看到唐雪和尹尚的合影后，廖辰风惊讶得差点把手机扔到房梁上去。然后心情难以平复地说："他怎么会和唐雪在一起？这照片是 PS 的吧！他这是赤裸裸地在炫耀吗？"

"看来外卖是吃不上喽。唉……"许颖叹了口气，嘴角挂着一丝坏笑。

"哼，有什么了不起的！"穆诗涵泄愤道。

"这桃花运就像台风，来势汹汹毫无预兆，挡都挡不住！看这阵仗，尹尚这小子很春风得意呀。"蒋泽恺调侃道。

"哼！"穆诗涵瞥了蒋泽恺一眼，很是用力地冷哼了一下，"不就是陪美女吃顿麻辣小龙虾嘛，好色的家伙。只有长得不好看的人才会喜欢长得好看的人！死尹尚！"

"她此刻的状态很像是在吃醋哦。"许颖轻轻指了指穆诗涵,小声对廖辰风说道。

廖辰风会心一笑,对许颖使了个眼色,示意的确如此。

"没有吧,人家郎才女貌很般配的呀。"蒋泽恺拿着廖辰风的手机,又瞅了一眼。

"好色之徒,狐朋狗友。哼!"穆诗涵睁大了双眼愤怒无比地瞪着蒋泽恺。

"唉……"

"唉……"

许颖和廖辰风非常默契地看着蒋泽恺同时哀叹一声。似是在为蒋泽恺的愚昧叹息。

"走,咱们也去吃麻辣小龙虾!"穆诗涵大手一挥,豪气万丈。

"这样不好吧。"廖辰风唯唯诺诺地说。

"你想饿死在家里吗?"许颖问道。

"不想。"

"那就服从组织领导!"

……

回头客店门外,宁静和邵婉晴稍微徘徊了一下便毫无疑问地走了进去。两人经过一番火眼金睛搜索后,最终精准无比地锁定了目标。可是当她们的视野中出现了尹尚的身影后,耐不住性子的宁静差点咆哮出声,幸好一旁的邵婉晴还算镇定自若,在第一时间掐灭了宁静即将爆发的熊熊火焰。

"尹尚怎么在?他们两个什么时候又开始联系了?"宁静压低声音满

脸疑惑地看着同样满脸质疑神色的邵婉晴。

"我和你同样好奇。"邵婉晴非常坚定地点了点头。

"解决好奇心最有效简单的方法就是过去审讯一下当事人，走。"宁静攥了攥手，像是赶赴战场杀敌救国的女中豪杰。

"你和尹尚有杀父之仇吗？这么凶神恶煞的，别人还以为你是他曾经戏耍过的脑残小妹呢。"邵婉晴摆出一副我不认识宁静的表情，不自觉地向旁边站了站。

"没、没有啊。"宁静闪烁着水汪汪的大眼睛充满疑惑地看着邵婉晴。

"那你冲动哪门子劲儿？"邵婉晴慈祥地摸了摸宁静的小脑袋。

宁静感受到来自邵婉晴的温柔，恍然大悟拨开云雾见青天似的"哦"了一声。

两人微笑着走到唐雪和尹尚所在的餐桌旁，由于尹尚是背对着两人的缘故，所以一直到宁静和邵婉晴站在他的身后时他都没有任何察觉，还在那里兴奋无比手舞足蹈地跟唐雪说着什么。

"嘿，帅哥，好久不见。"宁静毫无预兆地拍了一下尹尚的肩膀，很是热情地打招呼道。

没有丝毫准备的尹尚突然遭到宁静袭击，不论是肉体还是灵魂，尹尚都不曾扛得住宁静这么突然袭击，吓得尹尚差点把手中的筷子扔掉。看到尹尚如此窘态，唐雪忍俊不禁咯咯笑了起来。

尹尚略有尴尬，扭头朝身后看去，心道，这是哪个挨千刀的竟然这么损。他正想发火呢，本来还有些怒意的尹尚迎面却看到宁静满脸坏笑的脸，心中仅存的一丝怒意也随之被宁静的微笑所融化。

"嘿嘿，不好意思、不好意思。"宁静双眼带笑，语气却有歉意。

突兀看到这么一张熟悉的淡妆美脸，尹尚一时间竟有些手足无措，刚刚心中的愤怒也紧随着事态的变化而变得情绪激动。

"是你们呀，来来来，快坐、快坐。"尹尚起身连忙礼节性地搬椅子拿筷子，忙活得不亦乐乎。"不好意思，没有等你们来，就先动筷子了。"

第十二章
狭 路 相 逢

　　"没事儿，她们又不是外人，再说，还有好些菜没上呢。"唐雪咬着筷子，招呼尹尚赶紧坐下，这里又没外人，总客气倒显得有些见外了。

　　"好女子不拘小节。来来来，赶紧动筷子，傻愣着干吗，等会儿菜一凉就没口感了。"宁静夹起一块豆腐放进嘴里，含糊不清地招呼尹尚。

　　邵婉晴被宁静的爽快逗得只笑，端起面前尹尚刚倒上的茶水轻轻抿了一口，扭头眼含质疑地看向唐雪，意思是你唐小姐是否对尹尚怎么突然会出现在这里简单解释一下。

　　冰雪聪明的唐雪眼睛带笑地眨了眨眼，小心翼翼地低声道："我们也是刚刚见面。"

　　"然后就一起吃饭了？"邵婉晴挑了挑俊眉。

　　"是的。"唐雪很认真地朝邵婉晴点了点头。

邵婉晴狐疑地看了唐雪一眼，意思是你鬼话连篇骗傻子呢，刚见面人家就请你吃饭吗？

唐雪没说什么，继续吃饭。

相对于邵婉晴，宁静倒显得相对随和了许多。不仅自己狼吞虎咽吃喝不停，还百忙之中愣挤出一点时间招呼尹尚。虽然宁静嘴里含着东西有些口齿不清，但自称见过一些世面的尹尚还是勉强能够明白宁静话语的大意。

邵婉晴看着宁静如此不顾形象的吃相不免在心里骂了她一句猪头。邵婉晴放下筷子，朝宁静使了个眼色，意思是你不是说解决好奇心最有效简单的方法就是过去审讯一下当事人吗，怎么现在只知道吃了啊？宁小姐。

还好宁静没有把脑袋中那仅有的一丝智商也吃进肚子里。她定了定神，恋恋不舍地放下筷子，瞟了一眼桌上的美食然后正色道："尹尚什么时候来的风筝市呀？"

"昨天上午刚到。"尹尚面带微笑地回答。

"哦，这么说，是和我们家雪儿坐的同一列火车呀。"宁静忍不住，又赶紧夹了一块豆腐放进嘴里。

"是吗？这么巧。可惜在火车上没遇见唐雪，不然……"

尹尚还未说完，那边的宁静突然插嘴道："不然怎么着，你可不要对我们家雪儿有任何非分之想哦，你要是敢做出什么伤天害理又违背伦理道德丧心病狂的事儿，小心我揍你！"宁静边吃边讲，她还特意在百忙之中抽出空在尹尚面前挥舞了下小拳头。以示威胁。

"我是说，不然我就和唐雪一起来风筝市了，路上至少还有个照应。"尹尚看了眼唐雪，对方也颔首微笑地看着他，没有说话。

"我们家雪儿冰雪聪明，这点事儿还用得着你照顾吗？分明是你另有企图，还不是看我家雪儿长得漂亮，想占她便宜。哼，大色狼，还说什么一见钟情，我看你们钟的不是情，是脸！最看不起你们这些口是心非的男人了。"宁静嚼着东西言语有些含糊不清，不过话中大意也就是那些，恐怕稍微有些智商的人都能够听懂，更何况自称是言情小说家的尹尚。

此话一出，尹尚尴尬地杵在那里竟不知所措无言以对了。这是他从未幻想过的场景，被女神闺密误认为是色狼，而且还是当着女神的面。

……

聪明如唐雪，自然明白宁静话语中那点小伎俩。

尹尚不接话，邵婉晴眨巴着眼看向唐雪，唐雪偷偷瞄了眼尹尚，只有宁静若无其事不停夹着菜。

饭桌上的气氛顿时显得有些凝重，唐雪三人僵持在那里，只有宁静一人还在与世隔绝似的吃着东西。为了避免尴尬，唐雪忙出面圆场道："再聪明的美女也是怕遇见变态色魔咸猪手的嘛。"

"所以我愿意挺身而出勇做护花使者。"尹尚瞅准时机，赶忙讨好似的献媚道。

"对对对，前两天微博上不是爆料有一个男孩在地铁遭遇咸猪手的帖子被疯转了吗。如今这世道，连男人都会惨遭男人的毒手，更别提女人了。"邵婉晴也附和着说。

"尤其是校长。"宁静不假思索一副深受其害的样子。

四人整齐划一眼神坚定地点了点头。

这顿饭除了宁静说话偶尔有些狠毒外，对于尹尚来说还是蛮愉快的，至少他和女神之间的谈话还是蛮愉快的。饭吃到一半的时候尹尚便知趣地借上厕所的时间到柜台把账结了，看到尹尚这般体贴入微，邵婉晴赞许地朝唐雪点了点头。

假装满头雾水的唐雪眼神茫然地看了看邵婉晴无厘头的故作深沉，疑惑地挑了挑眉，装作这些根本不关她事儿的样子。

看到唐雪如此姿态，邵婉晴一副了然于胸我懂我懂的表情。

不到黄河不死心的宁静还在那里用一种审问犯人的口吻审讯着尹尚，把邵婉晴那都快瞥出膘子的双眼完全置之不理。直到邵婉晴实在忍无可忍愣是生拉硬拽地把她拖走，宁静这才意犹未尽地哑巴了几下嘴，一副老娘打不死你还骂不死你的表情。

耳根子终于得到解放的尹尚巨睿无比，面对宁静的强大攻势尹尚只能像个孙子似的含笑倾听，时不时还要假装配合地点头表示同意。在他祈求而哀怨地看了邵婉晴 N 次后终于得到了对方实质性的答应，拖走了机关枪似的唾沫星子满天飞的宁静。

坐在旁边一副不关我事儿模样的唐雪似乎很享受宁静对于尹尚言语的狂轰滥炸，她看得津津有味、心情舒爽。免费吃顿饭还外加捎带一段笑声，人间幸福之事莫过于此啊！

此音只应天上有，人间能得几回闻。

目送宁静嘟嘟囔囔地离开回头客，唐雪才假心假意地深表歉意："实在不好意思，小静她人平时不这样的。今天可能是突然见到尹大作家有些兴奋过度，才失了态。"

听到唐雪这么称呼自己，尹尚也顾不得是不是嘲弄了，心中忽地升起一丝得意，面部难掩兴奋地说："没事没事，宁静还蛮可爱的嘛。那个，你也看过我写的东西？"

这话问得看似很白痴，你可能会想，对方既然知道你是作家，肯定看过你的作品。

您可能不知，"作家"这词儿出现在现实生活中更多的是一种调侃，而非仰慕。对于生活欺压自己成全他人的愤怒。

"当然，尤其是你的新作《独角戏》，你更新一章我看一章。不过最近你好像有些偷懒哦，好几天都没更新章节了。"讲到这里，唐雪明显有些失落。

失落的反义词就是昂扬。此刻用昂扬一词来形容尹尚激动的情绪再适合不过了，难以平复情绪高涨心情的尹尚心跳更是突突的。

作为一个文字创作者，再没有比别人能够读自己的作品更值得高兴的事情了。

此刻的尹尚已经再没多余的智商去辨别女神话语的可信度，反正此刻他已是飘飘欲仙兴奋到了极点。跟花两块钱买了张福彩一不小心中了五百万似的。

自己挖空心思编写那些狗血的爱情故事为的不就是博取别人的眼球吗，更何况读者还是自己心仪的女孩。为了表示对女神的忠心，尹尚暗暗发誓，今后一定要好好胡编乱造，啊不，是用心创作！

"我还以为没人看，所以断断续续写得很慢。不过现在你放心，我会马上恢复正常更新的。"尹尚信心十足。

"期待你的努力。"

"谢谢你的盲目信任。"

被拖出去的宁静并没有急着回去，她手舞足蹈地和邵婉晴站在门口不停地说着什么。似乎是在等唐雪赶紧甩掉可恶的尹尚，她怕尹尚图谋不轨、心术不正。尹尚在宁静心中恐怕是本世纪最伟大的变态，没有之一。

尹尚残留在宁静脑海中仅存的一丝印象看似并不怎么摆得上台面，不过这也怪不得宁静，完全是尹尚咎由自取、作茧自缚。在读书时由于尹尚的胆怯迟迟不敢正大光明地跟唐雪说话，总是悄悄地躲在角落里默默地注视唐雪。这些在宁静眼里便是一种心理变态的偷窥行为，而不是一个情窦初开腼腆少年的暗恋行为。

可悲哀的是尹尚竟然慢慢喜欢上了这种暗恋的感觉，这种用来逃避爱情的方式不但没有让他感觉到任何羞耻，反而更助长了他对现实爱情的逃避。尹尚的歪理邪说是：暗恋永远不会失恋，只会相对痛苦。

久病成良医，久暗成变态。宁静就是这么理解的。

所以即使尹尚能够抒写出一段优美的爱情故事，他在宁静内心深处的变态印象还是没有办法彻底消除。

当然，自己竟然在别人心目中是这么一卑贱形象这一铁证事实尹尚也是完全不知情的，因为宁静肚子里是不需要他这种变态蛔虫的。要不然他早就光明正大不顾一切地去追唐雪了，即便撞得头破血流，他也要不留任何遗憾地含笑而终。

……

饭毕话尽，唐雪起身告辞，尹尚没有出言挽留，而是摆出绅士风范送唐雪出了门。两人又在门口寒暄了一会儿，迫于宁静的强势压力唐雪这才假装依依不舍地拉着邵婉晴离开了。尹尚站在原地不停地朝唐雪背影傻笑，难掩心中狂喜，一副刚和新婚妻子度完蜜月的幸福表情。

此刻，尹尚大脑系统已经默认姓"福"而不姓尹了。

等唐雪的背影完全消失在繁杂的人群中再也看不到一丝一毫，尹尚这才满脸意犹未尽地缓缓回过神来。这么多年的梦想，今天终于实现，心情平复下来的尹尚内心深处突然有种被抽空的错觉，不知道今晚过后明天应该怎么继续消耗仅存的一丝青春。

距离明天还有好几个小时，先把眼前的时间浪费了再说。尹尚看了眼手机，忽然意识到家里还有四个小伙伴饿着肚子。内心空虚的尹尚不由升腾起一丝愧疚，愧对小伙伴们的信任，自己竟然独自和女神约起了会，真是重色轻友，没良心啊没良心。

惩难思复，心焉内疚。

怀揣着羞愧之心的尹尚赶紧原路折返，不知卖盒饭的饭店老板因为自己放他鸽子气死了没，可能现在已经发布海捕文书正派人四处追杀他了吧，要不他的恶毒诅咒已经把十八层地狱都装满了，只等着尹尚下去享用呢。

回去的路上，尹尚思绪飞转，思索合适的理由去搪塞廖辰风连珠炮似的追问。既然早知这样，刚才不那么嘚瑟不就得了嘛。自己竟还非要拍一张和唐雪的合照发给廖辰风，显摆他女神无懈可击的俏丽容颜吗？

真是自作孽不可活。

有个名词，叫活该。此刻用来形容尹尚实在再贴切不过了。

世界上既然没有卖后悔药的，自然也没有卖时光倒流机的。

尹尚神色有点迷离，正寻思着怎么撒谎，前方不远处突然传来一声轻咳，似是在提醒某人注意脚下，莫要被不明物体绊到了脚。

　　霎时，尹尚忽觉那声轻咳太过似曾相识，好像经常在耳边荡漾一样。

第十三章
岁 月 艰 难

　　不自觉尹尚便抬起头来，然后，映入尹尚视线内最近距离的却是一张愤怒的俊丽俏脸。

　　在看到那愤怒的有些微微泛着红晕的大眼睛后，尹尚心中不由咯噔一下，好像自己做了什么亏心事儿，正巧被人赃俱获逮个正着。

　　倏然而逝，尹尚便恢复了正常神色。

　　许颖朝尹尚使了个眼色，又举了举手中一大把烤串，意思是我已经尽力帮你拖延时间了。

　　看到许颖如此煞费苦心，尹尚不由感激涕零，只差老泪纵横抱着许颖大腿号啕痛哭了。

　　"呵呵，上厕所这么隐私的事儿你们亲力亲为我不拦着，吃个饭还要你们亲自跑一趟，没有把你们伺候好，我会强烈谴责自己的。"

"哎哟，哪敢使唤您呀。出去买个饭都能泡上位美女，这要是再让你代替上厕所，两年后你还不得生出个联合国来。这种风流韵事恐怕连张伯伦也会自叹不如呀，谁能比得上您尹大作家的风流倜傥美女粉丝遍天下呀。恐怕您随便伸手那么一划拉，就有一大拨美女朝您袭来！"穆诗涵怒视着尹尚，话语讥讽，满言竟是挖苦之意。

"怎么醋味这么浓烈。"

"你忘了她家是做白醋生意的吗?"

"哦，原来是喝醋长大的。"廖辰风一副原来如此的表情。

蒋泽恺和廖辰风站在许颖身后一脸贼笑地调侃着，似是在期待下一秒穆诗涵小宇宙的大爆发。最好瞬间秒杀尹尚，炸得尹尚体无完肤外焦里嫩连他妈都不认识他。

原来两人早就做好了替尹尚收尸的准备。唉，真是兄弟如手足啊!

许颖扭头恶狠狠地瞪了廖辰风和蒋泽恺一眼，以示警告。

为了不让事态朝着恶劣的方向发展下去，许颖连忙出言圆场道："没什么大不了的事情啦，老同学见面吃个饭而已。"

"对哦，咱们出来不也是吃饭的嘛，愣在这里做什么，还不赶紧找个地儿坐坐。"情商高度发达的廖辰风怎能不知许颖用意，为了帮尹尚擦屁股，他这张老脸也得跟着豁出去了。虽然这并不是什么丢人的事儿。

穆诗涵怒目圆睁，刚要张嘴说话，却被尹尚拦了下来："前面就有家菜色不错的饭店，可劲儿吃，这顿我请。"

为了表示泡妞而让大家无辜饿肚子的歉意，这顿饭下来尹尚破费了不少银子。又加上穆诗涵的横眉怒目，一副随时要出手灭掉尹尚的愤怒表情。整顿饭下来尹尚都如坐针毡，忙里忙外伺候得穆诗涵如同贵妇大少奶奶。刚刚陪唐雪没怎么吃，这次陪穆诗涵又没怎么吃，还好两次都吃了点，加一块也勉强吃饱。

对于尹尚的低声下气许颖表示完全不理解，喜欢谁就是喜欢谁，为何非要觉得欠穆诗涵什么？对一个女人好的男人叫暖男，对所有女人好的男人叫热狗。此刻，许颖真觉得尹尚就是那位逮谁都摇尾巴献殷勤的狗。

不过这事儿后来尹尚是这么解释的：在恰当的范围内我要保护好身边的朋友不受外界不良因素影响其心情，更何况那些不良因素还是因他而起的。

还有一点是无比重要的，只是尹尚没敢说：更何况穆诗涵的性格比她姐姐穆诗曼糟糕那么多！

恐怕这也是为什么有着同样美貌的两人却并不同在校花排行榜之列的唯一原因。

虽然自从毕业后由于看尽了世间的人情冷暖，穆诗涵相对于以前收敛了许多，可是江山易改禀性难移，谁又能保证穆诗涵真的"弃恶从善"了。

在读书时，尹尚与许颖等人通过蒋泽恺和穆诗曼的关系认识了穆诗涵。

刚认识穆诗涵时，许颖觉得此人热情大方善于交谈，比她姐姐穆诗曼性格开朗多了。只是一上午的时间，两人就完全打拼到了一起，关系好得跟亲姐妹似的。可是没过几天，许颖就感觉不妙了，穆诗涵总在她面前显摆自己今天又收到几封情书，昨天某某帅哥非要请她吃饭。诸如此类事情数不胜数，听得许颖耳朵都生出了老茧。

像许颖这种和廖辰风组团打游戏都要占领上风的强势女人，怎能受得了穆诗涵如此光明正大的挑衅。

不出半月，许颖就受够了穆诗涵明里暗里的炫耀，这句超贱名言：只有长得不好看的人才会喜欢长得好看的人。也是许颖曾经用来损穆诗涵的，没想到被她移花接木到了尹尚身上。

除了穆诗涵外，其他几人这顿饭吃得还是比较愉快的。尤其是尹尚，虽然看尽了穆诗涵的脸色，又忙活得手忙脚乱，可是一想到刚刚自己竟然和唐雪坐在一起，内心就难掩喜悦之情。

这是他多年来的梦想！今天不知怎么阴差阳错稀里糊涂地就和唐雪见了面，而且还聊得愉快异常。今晚恐怕尹尚做梦都会笑醒了。

因为明天还要上班，蒋泽恺便开车把穆诗涵送回了住处，自己也驱车回了家，没有再回竹香苑这座令他忧愁困苦的宅子。

收拾心情整装待发，上班和上学一样令人感到恐惧。

可是没有这样的恐惧便是恐慌。就像尹尚在从事写作以前干过的那些乱七八糟的工作，每一个都不免让他怀疑自己的人生是否这辈子就这么过了。

这一晚尹尚果真辗转难眠，由于答应唐雪要恢复更新小说的缘故，尹尚睡觉的时间移至深夜。就这么迷迷糊糊一直到了凌晨 5 点，尹尚才昏沉沉睡去。

次日醒来已至中午，尹尚饿得恍恍惚惚，天旋地转，径直跑去冲了个凉水澡，才勉强清醒过来。

为了信守诺言，还未来得及吃饭，尹尚又再次埋头电脑前，苦思冥想构思小说去了。

写作不像写作业，伏案埋头灵感马上就有。要酝酿新的剧情是一件非常艰苦卓绝的事情，足以把自称心态超好的尹尚懊恼到抓耳挠腮原地打转儿。

许颖在二楼书房电脑前忙活着网店，也无暇顾及尹尚饿没饿肚子。自己忙活得已经吃不下饭了，哪有时间去关心有手有脚的大活人。廖辰风起个大早，现如今早已见不得人影，可能是带领他那帮保安兄弟在小区巡逻，也可能是去小区东南角的池塘钓鱼去了。

廖辰风每日清闲得足以让蹲在公园里下象棋跳广场舞的大爷大妈们心生醋意，他们每到上下班的点儿还要去接送孙子上下学，而廖辰风清闲得能脚底板生根，恨不得长在那里发芽开花永不动弹。

人的智慧如同各自的人生经历，没有好与坏，没有高与低，有的只是不相同、不理解。

许颖目标明确，每天忙碌不堪。廖辰风生活散漫，不求上进，但也上进无路。尹尚的动力来自压力，"痛并快乐着"是他从事写作以来最能理解的一句话。

如同三条射线，各自奔向不同的方向，只有在遇到镜面折射的那一刻，才会有百分之五十相遇的机会。

就像昨夜尹尚偶遇唐雪，那不是毫无定律的机缘巧合，而是蓄谋已久的邂逅。

为了不让唐雪失望，尹尚笨笨拙拙努力了一下午终于又更新了一章。

新章节刚贴上不久，下面就有一条新留言。

雪花飞飞飞：男"猪脚"与女"猪脚"终于见面了，不知后续如何，会不会发展成狗血的韩式风格？期待 ing……

看到留言后累得半死不活的尹尚立刻血满爆棚原地复活，双眼炯炯有神地盯着电脑屏幕呆看了半天，这才惶恐不安地点开雪花飞飞飞的头像，查看雪花飞飞飞的个人资料。

网站显示雪花飞飞飞的资料如同一张白纸，除了性别女以外剩下的就只剩雪花飞飞飞 5 个字了。

看到这里尹尚原本激动的心情不免有些低落，他原以为雪花飞飞飞是唐雪的账号，可电脑显示她个人资料唯一的信息就是性别女，这让尹尚有些束手无策。空欢喜一场。

字面大意很像，尹尚抱着忐忑不安的心情回复了雪花飞飞飞的留言。

尹尚：每个人对自己男神女神的定义都有所不同，同理，看待爱情的眼光也会有所不同。不过，男女"猪脚"还不会无聊到无底线互黑，然后蛇精病似的突然稀里糊涂就热恋了。

点击发送，尹尚魂不守舍地坐在电脑前胡乱浏览着其他评论。

不过又再一次让他失望的事情发生了，尹尚看着电脑屏幕等待了大概 20 分钟，可仍不见雪花飞飞飞的回复。尹尚只好悻悻然关闭了网页，继续构思小说去了。

一直勤勤恳恳地写到傍晚时分，尹尚中午只吃了一袋泡面，现在他的五脏六腑已经完全被饥饿感所侵蚀。

原本还想再继续写一会儿，此时门外却传来了有人进来的嘈杂声。尹尚收回心神，从二次元世界直接跳跃到现实世界，这样的极速转换尹尚并没有感到任何不适。

合上电脑，尹尚来到客厅，却见廖辰风和许颖站在花园里小声嘀咕着什么。

廖辰风手里还拿着渔具，不用死脑细胞也知道他今天是多么的清闲了！他的生活太让人羡慕嫉妒恨了，尹尚已经泪奔。

许颖旁边的青石上还放着一个红色的塑料桶，桶里面不知装着什么。廖辰风时不时还用眼角余光朝桶里瞟上一眼，他神情非常愉悦，看样子今天收获颇丰。

尹尚十分好奇，踱步过去，一探究竟，他和许颖在玩什么猫腻。

待来到近前，尹尚才发现原来在这个占地面积不是很大的院子里还建有一个小池塘。池水清澈见底，看样子装有净水设备。池底铺着五彩石，面积不大，养的鱼倒是不少。金黄的、红色的、银白色的、红白相间的，一条条神气十足悠闲自得地在水里游来游去，看样子这些鱼平时的营养补给很充足。

"二位还有这般闲情逸致，小花园布置得不错嘛。"尹尚瞅着池塘里的鱼，出言调侃道。

直到这时，廖辰风和许颖才发现尹尚已经来到近前。

"客气客气，还不是为了配合您的书香气息，我这才连夜布置了这花园。怎么样，您老还满意吧？"廖辰风拿着鱼竿戳了戳池塘中的红色鲤鱼，抬头朝尹尚贼笑道。

"嗯，不错不错。小廖同志费心了。"尹尚背起双手，环顾池塘一周，打着官腔回应道。

"那今晚给您老做红烧鱼吃如何？"许颖问道。

"一切听从小廖同志安排。"尹尚继续官腔味十足地回答道。

"唉，当官就是好，走到哪儿都比别人大一级，人家都是'小'字辈的，唯独他是'老'字辈的。"廖辰风愁容状……

听到廖辰风的哀叹，尹尚并没有马上答话，而是围着小池塘转了一圈。

在尹尚眼里，喜欢优美的风景几乎是作为一个文人必备的姿态，所以尹尚必须要拿出热爱鲜花、热爱大自然的腔调。

在欣赏完池塘后，尹尚抬眼看了廖辰风和许颖一眼，问道："你这满池子锦鲤，得花不少钱吧?"

许颖和廖辰风同时扶额。

"这都是辰风从小区那个大池塘钓来的，除了渔具外可以说分文未花，就是道德有点败坏。"许颖笑盈盈似乎很满意廖辰风的作风。

"他道德一直很败坏。"尹尚赞同道。

第十四章
诚惶诚恐

"还想不想吃红烧鱼了?!"廖辰风语气严厉威胁尹尚。

"呃,可是,道德败坏并不代表人品也败坏。其实你的优点还是蛮多的,比如,你会亲自下厨做红烧鱼给朋友吃。呵呵。"尹尚想了想,贼笑着说道。

吃过晚饭三人在小区内闲逛了一圈,廖辰风向尹尚逐一介绍了竹香苑小区内的著名和非著名景点。

为了摆出一副很有文学修养的腔调,每听廖辰风讲到一处,尹尚都会很配合地点点头,然后措辞半分钟出言夸赞一番。

遛弯回来尹尚又开始伏案写作,然后再一次熬到深夜。

就这么平淡无奇地过了几天,生活中再没其他亮点。

除了网站上自己小说点击率的日益增高,三次元世界尹尚实在找不出什么值得高兴的事儿。

平淡生活的转折还要从雪花飞飞飞回复尹尚留言开始说起。

为了信守诺言，写东西本来就慢的尹尚不得不加班加点，抛去七情六欲完全沉浸在故事中。所以这几天尹尚既没有找唐雪出去玩耍，也没有陪廖辰风出去钓鱼。他一直猫在家里奋笔疾书，刻苦钻研。

这么说未免太过牵强，事实是尹尚本就胆小如鼠，只好借此理由，不敢轻易联系唐雪。生怕吃得闭门羹，希望值本就不是很高的尹尚如果再被唐雪婉言回绝，那恐怕尹尚只有跳黄河的份儿了！

经过这几年无数次发誓打气发誓，尹尚在面对唐雪时，依旧谨小慎微，怕得无以复加。

在故事写到一半的时候，尹尚盼星星盼月亮地终于盼来了雪花飞飞飞的回复。

雪花飞飞飞：最近比较忙，没时间来，今天才得以脱身，抽空看了几章。

看到雪花飞飞飞的留言，尹尚乐得差点咬到自己舌头。简直比网站给他一大笔稿费都来得直接粗暴爽快。

因为经过尹尚这几天坚持不懈地努力调查，他终于确定，雪花飞飞飞就是唐雪的账号。

网站用户名是直接用 QQ 绑定的，从 QQ 查到微博，从微博查到微信。唐雪微信用户名就是雪花飞飞飞，而且连头像都和网站上都一模一样。尹尚小人得志地嬉笑了好久，有种身处黑暗豁然见到阳光的新生感，他在窃喜之余还顺便加了唐雪微信。

在收到雪花飞飞飞消息后，尹尚在第一时间用微信回复了她。尹尚这么做是为了提醒唐雪，以后可以随时聊天，不必局限在小说网站的留言框里。

尹尚：身体是工作的本钱，记得多休息，有空出来玩，放松一下心情，我请你吃饭。

这条信息几乎是尹尚一瞬间打上去的，由于写东西经常敲打键盘的缘故，尹尚打字的速度已经不可同日而语，速度快到都没有让他大脑自动思考的余地就发送了过去。

看到显示屏上那句"我请你吃饭"后尹尚不自觉得像个情窦初开的少女一样脸颊红润燥热了起来。尹尚不免心生厌恶，难道自己就没有其他创意了吗，就知道吃饭吃饭吃饭。那和呆板的男生只会告诉发烧流鼻涕的女朋友或女神喝热水有什么区别？

不过，他的大脑还是自动调出了上次和唐雪吃饭的画面，接着峰回路转，出现了宁静那张恐惧的俏脸。尹尚不由自主地打了个寒战，心道，女汉子果然是宅男杀手。

思绪神游在外，手机神经质地突然提示有消息过来，尹尚急忙点开，上书七个大字"恭敬不如从命"。

看到这七个字，尹尚心道，有戏。女神没有找借口回绝，这就说明不讨厌自己。不讨厌就是喜欢，虽然喜欢并不代表爱，但总比自己一看到宁静就打冷战要好。想到宁静，尹尚又愁眉苦脸了，但愿这次唐雪不会让宁静做跟班，不然自己又成了她批斗的对象。

两人把见面的时间约定在星期天中午，地点仍是天池广场中间的喷水池旁。

为了使自己在当天有一个充沛的精力，尹尚也参与进了许颖和廖辰风清晨的跑步计划。跑完一圈下来尹尚自我感觉效果不大，他还特意让有着体育特长的廖辰风为自己制定了一系列的加强训练课程，非要练出男人应有的宽广胸肌。

许颖笑骂说男人应有的是宽阔胸怀，而不是胸大肌。

临阵磨枪，不快也光。

短短几天的作息调整和清晨锻炼，还真凸显出了些许功效，此刻尹尚整个人看上去确实精神了不少，至少比前几天毫无节制的作息时间所造成的面色黯淡精神萎靡要好许多。

一个星期的时间说短不短，说长不长，但是对于焦急等待的尹尚来说，绝对可以称得上是度日如年。幸好陪伴他的还有那没有讲述完的爱情故事，可以让他在焦急等待的闲暇时光里不至于显得特别孤单。

星期天的上午，尹尚整装待发。

紧张的尹尚昨天已经和廖辰风与许颖计划了半天，设想出了他和女神约会时能够聊到的所有话题。假如唐雪身边又跟着宁静，而宁静又摆出一副审犯人的模样去刁难尹尚，那么许颖和廖辰风就会适时出现，然后假装很闲，恰好与尹尚和唐雪偶遇，又恰好与唐雪和尹尚要去的地方一样。然后尹尚和他们目标达成一致，再然后他们就可以一起动身前往。许颖和廖辰风负责扯开宁静，为尹尚留出空间。然后尹尚出其不意趁其不备，与唐雪打成一片。再然后，唐雪双眼冒红心地看着尹尚，含情脉脉地说：你怎么才来找老娘！然后再两人双宿双飞。

青蛙变王子，天鹅变盘中餐。

这么美丽的童话场面尹尚不知已经幻想了多少次，这次终于就要实现，尹尚怎能装作若无其事、无动于衷，表面波澜不惊的他内心其实早已汹涌澎湃。

但是为了要装出一副高深莫测文学大家的模样尹尚不得不背信弃义故作高深，哪怕肚子中空空如也没有半斗墨汁，也不可抛弃他尹作家的名号。

作家、坐家、作假，同音不同意，其实讲的都是一个理儿。

竹香苑廖大队长的宅子里，廖辰风三人已经收拾利索，万事俱备。

尹尚准时赴约，唐雪姗姗来迟。

见面后两人又免不了一阵寒暄，尹尚见唐雪身后没有其他人，一直提着的心这才安稳下来。

不过，唐雪的下一句话如同晴天霹雳，雷得尹尚里外通焦。

"咱们先等一下邵婉晴和宁静吧，她们来的路上有点堵，一会儿就到。"

"呵、呵呵，是、是吗，没、没事。那就等一下吧。"尹尚活脱脱像个羊癫疯患者，嘴角不自然地抽出了几下。

算是作为害怕宁静的最直接表现。

在唐雪给邵婉晴发信息的空当，尹尚也赶紧抽空给廖辰风发了个微信。

"启动 A 计划。"

"收到。"廖辰风回答得简单而又干脆。

在不远处的咖啡厅内，许颖和廖辰风正拿着便携式望远镜观察着尹尚和唐雪的一举一动。

而在咖啡厅的旁边是一家快餐店，店内也坐着两位看似文静典雅的美女，同样手拿便携式望远镜，观察着唐雪和尹尚的一举一动。

私家侦探跟踪重要目标也不过如此，监视得密不通风。

尹尚和唐雪第一次正式约会，被双方的朋友整得好像捉奸犯科一样。

万幸两人对此完全不知，不然场面将会十分尴尬，心胸狭窄的当事者万一——时想不开投井自杀可就不好玩儿了。

闲暇的时光总会让人感到无聊，尤其是在等人的时候。

不过还好，尹尚和唐雪都是聊天高手。

现实生活中，权力越小的人，聊天话题的起步点就越高。

在邵婉晴和宁静忍耐不住寂寞准备现身的时候，尹尚和唐雪已经从旁边天池湖里的鲤鱼已经聊到了以色列和中东的石油输出问题。

宁静出现的那一刻，尹尚背后的冷汗刷地一下就流满了整个后背。宁静对于他来说简直成了克星，而且还是毫无抗体的绝对一招必杀的那种。

由于尹尚装得太深，内心的恐慌并没有在表情百变的面部表现出分毫。在邵婉晴和宁静来到跟前后尹尚仍旧满面喜悦之情地上前打招呼，亲切的神色好像他也是唐雪几人的闺中密友似的。

邵婉晴只是微笑着朝尹尚招了招手，便没了下文。

宁静倒是毫不吝啬，又显出她那爽朗的女汉子形象。在见到尹尚后先是声音假装粗犷地打声招呼，然后大咧咧地径直走过去攒足力气拍了一下尹尚还算坚强的肩膀。说了句"哥们儿来得挺早哈！"

尹尚略逊尴尬地笑了笑，说道："男人总是要表现得好一些嘛。"

"呵，看不出来，心机挺深。"宁静嘲笑道。

听到这话，尹尚差点咬到舌头。自己的外表看起来很纯真嘛？自己的行为举止看上去很白痴嘛？自己写的东西很肤浅嘛？难道自己的穿着装扮还停留在高中时期那些看上去很奢侈、很华丽的运动装上嘛？

宁静也许只是随口这么一说，多疑的尹尚马上就开始自检人生、自检智商了。

我们总是这样，把自己的短处深深掩藏，假装它从不存在。忽然有一天短处暴露于众人眼前，我们定会慌忙掩盖，仍假装它的不存在。

城府原本并不很深的尹尚被宁静这么随口一说，突然就像是被大象踩着了尾巴的猴子，嗷嗷痛得抓耳挠腮但又束手无策。尹尚畏惧在女神面前留下不好印象，才诚惶诚恐地有意撇开宁静的旁敲侧击或简单粗暴的直接攻击。

谈到心机，尹尚总能想到那些肩负重任的军事家。心机对于尹尚来说其实也并不复杂。简单粗暴得可以像梁山好汉那样，大喝一声路见不平拔刀相助，然后大碗喝酒大口吃肉立刻把陌生人以亲兄弟相待。再者就是拐弯抹角，每次交朋友都要把《孙子兵法》淋漓尽致地演绎一遍，最后才敢唯唯诺诺地称兄道弟。

只不过梁山好汉拔刀相助的那些画面都太过血腥，还是难逃被尹尚鄙夷的厄运。

也正是因为这些原因，在尹尚的笔下才没那些拐弯抹角牵涉到众多小三的爱情故事。直来直往保持一颗倔强中略带君子的心才是他想要发扬光大的正宗人类文明精神，只是苦于现实人心太过复杂，尹尚的工作一直难以高效进展，而且还总是被别人误以为是二到缺根筋。

这就像是吃惯了盘装菜的食客，突然给他上个火锅，他必定骂你营养不均衡。

别人的不理解并没有对尹尚造成任何报复社会性心理，反而激发了他"别人笑我太疯癫我笑他人看不穿"的孤傲性格。

这种孤傲的个性就是致使他这么多年一直坚持下去的最直接原因，也是至今没有发笔横财的原因。当然，即便尹尚投机取巧耍流氓，也不见得他运气能好到哪儿去。

第十五章
心领神会

　　宁静的率性着实有些让唐雪磨不开面子，邵婉晴倒是满不在乎，一副这不关我事儿的模样懒懒散散地站在一旁看热闹。最终还是唐雪忍不住了，有些不好意思地笑了笑。为了避免宁静闹得太过分，致使尹尚下不了台。唐雪很是符合时宜地朝宁静使了个眼色，宁静吐了吐舌头，知趣地退到一边，不再拿尹尚开涮。

　　尹尚对待爱情虽然执着，但他并非二到傻缺无可救药。当尹尚用眼角余光瞄到唐雪对宁静眨眼后，很是确定了她们二人狼狈为奸的阴谋。

　　"果然不出所料，她们这是在唱双簧戏，还好我早有准备。"尹尚在心里一阵乐呵，下意识地朝左右看了看，发现仍不见廖辰风和许颖身影，心下便不由有些着急起来。

　　尹尚在心里慌里慌张地想，难道廖辰风和许颖也被唐雪收买了不成？这是"天欲亡我，夫复何求"的节奏啊！

尹尚泪汪汪地看着湛蓝色的天空，突然有种被世界抛弃了的感觉呢？尹尚内心瞬间变得无比孤独起来。像是在广袤的海洋上翱翔了很久的小鸟，却怎么也找不到可以落脚的凸起物一样。那种内心的孤独，是很难用几个词汇去形容得淋漓尽致的。

唐雪似乎察觉出了尹尚眼神中一闪即逝的异样，生怕他多起疑心，忙假装可爱地说道："帅哥，你准备带我们去哪里玩呀？"

什么什么什么……帅哥！唐雪竟然称呼我帅哥！我敢用生命发誓，这是我二十多年来听过最动听的词汇了。尹尚心花怒放，美得飘飘欲仙。差点一头栽进旁边的水池子里以表唐雪这句"帅哥"对他身体带来的冲击力。

虽然唐雪的言语中带着一丝调侃的味道，不过这仍是尹尚做梦都想得到的夸耀。

尹尚含情脉脉地看着唐雪，语气极其暖和地说："时间尚早，要不我请你看电影去吧。"

"切，多么俗套的泡妞手段。"一旁的宁静小声嘟囔了句。

邵婉晴偷偷拉了拉宁静衣角，提示今天她并非主角，可以不用这么大张旗鼓地发表意见。

唐雪不愧是传说中气质女神的代表，可以艳压群芳稳如泰山。宁静的言论没有触及她内心一丝涟漪，仍是满脸惊喜状热情地答应了尹尚的盛情邀请。

天池广场的娱乐设施倒是一应俱全，不远处就有一家电影院。唐雪和尹尚并排走在前面，宁静和邵婉晴无所事事地跟在后面。

尹尚买票、买零食一气呵成，动作迅速而且漂亮。唐雪面带微笑地站在一旁，没有前去指手画脚地与尹尚讨论去看哪部电影。这倒很出乎宁静和邵婉晴的意料，以往她们三人去电影院，都会先义正词严滔滔不绝地在大厅里讨论半小时，然后其中一人又会在另外两人强大威慑下选择妥协。

不知今天怎么了，唐雪竟然直接选择放弃选影权利，任尹尚购买。

但在看到电影票后唐雪还是难掩心中之喜，本就略有弧度的嘴角又不自觉地向上翘了翘。因为，尹尚邀请她看的，正是前几天她发微博说想去看的片子。

唐雪心里暖洋洋的，接过尹尚递来的零食，拉起尹尚就朝观影厅走去。

在漆黑的电影院内，尹尚和唐雪并排坐着，唐雪期待地盯着大屏幕。宁静满脸不屑，邵婉晴只顾啃着爆米花，一言不发。

电影讲述的是日本青年男女的一段凄惨唯美的爱情故事，女主角是单纯而又有些花痴的类型，男主角是表面放荡、内心沉稳、实则花心的人。两人的爱情是在女主角丢了手机恰好被男主角捡到后开始的，男主角偷偷存下了女主角手机号，在整个假期中男主角每天都会打电话给女主角聊天。两人就这么一回生二回熟地成了朋友，开学后顺理成章地谈起了恋爱。可是女主角却遭到了男主角前女友报复，女主角被整得很惨，男主角也把前女友整得很惨。后来男主角得了绝症，女主角陪他走过了余生。

故事大概就是这些。

电影开头男主角给女主角打电话的那些桥段倒是跟尹尚追唐雪的手

段有些像，不过介于现实与电影的差别，尹尚却没有电影中男主角那么幸运，唐雪也没有电影女主角那么悲惨。

整个故事跌宕起伏扣人心弦，画面唯美情节感人，看得唐雪眼泪不止，一个劲地抓挠尹尚可怜的小手。疼得尹尚咬牙切齿，却又不敢出声。不过，这也是尹尚一直期待的疼痛。

除了手部有些不舒服外，整场电影下来尹尚也是看得津津有味。虽然除了韩国片中的"思密达"，尹尚这次只听懂了"八嘎"。

旁边的宁静满脸不屑指手画脚地对影片做着最终批判，比如脑残才会相信这种经不起挫折的学生时代会有这么殷实的爱情。不过当她转目看到哭得跟个泪人儿似的邵婉晴后就更加不屑了，宁静一边抱着泪流满面的邵婉晴一边对电影破口大骂。好像她不喜欢的就必定是大家所讨厌的一样。

城府略深的尹尚带唐雪观看此影片的目的是为了告诉唐雪，自己也会像电影男主角爱女主角那样爱她。可是现实再一次输给了故事，因为唐雪的观后感是那男主角是谁呀，长得真帅！

尹尚干巴巴地望着双目闪闪冒红心的唐雪，瞬间掩面痛哭流涕，自己竟然给自己挖了个坑！

虽然尹尚总是豪迈地自称帅哥，可是这么多年来还真没有人那么真切实意地夸赞过他。

电影中描绘的爱情故事多数能与观众产生共鸣，所以从电影院里出来的男女青年们，大多都是红着眼睛的。不过两者哭红眼睛的原因却多有不同，女青年是被电影中刻意渲染的故事情节所感染泪水才沁湿了眼角，而男青年是被身旁的女青年在讴歌电影无比感人的情节时隐忍不住所爆发的指尖与牙尖力量摧残哭的，这种泪来自心灵深处，比女青年更加发自肺腑。

看看尹尚那红肿的手腕就知道他多么痛彻心扉了。

电影导演与编剧在看到观众会有如此强烈的反应后一定乐坏了吧，幸好你们没有合伙去剃度出家，不然你家大殿里的功德无量箱还不被百圆大钞塞满了！

唐雪啜泣着鼻子依旧怀念着男主人公，不停地惋惜这么帅一人竟然英年早逝。太天妒英才了吧！旁边的邵婉晴也被唐雪煽情的泪水所影响，撅着嘴抱着还未吃完的爆米花踱着小碎步跟在唐雪身后。宁静一副难以置信的表情看着满面愁容的两人，小声嘟囔了句："挨千刀的。"

然后怒视尹尚："都怪你，非要看这种生死离别的破电影，好好的一个周末被你给搅乱了。看把我们家雪儿、晴儿哭得，好像电影中那哥们儿死了以后她们两人从此就再也找不到真爱了一样。"

尹尚满脸无辜状地看了眼唐雪，立刻伸出红肿的手拉了拉唐雪袖子，柔声道："唐雪心地善良菩萨心肠，她在用眼泪洗刷内心的涟漪与慰藉多愁善感的心，以此祭奠主人公的英年早逝与他们的倾城之恋。"

心灵有些微微触动的唐雪低头看了看被她挠肿了的尹尚的手，微红的双眸柔情似水地望着尹尚，眼神坚定地点了点头，缓缓说道："嗯，是的，我在为他们短暂而又坎坷的爱情感到惋惜与悲痛。"说完，唐雪还不忘怜悯地轻轻抚了抚被她挠肿了的尹尚的可怜小手。

满面痛苦状的尹尚紧皱着眉头也坚强地点了点头，以做回应。

旁边的邵婉晴目视着这一切，不由叹了口气，眼神充满同情与不解地看了眼尹尚，又瞧了瞧唐雪，一副欲言又止悲天悯人的样子。不过，此时邵婉晴悲天悯人的心情却因两人的举动而豁然开朗，快乐与喜悦从眉心毫无保留地在面部逐渐扩散，没有了刚才林妹妹的经典哀愁模样。

"哎哟，真受不了你们。"宁静瞪着水汪汪的大眼睛，忍不住打了个冷战，转身就朝门外走去。

邵婉晴抓了一把爆米花塞进嘴里，呜呜地不知说了句什么，便一路小跑也跟着宁静出了电影院。

天空湛蓝，阳光明媚，空气清新，在这个雾霾霸道地侵占了大多数天空的季节里，这么突兀冒出一个大晴天，仿佛像是被上帝刻意恩赐的一样。

几人的心情也如同这万里无云的天空，从烟雾笼罩突然一下就云开雾散艳阳高照了。沐浴在温暖阳光下的几人眉心舒展，幸福得开始心旷神怡起来。刚刚的阴霾心情瞬时烟消云散不见了踪迹，唐雪神采飞扬地在原地跳了跳，兴奋道："咱们去天池公园玩吧，这么好的天气如果去逛街的话简直太浪费太辜负上苍的恩惠了。"

宁静鄙夷地瞥了眼唐雪，什么也没说。宁静虽没有直接表态，可她那生动的表情足以表明了她的态度。邵婉晴满脸无所谓地耸了耸肩，反正今天就是来陪唐雪玩的，自己又不是主角，你说干吗咱就干吗呗。唐雪倒是豪爽，完全无视了两人意见，拉着尹尚就朝公园方向义无反顾地走去。

公园在广场对面，想要径直过去需要经过天池湖。天池湖旅游开发公司尊崇人性化的建设理念特意在湖中心修建了一条通道，方便行人来往同行。通道是汉白玉砌成的，贯穿湖面南北，蜿蜒曲折，看上去异常美观。

　　风筝市政府这么煞费苦心地开发天池湖休闲旅游项目还要从十几年前的一个偶然事件说起。那时的风筝市市容可以用三个简单的字淋漓尽致地衬托出来，那就是脏、乱、差，毋庸置疑，再贴切不过。市内环境的恶劣程度在全国都是排得上号的，市领导对此非常痛心，决定要下大力度整治市容市貌。

第十六章
清 风 异 梦

　　市政府不惜花费巨资治理市容市貌。并下大力度把污染严重企业从风筝市区迁往郊区，以保风筝市内市容的形象。经过几年不懈奋斗，终于初见成效。

　　你若不污染，我便永晴天。

　　……

　　此刻天池广场人头攒动，一个个忙得满头大汗一心想着把手中的风筝努力放飞。无奈风筝不像孔明灯，点把火便能直插云霄遨游天外。

　　放风筝需要注意许多外来因素，这些因素多如牛毛，比如手法和风力。就像单身人士谈恋爱，不可一味地把对方攥在手心里，不然心胸再伟岸的人也会被捏死。放手总是需要勇气与时间，这个过程或许异常痛苦，挑战者也会层起彼伏。但你要相信自己，只需给对方一个证明你没有爱错人的机会。

人心就像美丽而又神秘的天空，这一秒晴空湛蓝，未来谁也无法预见。

比如昨天本就与尹尚制订好 N 套计划的许颖与廖辰风，此刻却寻不见了踪影，尽管尹尚急得抓耳挠腮满世界搜寻他们，但现实却失望得让他终无缘觅到许颖和廖辰风任何踪迹。

最后，尹尚终于在茫茫人海中寻到此二人身影。许颖和廖辰风竟全然不顾他的感受跑广场上放风筝去了！而且看他们兴高采烈的表情好想玩得还很不亦乐乎，忘乎所以，不管尹尚怎么招呼他们，两人均摆出一副不爽的表情。

尹尚暗暗抹了抹眼泪，在心里蹂躏了廖辰风无数回，才勉强解恨。这种阿 Q 精神尹尚做得很到位，目的是为了避免自己因接受过多羞辱而激愤致死。

像尹尚这种网络作家，是可以直接和读者们在网站书评框里互动的。读者看文看到爽时一不留神便会神情激动地夸赞作者大大文采斐然真是妙笔生花、步步精华。但如果你写的文非常不对读者口味，那么抱歉，读者们会立刻攻击你全家老小外加祠堂里供着的祖宗十八代。在这个心情低落到想要自杀的节骨眼上，请不要满目疮痍地只看到黑暗世界。定定神，想象一下那些因看你文而萌生自杀情结的读者们，他们比你更需要阳光去慰藉。

就这么着，在众人口舌犀利的群攻下尹尚尚能顽强地存活下来，可见他的生命力是多么的坚不可摧。

只可惜尹尚脸皮太薄，尤其是在遇见漂亮妹子的时候。

……

广场上的人很多，热闹得像过年时的蔬菜批发市场。

尹尚走在唐雪一旁，有意护着她，生怕被哪位不良用心的色狼占了他女神便宜。唐雪仿佛很享受这种"保护"，她走得不急不慢，时而回头与尹尚和跟在后面的邵婉晴闲聊几句。宁静倒是活跃，满世界里乱窜，看见什么好玩的都要瞅两眼。

她的名字里有个"静"字，可能取名之人一心想着让她长大后出落成一位亭亭玉立、静若处子、气质不凡的大家闺秀吧。可惜美好的心愿总是事与愿违的，宁静本人的性格与她名字的寓意完全沾不着边际。唐雪总是笑宁静是一位"静若处子、动若脱兔"的美少女，可以无忧无虑地与这个世界交谈，纯洁得像是一朵百合花，清香扑鼻。

在邵婉晴和唐雪眼里，宁静就是她们翅膀下的一只"萨摩耶"，风和日丽时她是一位恬美的白衣公主，风雨来临后她便是一只目露凶光张着血盆大口的护家犬。

这种局面不是邵婉晴与唐雪有意为之的，而是多年来根据宁静做事风格潜移默化逐渐形成的。

比如现在，消失在人群中的宁静，不论唐雪和邵婉晴怎么呼唤她，都听不见宁静有任何回应。还好唐雪和邵婉晴早已习惯了神出鬼没的宁静，没有在这个阳光普照的日子里对宁静的人身安全产生任何担忧。

就在这个空当，尹尚暗自庆幸宁静抛弃唐雪再无人在女神面前羞辱他的时候，廖辰风发来一条短信：计划正式启动。

尹尚纳闷，心说廖辰风和许颖不是正在放风筝吗，他们不是已经抛弃自己独自享受美好时光去了吗，怎么突然又冒出来一句"计划正式启动"，难道那一切都是假象？尹尚狐疑地下意识就朝廖辰风的方向看去，发现此刻许颖已经不见了，只剩下廖辰风在那里孤零零地拉扯着风筝线，手臂一抖一抖的像是得了脑血栓。

趣味性这么浓烈的户外运动果然不是什么泛泛之辈瞬间便能够对其产生好奇心的，只单单看廖辰风那胳膊酸痛的姿势，便会立刻明白这一定是治疗习惯性懒惰综合征的最佳治疗手段。

广场虽大，但架不住人多。在蔚蓝天空中翱翔的各种千奇百怪的风筝没有上千，也有几百，密密麻麻誓有形成遮天蔽日的趋势。在密度这么大的空间里要想游刃有余地操纵一根绳子，去控制百米之外的风筝，没有两把刷子这活儿还真不容易干。

风筝又不是美国军用无人机，可以毫无保留地听从地面操控者的指挥，不留余地地对敌人进行精确打击。即便风力十分温和百般适宜放风筝，手法操控精准没有任何瑕疵，一切都完美得如同年年卫冕冠军的F1车手的车技。

弯曲的赛道如同他家后花园的青石小径，可以任他自由甩尾压弯，每个动作都展现得那么完美无缺无可挑剔。但只可惜赛道却不是他一人专属，在此遨游的赛车繁杂众多，保不准哪个驾校没毕业的就敢冒充车神，一个招呼不周他就敢开着他的爱车来亲吻你的爱车。

廖辰风就是那位号称年年卫冕冠军的车手，可惜他的技术无论多么高明，都比不过旁边那位自学成才的小男孩。

那小男孩6岁左右，顶着蓬松的蘑菇头，满脸萌态。小男孩动作笨笨拙拙地拉着风筝线，样子有些吃力，看上去憨态可掬十分好玩。小男孩的旁边跟着一位服饰艳丽的同龄女孩，那小女孩眼睛大大的，模样俏皮，十分可爱。

小女孩站在一旁不停地对小男孩指手画脚，看样子天空中那个彩色的蝴蝶风筝是他们两人共同努力才放起来的。小男孩对旁边意见众多的小女孩明显有些不耐烦，一脸不屑并拧着小眉头。两人各不相让，意见不一，很快便气势汹汹在那里争执了起来，完全无视了天空中蝴蝶风筝的飞行路线。

突然，一阵强风掠过，那蝴蝶风筝打着转儿，猛地朝廖辰风的风筝线上撞去。不出意外，小男孩的风筝缠绕在了廖辰风的风筝线上。没有了刚刚乘风破浪横渡大洋的无敌气势，病快快地悬挂在了半空。

小男孩气愤地扔掉手中的风筝线，挽了挽袖子过去就要找廖辰风理论，无奈廖辰风实在太过高大，小男孩自知不是其对手。只好改变策略，小男孩眼珠滴溜溜一转，与小女孩可怜巴巴泪眼汪汪地注视着廖辰风，委屈的眼神中流露出无尽的无奈与悲伤。

"大哥哥，放风筝好玩吗?"小女孩奶声奶气道。

"大哥哥，我们是带着写作文的任务来放风筝的。"小男孩无限委屈。

"不然，在这么一个风和日丽的天气里，待在家里打游戏多好。"小女孩继续嗲声嗲气。

"放风筝这么无聊，大哥哥你一定玩够了吧?"小男孩继续无限委屈。

"大哥哥你女朋友都不陪你放风筝玩了吗?"小女孩继续萌态。

"你看，放风筝是一件多么无聊的游戏。"小男孩眼神坚定地点了点头。

"对啊，多么无聊，大姐姐都不陪大哥哥玩了。"小女孩泪眼汪汪。

"我们的青春可不想既错过时间，又错过了对的人。"小男孩泪眼汪汪。

"无聊的事情总要义正词严地拿出来写一写。"小女孩带着哭腔。

"比如写日记。"小男孩附和。

……

廖辰风愣在那里听两个萌娃一言一句讲了好久，他的心律起伏图一定比狂风下的海面还要波澜壮阔。廖辰风眉头紧皱，心里狂震，实在想不明白现在的小孩子们为何会有如此庞大的知识储存。好像他们在 6 岁以前就已经明白了六道轮回一样，并且还能非常符合时宜地表现出一副忧国忧民人生在世是何意义的模样，仿佛他们早已看透社会看透人生，参悟出了大智大慧。生活太悲催人生无意义已经不是他们吐槽的重点，他们正在研究为什么世间有着如此多的无聊之事却总被大人们玩得津津乐道！

仿佛在他们眼里生活中最无聊的事情不是蹲在草地上发呆，而是假装兴致高昂地在做一件非常有趣的游戏。有种智商被藐视的侮辱感。

这就像一个二年级的小朋友非常自豪地询问一个懂得复合函数的高三优等生会不会背乘法口诀一样滑稽。

两个小朋友的煽情演讲大概持续了十分钟，廖辰风污浊的心灵被洗涤得淋漓尽致，直接从万丈深渊升华到了九霄云外，只见他泪眼汪汪非常崇拜地注视着两个萌宝。声音颤抖带着哭腔地说："求求你们别说了，哥哥知道错了还不行吗？"

"错不代表你做得不对，或许是别人不理解，违背了多数人的意愿。"小男孩义正词严。

"就像疼痛只是一种感觉，并非是阻碍你幸福的围栏。"小女孩谆谆教诲。

"哥哥把风筝给你们玩儿还不可以吗，我的人生已经失败到了这种地步，请不要再摧残我的精神体系了。"廖辰风眼神中充满绝望，仿佛断头台上跪着的死囚犯。已知天命，静等午时。

"唉，人生的失败就是因为不懂得更改，之所以悲哀，完全是因为你的思想误导了你对这个世界的认知。"小男孩非常悲观地叹了口气。"理想就像风筝，我们心中都有一个雏形。你的目光越远，风筝飞得就越高。"

"大哥，我风筝都给你了你还想让我怎么样？求您放过我吧。"廖辰风抹了抹泪，掩面而去。

小男孩和小女孩回头看了眼落荒而去的廖辰风，继续争持风筝的操作权。

天池湖岸边的唐雪与邵婉晴已经有些着急，宁静的不辞而别大有被人贩子拐卖走了的嫌疑。三人中只有尹尚嘴角挂笑地注视着湖里游来游去清闲自在的锦鲤，完全一副事不关己爱哪儿哪儿去的不屑模样。

邵婉晴实在等不及了，又没在人群中搜索到宁静身影，欲要掏出手机训斥宁静的悄然离开。尹尚看了眼邵婉晴着急的面容，暗自替宁静感到恐慌。邵小姐的脾气他可是知道的，平时看上去虽一副大家闺秀恬静淑女模样，可要触及到了她的危险区域，您老还是赶紧写封遗书买个棺材趁早把自己埋了吧。

不然等邵婉晴发飙，恐怕连您的尸首都不会留下，直接被她扔下水里喂王八去了。

　　还好宁静这次没有触及邵婉晴的底线，不然宁静会死得很有节奏，就像邵婉晴对待她前任男友一样，不仅侮辱他的人格，还要侮辱他的长相。

第十七章
盛 世 花 开

　　关于邵婉晴前任的一些事情，还要从几年前那个满城蔷薇花盛开的季节开始谈起。

　　春天万物苏醒，朝气蓬勃，一切具有生命力的物体都在蒸蒸日上。尤其自称地球霸主的我们，荷尔蒙在春天分泌得格外多。

　　所以在这个万花盛开的春天，便也成了青年们恋爱的季节，并且不论单身与否。就像那位自称情圣的恋爱达人的名言：法律只能约束我的婚姻，但不可剥夺我恋爱的权利。

　　我们会调动全身的各个感官，去刺探如鲜花般释放着独特气味的少女的芬芳。就像依靠着地球磁场辨别方向的鸟儿一样，渴望爱情的两人的磁场会在这个繁杂丰富的世界里的某个特定的地点产生共鸣。

　　这种共鸣针对的不一定是某个特定的人，也许是一个类型相似的群体，只是对方与你产生共鸣的频率有所不同，所以才会产生单恋这么尴尬的恋爱方式。

在这个万花怒放的恋爱盛季，邵婉晴也顺理成章地谈起了恋爱。男友是他们同级不同系的同学，名叫韩译，是系里公认的才子。

才子韩译才气逼人，所写文章经常刊登于校园各大黑板，随着文字的广泛传播，韩译两个字也逐渐进入同学们视野，才子的名气也紧跟着水涨船高。

随着积雪的融化，韩译的文字也逐渐从稚嫩走向成熟，渐渐脱离凡俗，产生了灵魂，魅力直线上升，自成一体。刊登文章的地方也不再局限于校园黑板，而慢慢进军到了市内各大报纸，受到校内外文学爱好者一致好评，被誉为文学界的救星以及未来文学大师上的一颗耀眼新星！

这种虚荣称赞着实把韩译夸得飘飘欲仙，欲有一口气拿下茅盾文学奖的冲动，在宿舍憋了一个多月信誓旦旦地说要著一部名垂千古永不淘汰的书。他抱着电脑查阅了许多资料，如果那些资料全被打印成纸质书的话，估计会填满他的整间宿舍。

韩译足不出户，一个月没见过太阳，饭食都是舍友帮忙带的。看到韩译如此懒惰，他的舍友们猛地恍然，原来作家就是坐在家里不出门！

由于他才子名气过大，校方考虑到韩才子文学创作需要静雅条件，为了不背负扼杀文学的骂名，只好给韩译宿舍 24 小时供应电流，以鼓励他奋力创作文学的热流。

后勤得到保障，可乐坏了韩译舍友，再也不用担心停电后没有电脑可以玩了。本来天天帮韩译带饭的那些小埋怨也从此烟消云散。

校方的无微关怀无形中给韩译增加了许多压力，脑袋一热放出的豪言，韩译此刻已经隐隐有些后悔。现在的努力已经无法弥补曾经吹过的牛皮。就像酒醒后的醉汉，猛力捶打着闷痛的腹部只后悔昨天为什么喝了那么多，并发誓从此与喝酒划清界限！无奈，刚过十天半月朋友相聚依旧胡吃海喝，把先前的醉态完全置诸脑后，这就是好了伤疤忘了痛。

经过一个多月的不懈努力，没黑天没白夜地日夜翻阅资料，原本隐约浮现出的灵感也被他庞大的知识库存瞬间湮灭在了意识海里。先前的故事大纲被他无情否定掉了，理由是故事太过浮躁，无法宣泄轻浮生活背后的至高精神体系。

这就仿佛得了选择困难症的人去购车，兜里揣着低配的钱，满眼都是高配的车，一心想着自己买不起的就是好的。如同喜欢去邻居家蹭饭的小朋友，吃自己家的饭呕吐反胃恨不得掏出肠子洗洗，吃别人家的饭津津有味一副此味理应天上有，人间难得几回吃的醉生梦死样儿。

一个月的大量阅读如同倾盆而下的暴雨，让韩译这个小池子有些招架不住，险些溢出来。还好他的理智战胜了他的虚荣，没有在满腔怒火痛斥自己的情况下分分钟切腹自尽。

韩译的困境使他的存在感到非常尴尬，就像面临毕业的学生，信心高昂以为踏出校门用不了三年自己就会站在世贸大厦的顶层笑看人间。可惜天妒人怨，踏出校门后连顿饱饭都吃不上，更别提实现抱负实现理想。

知识的迅速增长并没有致使韩译的文笔也一同迅速增长，因为他并没有因此大彻大悟参透人生，反而让他觉得自己前半生简直就是个井底之蛙，对生活突然有了卑躬屈膝之感。

顶着一头乱发，散发着浓厚男人味的韩译非常谦卑地走出宿舍，第一次对自己进行了彻头彻尾的"大扫除"。

韩译生得本就俊俏，透着一股阴柔气质。当他从理发店出来后有种牢狱十年重获新生的错觉，对他来说整个世界都透着一种新生。那是一种畅快淋漓脱离庸俗的舒畅，仿佛满身污垢跳进水潭彻底清洗过的舒爽。

就像躲在湖边偷笑的尹尚，宁静的失踪仿佛成就了他伟岸霸业似的。

邵婉晴满脸气愤地盯着手机，电话通了，却没人接。本来心平气和的唐雪此刻也有些着急起来，看她们两人这种气势，恐怕宁静立刻出现也会被她们大卸八块。

旁边的尹尚见唐雪面色不好，假心假意地过来安抚。唐雪无奈地对尹尚笑了笑，抱怨道："宁静这人从来都是这样，要多不靠谱就有多不靠谱！唉，气死我了。"

邵婉晴放下手机白了唐雪一眼，嘟囔了句："还不是因为你。"然后，又开始拨打宁静手机。

隐约听到这话的唐雪立刻怒目圆睁瞪着邵婉晴，咬着银牙恨不得吃了她。尹尚自觉好笑，心说表面上看她们三个闺密好得跟一个人似的，没想到内部矛盾这么严重！

为了不让两人发生口角，尹尚赶忙出言劝道："兴许，宁静偷跑出去是想给你们一个惊喜呢？"

"惊喜个屁！"唐雪愤愤不平，哼了一声转过身去，不再理会邵婉晴。

尹尚尴尬地笑了笑，问邵婉晴："还没人接吗？"

"没有，谁知道宁小姐这是又演哪出？"邵婉晴噘了噘嘴，不去关注唐雪愤怒的脸，转目接着搜索人群中宁静瘦弱的身影。

唐雪哼了一声，眼珠转了转，拉了拉尹尚衣袖，说："用你手机打，你的是陌生号，或许她会接。"

尹尚狐疑地看着唐雪，心说怎么回事？你们两位得罪宁静了吗？为什么不接你们电话？可是心中万分疑惑的尹尚此刻也不敢多问，掏出手机就递给唐雪拨号。还未等唐雪拨出去，满脸兴奋的宁静蹦蹦跳跳地就跑了回来。她的身边还跟着许颖，没错！是许颖。

这种场面或许唐雪和邵婉晴并不觉得奇怪，因为她们似乎还不认识许颖，或者说，她们不知道今天尹尚和许颖制订的那一揽子计划。

可是，许颖这般"光明正大"地出现，着实把尹尚震惊得一塌糊涂。尹尚心中万分惊讶千分质疑，心道，许颖这社交能力也太超乎常人了吧！分分钟就能和宁静建立友谊嘛？许小姐如果真有这本事不去从事间谍工作真是特工局的不幸被调查者的万幸！

原本怒火中烧准备大发雷霆的邵婉晴在看到许颖后也不由面露质疑，把愤怒抛之脑后完全被好奇心替代。心说宁静怎么只是出去一晃眼的工夫就带回来一位漂亮小妹？看这小妹生得白净，不会是卖安利的吧?!

唐雪更是好奇，忽闪忽闪瞪着满是疑问的大眼注视着许颖，不停上下打量她，没有如邵婉晴般的丝毫戒备心。

唐雪待人接物总喜欢朝好的一方面想，在她眼里似乎没有坏人，她也从来不把人进行分类。凡是性格开朗的她都能聊得来，除非对方张嘴闭嘴满口脏话……

这也是尹尚和唐雪会建立短信友谊的一个重要因素。

"你们好，我叫许颖，是宁静以前的同事。"还未等宁静开口，许颖便大方地介绍起自己来。

"噢。"邵婉晴和唐雪同时了然地点了点头。

"许颖是我们学妹，而且还是咱们老乡。以前我们在同一个公司上班，关系很好。刚刚在那边遇见她，所以就带来让你们认识认识。"宁静补充道。

"那时候初出茅庐，什么也不会，多亏静姐照顾，才勉强过了试用期。"许颖笑得很甜，继续道，"你一定是唐雪姐吧，经常听静姐提到你，本人果然比照片上还要漂亮。"

两人礼貌性地握了握手，唐雪笑得花枝乱颤。

许颖继续，微笑着看向邵婉晴："这位是邵婉晴姐吧，和唐雪姐一样漂亮。静姐能有你们这样的好朋友，真是让人羡慕死了。"

两人礼貌性地握了握手，邵婉晴也笑得花枝乱颤。

抽个空当，许颖俏皮地朝尹尚眨了眨眼，意思是看老娘厉害吧，瞬间迷倒你女神！并摆出一副泡妞很简单的笑容朝尹尚不屑地笑了笑。

尹尚泪眼汪汪，自叹不如。

女人在互看对方顺眼的时候建立友谊是很简单的，比如嗅一嗅对方的香水，这就是一个很好的切入点。然后从香水聊到面膜，从面膜聊到护发素，从护发素聊到经常使用的那几个品牌，从品牌聊到经常逛的那几条街道……

这样的聊天方式搞营销的相当熟悉，这是她们惯用的建立友谊的手段，步骤无非就那么几样，涉猎的全部是不涉及你隐私的东西。赞美几句先让你飘飘欲仙，然后让你打开心扉与她侃侃而谈，互相交流经验，说不定还能教你几招保养秘方。那些秘方就是她要向你兜售的产品，已经蒙圈的你肯定不明白其中奥秘，稀里糊涂付钱还以为自己捡了个大便宜！最后说再见的时候除了性别连人家姓名都不知道。

这么分析下来，许颖还真有卖安利的潜质！

看唐雪四人聊得这么嗨，瞬间就打成了一片，只看这阵仗便能知晓许颖战果有多么显著。

四人窃窃私语，然后哄然大笑，完全不顾及周围人异样的目光。尹尚很是好奇，侧耳隐约听见宁静说自己让同学代购了一桶牙膏，非常好用，恨不得一天刷五次牙。

就这点小事儿也能产生喜感？尹尚瞬间开始质疑起自己是不是笑点太高了，或是唐雪四人笑点太低了，还是他们根本就不在一个频道上？

为了不影响广场上其他前来休闲玩耍的人的兴致，尹尚偷偷拉了拉唐雪衣袖，示意她矜持。

唐雪茫然地回头看着尹尚，有些不明就里。尹尚见她眉目疑云，像个天真的孩子，便哑然失笑。然后竖起食指在嘴前做了个噤声的手势，又指了指四周。唐雪环顾左右，脸颊泛起红晕，不好意思地点点头，赶忙拉起尹尚就往穿过湖中心的石廊走去，摆出一副我完全不认识她们的样子。

等唐雪、尹尚走出一段距离，宁静三人才回过神来，纷纷掩面跟了过去。

第十八章
遗恋红尘

花开花谢，时间是迂回不知疲倦的轮回。

就像尹尚脚下走过的石廊，不知被多少人曾经踩踏，但它依旧傲然湖面，不屈不挠。它日复一日坚守着自己的岗位，驮负的不是凌辱，而是责任。

虽然并没有人去感激它的奉献，但我们不可否定它的无私。就像被爱者习惯接纳而从不懂得给予一样，所以说单恋是非常自私而又无私的。

这种伟大的精神尹尚最有发言权，可是受过伤害的人习惯隐藏，不会轻易去揭开伤疤。因为那些是被他们的意识早已默认成的撕心裂肺的痛。

如果这辈子得不到女神的垂爱，尹尚也不奢求什么，只要唐雪不讨厌自己就好。平平淡淡，无须清晨起床时暧昧的明眸，轻吟，轻吻。

一切的幻想无非是空城下的，无力追逐。

……

公园内的景色无疑是人造景点中的上上品，可是再优美的环境也会让过度欣赏它的人产生审美疲劳。为了缓解这种疲劳，公园管理委员会每逢节假日便会招揽大量生意人前来摆摊设点，以吸引游客目光。

这么一来，每逢重大节日，市民在逛公园时，都有一种逛商场的错觉。

拉着尹尚的唐雪还未走到公园近前，只看那人头攒动的拥挤场景，唐雪便立刻失去了进去游玩的兴致。等来到近前，发现公园内并没有看上去那么多人，至少大家还在有序不乱地挪动。唐雪也没说什么，便和尹尚并肩进入了人流大军。

在看到满目琳琅的商品后，宁静再一次发挥了她的特长，在人流量密度如此大的地方，她竟然游刃有余地穿梭其中。为了不让她再次把自己"丢失"，邵婉晴只好尽力跟在她身后，许颖转身朝尹尚眨了眨眼，也跟了过去。

唐雪和尹尚被宁静三人抛弃了，两人呆呆地站在路边望着穿梭于公园内的人群，尹尚不免下意识地把唐雪朝自己身边拉了拉，为了唐雪安全，也为了避免唐雪遭受不必要的拥挤。

感受到尹尚指尖的力量，唐雪转目看向尹尚，两人心照不宣地笑了笑。然后，他们径直朝不远处的咖啡厅去了。

人群这么拥挤，逛街那么累，何必让自己遭罪？更何况二人醉翁之意不在酒。

咖啡厅客流量不像公园那么火爆，对于喜欢清静的人而言，相对于公园内的拥挤，静雅的咖啡厅简直就是世外桃源！

两人找了处地方坐下，不经意间，尹尚发现廖辰风竟然不知何时也来到了这家咖啡厅，还且还是坐在他的身后。尹尚见廖辰风正低头专心致志地盯着手机，不知道正在玩着什么游戏。

尹尚没有理他，他招呼唐雪坐下，特意点了两杯卡布奇诺。

等咖啡被端上来，唐雪立刻掏出手机，对着两杯咖啡拍了张照。然后又忙碌地在手机上划拉了一会儿。尹尚感到好奇，就问唐雪在忙什么。唐雪抬头神秘地笑了笑，说："你去翻微信呀。"

尹尚扶额，心说我才不会傻到明明女神就坐在我面前，而我却傻不愣登地不知把握机会，独自一人埋头与手机互嗨呢。

其实不用多想，依尹尚对唐雪的了解，像她这种手机病早已病入膏肓的人，一定是拍了张咖啡照发到朋友圈去了，然后对着手机赞叹一番今天是多么美妙而又富有意义的一天。

为了避免唐雪太过沉迷手机，尹尚轻咳一声，缓缓说道："这个场景仿佛似曾相识，好像在哪里出现过。"

尹尚端起咖啡轻酌一口，没有再继续说下去，像是在等唐雪的回应。

看着面前香气四溢的咖啡，飘着淡淡的轻烟，似有似无地摇摆。唐雪竟恍惚间愣在那里，她手中的爱机时不时发出轻缓的提示音，然而声音过于轻缓，没有从迷失中把她唤醒。

"眼神这么迷离，难道有什么心事吗？"尹尚小声嘟囔了句。

"咖啡好香啊！"唐雪为了掩饰，慌忙端起面前的咖啡，也轻酌了一口。

"还记得那是读高三那年的春天，那天是牡丹市一年一度的牡丹花会。我假装生病，请假逃课去看牡丹。同样是因为人多，为了避免拥挤，我来到一家咖啡厅。正当我坐在桌前无聊时，你径直走了过来，然后坐在了我面前。"唐雪笑容甜蜜地看眼尹尚，接着说："当看到你的那一瞬间，我就很好奇，难道你也逃课出来玩了？"

"那个时候你已经认识我了？"尹尚满脸质疑神色，很是不好意思地摸了摸鼻子。

"废话，其实我早就知道是你在一直给我发短信。但是你一直不愿意说，我也就没兴趣问。"唐雪非常鄙夷地白了尹尚一眼。

"呵呵，因为我胆小。"尹尚尴尬地呵呵。

流言，止于智者；聊天，止于呵呵。还好唐雪天生大度，没有对尹尚发出的这么一声被万众鄙视的声音而感到厌恶。

"看出来了，那天明明坐到了我面前，为什么不说话？"唐雪好奇地瞪着尹尚。

"还是因为胆小。"尹尚很是不好意思。

"胆子小，并不是逃避一切的理由，而是走向成功的一个致命弊端。或许，许多事情，都湮灭在了你这一句胆子小上了吧。"唐雪无奈地叹了口气，似是在自说自话，又似是在教育尹尚。

"那你既然知道了是我，干吗不跟我说话？"尹尚好奇地问唐雪。

唐雪没有立刻回答，而是瞪了尹尚一眼，喝了口咖啡，才缓缓道来："我不喜欢胆小鬼。"

呃……尹尚傻在了那里，一时间语塞也不知说什么好了。

"也可能是畏惧。畏惧你的美丽，畏惧你的善良，畏惧你的落落大方，担心我那容器太狭隘的心胸，盛不下那份丰盈饱满纯真的情感。"尹尚咂巴咂巴嘴，似乎对自己的言辞很是满意。

"畏惧你个头，连自己胆小都不敢承认，你胆子可真小得可以！"唐雪非常不屑地怒视着尹尚，恨不得立刻跳起来，一巴掌呼死尹尚。

尹尚瞠目结舌，愣在了那里，这次是真语塞了！

过了大约30秒的时间，尹尚放在桌子上的手机提示有消息接入，他傻愣愣地打开，是背后的廖辰风发来的，只有简简单单的几个字：你女神太豪爽了！

唉……尹尚在心底惋惜一声。

"雪儿，你知道人世间最痛苦的事情是什么吗？"尹尚努力淡定。

"切，幼稚。"唐雪表示不屑，眼神鄙视，"别告诉我说是什么人活着钱没了之类的老套玩意儿，一点幽默感都没有。"

"我从不屑使用别人用过的东西。"尹尚眉飞色舞，兴奋道："最痛苦的事情，莫过于你自以为是措辞半天认为浪漫的言辞在女神面前竟然一文不值！"

"哈哈，真羡慕你能有我这么一位善良美丽大方而又富有同情心的女神。"唐雪笑得无比灿烂。

"呃，你这赞美人的方式还真特别哦。"尹尚满脸黑线。

"独树一帜才会别有韵味嘛。"唐雪得意地笑了笑，瞅了一眼尹尚，竟站起身伸手摸了摸尹尚脑袋，像是主人抚摸宠物似的带着温柔与怜悯。然后装出一副悲情模样："可怜的孩子，费尽心机假装浪漫，可偏偏演技不过关。"

尹尚泪奔……

……

在服务员前来续第二杯咖啡的时候，唐雪和尹尚已经从"浪漫"的话题扯到了九王夺嫡与计划生育的重要性！

坐在尹尚后边的廖辰风都无心玩游戏了，恨不得跑过来参加他们的辩论会。可惜他身肩大任，不可轻易随性逍遥于江湖。

外面的阳光渐渐毒辣起来，在公园内游玩的人开始逐渐减少。温度的升高会使人增加疲惫感，尤其是在这个大家都穿着春装季节，偏偏头上却顶着夏日的天气。

咖啡店门上的七彩风铃叮铃铃发出一阵清脆的轻响，这是有顾客上门的提示音，风铃为咖啡店源源不断地招揽着生意。

来人是蒋泽恺，他行色匆匆，没有注目扫视整间屋子，而径直走到廖辰风对面坐下。像是有什么要紧事要谈，一副日理万机帝国军团CEO的模样。

尹尚背对着咖啡店的玻璃门，所以他没有看到蒋泽恺。但是却听见了他们急促的谈话声。

"这游戏有什么问题？"蒋泽恺语速很快，似乎很焦急。

"关卡太简单，爆出的武器太多，打怪都能打出好东西，谁还愿意花钱买！"廖辰风倒是悠闲自得，一副"采菊东篱下，悠然见南山"的清闲气势。可是他张口闭口都充斥着人民币的味道，而且特别浓厚。

只是这简单几句，尹尚便明白，原来廖辰风在做蒋泽恺的游戏顾问。貌似廖辰风这顾问当得还有模有样，关于产品的种种利弊，分析得倒还头头是道。

这可能和他十几年玩游戏的经验有着密不可分的层层联系吧。三百六十行，果然行行出状元！

天生我材必有用，只是东风还未来。

他们接下来的对话尹尚便没兴趣再听。

尹尚回笼心神，正准备和唐雪继续讨论胤禛帝到底是死于暴卒还是过度服用丹丸时，唐雪手机突然不合时宜地响起了悦耳动听的铃声。

伴随着美妙的音乐，唐雪做了个抱歉的表情，接起了电话。尹尚眼睛带笑地示意唐雪接电话，虽然心中不甘，但打死他也不敢表露他罪恶的言行，不然他会被唐雪打死的！

电话是邵婉晴打来的，大意是她们已经逛累了，可是宁静仍然精力充沛，欲要围着公园再转一圈。她实在拿宁静没辙了，只好打电话求助于唐雪，讨要制人秘术。

安静地听完邵婉晴的诉苦，唐雪阴邪地微微一笑，对着电话轻声说："告诉她，我被尹尚欺负了。"

然后，唐雪在尹尚满眼怨恨的注目下轻轻挂断了电话。此刻，尹尚眼睛依然带笑，只不过他瞳孔逐渐放大，眼前一切都显得非常模糊。他已经不知道心中到底充斥着愤怒、恐惧、紧张、喜爱还是痛苦了。

尹尚的这些异样他丝毫不敢表露，自己原本就在唐雪眼里落下一个胆小鬼的名号。如果再在面对威胁不到生命的事情前表露出一副怯懦感，那恐怕唐雪真的会鄙视自己一辈子吧。不，是一万年！

因为像尹尚这种对待爱情一根筋的人，如果哪位妹子不幸被他们这类人看上了，他们会誓死爱一辈子的，即便得不到，也会苦得相思病。更有甚者甚至会飘过奈何桥，逃过孟婆汤，死缠到下辈子！下下辈子！

就像歌词里面写的，爱你一万年。

一万年这么执着的爱情如果再不可以感动一个人的话，那只能同情与可怜示爱者命苦了。同时也要替被爱者感到悲哀，因为在这一万年里，你永远在失去爱你的人。

为了不让自己的恐惧蔓延，尹尚已经在心里将他自学的降龙十八掌和独孤九剑快速地耍了一遍。瞬间感觉自己功力大增，即便对手是扫地僧他此刻也不放在眼里了。

第十九章
清 风 异 香

　　热血沸腾的尹尚此刻恨不得逮谁都想比画比画，在他强大的意识海里他早已和各大门派的掌门人一一过过招了，可是那些掌门人的武功在他的淫威下如同小孩子的花拳绣腿，根本浪费不了自己殷实功力的一成！

　　可是，再强大的意识世界终究是虚拟的。没有主脑的供给虚拟世界便会瞬间崩塌，塑造它的上帝也会立刻被拉回现实。

　　尹尚是它意识世界里的独裁者，唐雪便是他现实世界里的独裁者。独裁者的喜怒哀乐直接决定着臣民们的生死存亡。可是在爱情面前，臣服于独裁者并不是一种怯懦的奴隶行为，而是成了宽容与博爱并存的上帝。

　　只不过臣服者的这番良苦用心，不是所有独裁者都能够了然于心善解其意的。

　　还好唐雪冰雪聪明，没有辜负尹尚一片真诚炙热的良苦用心。也怪不得唐雪会恭喜尹尚能有她这么一位善良大方的女神。如若换成宁静，恐怕早把尹尚拉进黑名单了。

　　在这个任性的春天，宁静在得到唐雪被尹尚这个臭小子欺负的消息后，立刻火冒三丈，顶着似火骄阳快步就朝咖啡店冲了过来。

　　不远处的玻璃窗内。

　　坐在唐雪面前的尹尚看上去显得格外气定神闲，丝毫没有察觉到危险的来临。只是对于唐雪的计策感到稍有不适，自己在宁静眼里本就缺陷甚多，唐雪偏偏还要添油加醋。这不是故意毁灭自己刻意营造的完美人格嘛。

　　但尹尚倒是不特别在意自己在宁静心目中形象的优劣比例，只要唐雪不讨厌自己，一切都万事大吉！

　　此刻，把玩着手机的唐雪正嬉皮笑脸满目疑惑地盯着尹尚，像是一位顽劣的公子哥儿正眉目传情地调戏良家姑娘，只可惜尹尚不像良家姑娘那般羞涩扭捏，没有过多做作的姿态。

　　"没什么疑惑吗，亲?"唐雪对尹尚眨了眨眼睛，样子颇为俏皮可爱。

　　唐雪此举着实把尹尚电得不轻，那带闪光的明眸好比超强激光，闪得尹尚双眼恍惚，几乎差点晕厥过去。

　　"雪儿，请不要随意对我放电好不好，我一不小心就会被你电死了。你知道的，我硬朗坚实的外表下隐藏着一颗脆弱寒战的心。尤其是在雪女神面前。你只是瞅我一眼，我就要浑身哆嗦半天，哪还能招架得了你对我眨眼睛呀。"尹尚讲话时故意做出一副羞答答的模样，逗得唐雪咯咯直乐。

可就在此时，咖啡店玻璃门门框上的七彩风铃再一次叮铃铃响了起来。声音清脆，分贝较大，风铃摇晃得也比较厉害。店内众人闻声心生好奇，纷纷循声侧目。

来者，正是宁静三人。

刚迈进门的宁静怒火冲天，杀气腾腾，双目炯炯有神四处寻找尹尚身影。看她那副凶神恶煞的面容，恨不得立刻抓住尹尚就将其碎尸万段！

跟在她身后的邵婉晴和许颖倒是冷静得很，没有宁静那般鲁莽。二人一直跟在宁静身后，试图阻止她。可惜宁静要起威风来太过彪悍，有着万夫不当之勇，无奈现在是和平年代，无法让她立下赫赫战功！

宁静脚下生风，走得很急，邵婉晴和许颖走得较慢，拦她不住。正当许颖要喊尹尚让他赶紧"逃命"时，没想到宁静却突然站住不动了。

许颖纳闷……

邵婉晴纳闷……

唐雪纳闷……

三人同时聚目朝愣在那里的宁静投去狐疑的目光，不知道她为何突然停下。唐雪唯恐尹尚生命安危，笑嘻嘻地欲要站起和宁静讲明原因，可是还没等她起身，却突然见宁静朝旁边的蒋泽恺嘿嘿一笑。刚刚还阴云密布气势汹汹的样子瞬间转换成了小女子的忸怩娇柔姿态。

呃……由于太过烦躁，宁静脑电波紊乱表情模式转换产生混乱了吗？尹尚和唐雪互视一眼，心中疑惑万千。

"嗨，恺恺，好巧哦，你也在这里呀。"宁静细弱蚊声，像极了窝在男神怀抱中娇滴滴的小姑娘。看她神色，唐雪发现宁静凶悍的脸颊竟然罕见地出现了红晕！要知道，宁静这般娇媚姿态除了在宁凡面前，还是极少出现过的。

众人无不骇然，纷纷被宁静此番举动雷得张口结舌、目瞪口呆。尤其是自称对宁静习性了如指掌的唐雪，更是被震惊得傻在了那里，唐雪实在想不明白一直威武不屈的宁静何时屈服于蒋泽恺这小子了！

宁静今天出门忘记吃药了吧？她什么时候和蒋泽恺混得这么熟识了？竟然都不称呼全名而改口恺恺了！好亲密的样子！他蒋泽恺不是喜欢穆诗曼吗？难道移情别恋到宁静身上了？可是宁凡怎么办？难道他们分手了？……一连串的问题如潮水般接踵而来，一直自称智慧女神化身的唐雪此刻大脑处理器也有些跟不上了。瞪大了眼睛傻傻地愣在那里，呆呆地看着宁静，双眼无神，六神无主。

"对啊，好巧，你也来这里玩吗？"蒋泽恺大方地回应。

"我来……"宁静瞥了一眼尹尚，咬牙切齿而又假装温柔地笑了笑，"找朋友玩，呵呵。"

此刻，蒋泽恺发现了站在宁静身后的许颖。他皱了皱眉，扭头很是疑惑地看了眼廖辰风，廖辰风马上对蒋泽恺暗中示意他不要多问。两人是多年好友，蒋泽恺自是明白廖辰风意思，便没再多话，而是对宁静客气道："要不要坐下来一起？"

"好啊好啊。"听到蒋泽恺假意邀请，宁静如同中了五百万彩票一样兴奋异常，立刻冲到了蒋泽恺对面坐下。好像她再晚去一步，就会被别人抢了先机似的。

　　看她那副被判了死刑却突然蒙冤昭雪得到皇帝特赦又被加官晋爵了的小人得意模样，邵婉晴和唐雪无不为之感到掩面羞愧。作为一个女孩子，你不矜持也就罢了，竟然还主动投怀送抱！

　　"唉……"邵婉晴瞅着宁静惋惜一声，暗自摇了摇头，一副孺子不可教朽木不可雕烂泥扶不上墙的哀愁失落。然后头也不回地径直朝唐雪走去，无奈地坐在了唐雪旁边。

　　许颖看了眼宁静，又瞅了瞅廖辰风，无可奈何地耸了耸肩，然后走到宁静旁边，有气无力地坐下。

　　服务员眼疾手快，忙走上来询问三人要点什么。宁静倒是大方，指了指另一桌的邵婉晴，又瞟了眼许颖，各帮她们点了杯果汁。她这种霸道的温柔倒是颇有某上市公司总裁的风范，可惜宁静霸道欲太强烈，也不看对象是谁，就一股脑地帮她们大包大揽了下来。

　　邵婉晴丝毫不心领宁静的"好意"，低头与唐雪私语了几句，样子非常凶恶。看邵婉晴咬牙切齿的样子，似是在与唐雪商讨诛杀仇敌的伟大复仇计划。

　　出于好奇，尹尚便忍不住朝前凑了凑耳朵，想窃听一下对方"机密"。唐雪似乎察觉到了尹尚的异样，抬头笑嘻嘻地看了眼尹尚，赶忙制止了邵婉晴的窃窃私语。邵婉晴收到暗示，恶狠狠地瞪了尹尚一眼，并没有说什么。

　　偷窥失败，惨烈败露，尹尚甚觉不好意思。正当他想对唐雪做出歉意的微笑时，背后的廖辰风几人不知因为说了些什么，突然哈哈大笑了起来。

　　尹尚和唐雪被他们的笑声震惊了，在好奇心的驱使下，纷纷瞥眼朝后望去。邵婉晴仍是不屑，眼白占领了多半眼球，白眼都快翻到天上去了，嘴巴也没闲着，撇得老高。

笑声瞬时轰爆整个咖啡店，引来众多鄙夷目光。

宁静笑得花枝乱颤，廖辰风用力捂着肚子。许颖赶忙食指立于嘴前，做了个噤声的手势。只有蒋泽恺一人还算镇定，只是用手里的平板敲了敲桌子。

"看到没，我没说错吧。"邵婉晴气呼呼地指了指许颖后边，十分怨恨。

听完邵婉晴抱怨，唐雪若有所思地点了点头。尹尚奇怪地看着她俩，眉目之间充满疑云。可是他又不好意思问，心说难道邵婉晴发现了什么？自己与许颖的计划败露了？

"尹尚，蒋泽恺不是有女朋友吗？"唐雪犹豫再三，还是忍不住小声问尹尚。

咦？唐雪怎么认识蒋泽恺？而且还知道他有女朋友？在学校的时候记得我和唐雪见面都是独自一人。她何时知道蒋泽恺这号人物了？尹尚百思不得其解，心中疑惑重重。

"曾经是有过一位，不过后来穆诗曼不辞而别了。蒋泽恺伤心欲绝，化悲痛为力量，一心投入到了工作中，他也便因此自我封闭了爱情这扇门。他身边追求者众多，可惜他一直面若寒霜，所以到现在还是一个人。对了，你怎么认识他？"为了配合女神，尹尚也做出一副神秘兮兮的样子。两人声音极其细小，讲话时还时不时观其左右，像极了喜欢八卦别人家私事儿的村姑大妈。

听尹尚讲完，唐雪了然地点了点头，鄙视地说："当年他追穆诗曼的时候闹得满城风雨，全校皆知，我想不认识他都难！"

"嘿嘿，那些个主意都是我和廖辰风帮他出的。"尹尚坏笑了一下，接着道："要不然，单凭他的情商，哪能追得到穆诗曼那么清丽脱俗高贵冷艳的女孩。"说这话时，尹尚面带一副自豪神情，好像他当年是多么的英明神武似的。

"在女生宿舍楼下唱歌那事儿也是你的主意吗？"邵婉晴挑了挑眉，询问道。

"没错，是我的计策，没想到过了这么多年你竟然还记得。看来那歌还挺感人的嘛，那首歌的歌词可是我亲自写的，怎么样，我才华不错吧。"尹尚得意地拍了拍胸脯。

他面带豪情，鄙视众生，自觉文采斐然。

当邵婉晴得知那首让她几年念念不忘的歌竟然是我写的后，她一定会花痴地大大夸赞自己吧！然后她会双眸闪光，双拳立于嘴下，兴奋地唤自己一句男神。哈哈，人世间最美好的事儿莫过于被美女称之为男神了！尹尚内心早已乐得波涛汹涌排山倒海了！

"原来那事儿是你干的！大晚上不睡觉你有病啊？你不睡还不让我们睡了，在女生宿舍楼下鬼哭狼嚎一宿你是不是觉得特浪漫？想浪漫你咋不买个鸽子蛋送她？你咋不把整个操场都铺满玫瑰花瓣？……"邵婉晴气势汹汹，如果不是在这公共场合，说不定邵婉晴早就扑上去挠尹尚了。

没有预期的崇拜语言，尹尚骄傲的神色瞬间转换成了惭愧的颓废之气。

"喂，是我出的主意，又不是我在你们楼下唱的歌，干吗针对我？"

尹尚有气无力地反驳。"你还真务实,买鸽子蛋,还用玫瑰花铺满操场,那都是人干的事儿吗?"尹尚顿了顿:"第二年突降暴雪,我们不是把操场上的雪都染成红色的了吗,还发动了美术系的同学在上面做了幅画,而且堆了很多雪人和小动物。这些还不够浪漫吗?"

"哎,对哦对哦,我手机里现在还有那些照片呢。那创意,简直可以秒杀所有青春期少女了。"唐雪不顾邵婉晴恶毒白眼,立马掏出手机就要给尹尚看里面的照片。

第二十章
那 年 那 月

"哈哈，我英明吧。"看到唐雪那满脸兴奋劲儿，尹尚立刻又恢复了骄傲神色。

"像这种童话世界，现实中是没有多少人能够真正抵制了得它那唯美梦幻般的景色的。"尹尚看着唐雪手机里的照片，指手画脚道。

尹尚发现唐雪非常喜欢这种创意，心道，如果当年自己拿这个创意向唐雪求爱的话，恐怕他们早就在一起了吧？为了博得女神欢心，尹尚便顺水推舟豪迈道："雪儿，你是不是非常喜欢这种场景，改天我为你做一个更好的，好不好？"

"好啊好啊，我要比这个还逼真的，这个雪地里的童话世界太迷人了。你能不能做个放大版的？原型可以不用有太大变动。"唐雪双眸闪闪发光充满期待地盯着尹尚。

唐雪摆出如此可爱表情，简直可以秒杀尹尚。纵使尹尚有着三头六臂，也会被唐雪一个媚眼绞杀得粉身碎骨！

"没问题，包在我身上！"尹尚的豪情壮志一旦被激发出来，即使让他在头脑发热的时候去火山口舀一瓢热腾腾的岩浆来他都能热情而爽快地答应。

邵婉晴恼羞成怒，原本想借此机会好好羞辱尹尚一番，没想到歪打正着让这小子又得了一次表现自己的机会。看来唐雪没救了，用不了多少时日，她一定会被尹尚这小子迷得神魂颠倒的。

唉……

邵婉晴忍不住叹息。

……

"尹尚，你怎么也在这里？"在尹尚背后，蒋泽恺站得高高的，眸子里充满疑惑地盯着尹尚。

"哎呀，坏啦坏啦，我们说的话可能全被他听到了，人言可畏啊，都怪邵婉晴刚才太大声。"唐雪埋头假装看手机，完全置尹尚于死地而不顾。

旁边的邵婉晴倒是全然不顾，一副满不在乎的样子。看她那平静如水的神色下隐隐藏着一股暗流涌动的风云之气，定是要准备坐山观虎斗！

似乎，她刚才那猛然间的一嗓子，也是故意喊给蒋泽恺听的，好揭穿尹尚险恶的阴谋，来拯救唐雪与宁静早已怦怦跳动不已的小心脏。

"在你没到之前我们就已经在这里了。"尹尚笑嘻嘻地回应，然后转身看着唐雪，向蒋泽恺大方地介绍道："这是唐雪，我女神呦。"

"哦,曾几何时,只闻其尊姓大名,今日终于有幸一见。果然人如其名,肤如凝雪,天生丽质。怪不得会令尹尚魂牵梦绕,念念不忘,牵挂多年。"蒋泽恺果然跟廖辰风学会了满肚子讨好女孩子的言辞!

唐雪无奈地呵呵一笑,然后怒目瞪了尹尚一眼。

"蒋先生真会夸人,难怪身边有那么多美女围绕。"唐雪这话说得倒是圆滑,既恭维了蒋泽恺,又话外有音地提醒了宁静。

"怎么?你认识我?"蒋泽恺好奇地挑了挑眉,然后又挑衅地看了眼尹尚,意思是你女神好像暗恋我呦。然后在内心狂笑三分钟……

"风筝大的风云人物,还未毕业就创办了一家游戏公司,高薪在计算机系聘走了那么多高手,你这么了不起的举动,想不认识你都难。"唐雪顿了顿,继续道:"不过这些我也只是道听途说,比起你真正的风云事迹,这些可能也只不过冰山一角。我认识你的原因,还要从尹尚给你出谋划策的那些事儿说起。"

有仇必报绝对是唐雪为人处世的经典风格。她从不背后一套面前一套,刚刚八卦蒋泽恺的那些事儿也只是探听探听消息,以免宁静跌入火坑。

所以嘛,为了报复尹尚,唐雪立刻把仇恨嫁接到了尹尚那儿,然后和邵婉晴一起,坐山观虎斗。

唐雪得意地瞟了眼尹尚,尹尚笑嘻嘻地对唐雪眨了眨眼。一副不明就里被别人卖了还要帮人家数钱的痴呆模样。尹尚笑起来很天真,仿佛与世无争,温暖灿烂的样子。

无邪的笑容并非证明他的内心也是纯洁得如同白纸,如若唐雪这点小伎俩尹尚也看不明白的话,那打死他这辈子也别想得到女神芳心了。

不过，不幸中的万幸，唐雪出卖尹尚的对象是蒋泽恺。尹尚与蒋泽恺是多年好友，两人关系好得连内裤都可以互穿。可想而知，依他们两人的友情，怎会因为唐雪故意挑拨的一句话，而闹得拿砖互殴！尹尚和蒋泽恺也不会因为这点小事儿闹矛盾的。

其中缘由似乎暗藏玄机，嫌疑甚大，甚至有着不可告人少儿不宜的某种画面。实则，两人信任度加深的缘由没有某些不良用心的人邪恶思想中的那般复杂。

一切的起因还应从蒋泽恺追穆诗曼的那段时光说起。

虽然蒋泽恺的泡妞启蒙导师是廖辰风，可惜廖辰风那些尘俗招数对付一般依靠颜值评价男人的妹子还可以。喜欢颜值胜于内涵的妹子眼光都特别大众，只要对方长着一张俊朗的脸，然后再略施小计，投怀送抱者便大有人在。

自称情圣的廖辰风也便依靠这些手段纵横情场多年，策马奔腾简直无人可敌。廖辰风自以为得到爱情秘籍，便大张旗鼓地传授蒋泽恺恋爱计策。蒋泽恺倒也虚心，无论廖辰风教他什么，他都一一记下。

直到最后廖辰风恋爱秘籍内再无字可传，实在油尽灯枯。他便告诉蒋泽恺是时候一展身手，纵横沙场了。

自负的蒋泽恺原以为自己会青出于蓝而胜于蓝，过不了些许时日，他便是风筝大下一位情圣。

蒋泽恺学艺归来追求的第一个人便是风筝大校花排行榜内的冷艳美人——穆诗曼。原本自信满满的蒋泽恺以为受到廖辰风真传，再加上自己颜值颇高的俊脸，定会在一个月内将穆诗曼玩弄于股掌，让其爱得死去活来。

可惜，让蒋公子万万没想到的是，他人生中的第一次恋爱，却爱得是那么狼狈。

"出师未捷身先死，长使英雄泪满襟。"用这两句话来形容蒋泽恺的爱情，简直再贴切不过了！

穆诗曼不愧被称为冷艳美人。无论蒋泽恺变着花样使用什么招式，她都不屑瞧上一眼。即便蒋泽恺的所作所为感动得穆诗曼闺密都泪流满面，痛呼若要蒋泽恺不嫌弃，就替穆诗曼嫁与他。

对于此类投怀送抱的妹子，蒋泽恺自己也是被感动得痛哭流涕。

可惜爱情是强求不来的。

就像自恋的人总觉得自己是个人物，暗恋的人总觉得对方是个人物。可是对于路人来说，我们都只不过是一闪即逝的光影。

经过一段时间的不懈努力，蒋泽恺可谓是死得异常惨烈。烈火燃烧，化成灰烬还要被狂风怒吼着吹得四处飘散的那种。

只可惜，蒋泽恺早已用尽全身解数，穆诗曼连一个一起吃饭的机会都没给予过他。蒋泽恺的自尊心已经被踩得稀烂，这种打击已经很难用言语形容。不过，失过恋的同学都深有体会。

尹尚曾多次劝蒋泽恺，放下屠刀，才可立地成佛。没有强大的精神世界，怎可修得无骨舍利。大丈夫志在四方，为何偏要独守一隅？然后吧啦吧啦一大堆……

蒋泽恺明知尹尚好意，但却并不领情。他反过来耻笑尹尚，质问道，天下好女子多如繁星，璀璨耀眼者众多，你为何独爱唐雪？

尹尚被搪塞得哑口无言，一口闷酒下肚。对蒋泽恺吼道："老子这叫爱情！"

"爱情就是地球的两极，虽然相吸，但却永远无法相遇。"蒋泽恺一口闷酒下肚。

"那为何会有比翼双飞？"

"那……那是因为他们大脑磁场程序错乱了！"蒋泽恺强词。

"看来，我们还不够疯狂。"尹尚叹息。

有人说，恋爱的味道是苦涩的，把原本没心没肺的你活脱脱变成了一个小肚鸡肠的人。

廖辰风授予蒋泽恺的泡妞秘籍是功法而不是心法，是专门走肾而不走心的武学。但蒋泽恺青出于蓝而胜于蓝，独自悟出了心经，这乃是艳遇界大忌。

我对你一见倾心，你却对我万箭穿心。

蒋泽恺完败，败得一塌糊涂。但究其失败原因，蒋泽恺却总查无头绪。天下最令失败者头痛之事莫过于此吧。

不过，廖辰风却用一句话概括了蒋泽恺完败的原因：师父领进门，修行在个人。

不愧是蒋泽恺师父，连逃避责任的理由都总结得那么清新脱俗！

蒋泽恺废了九牛二虎之力，仍得不到女神芳心。心灰意冷的蒋泽恺此刻已经无路可走，步入绝境，雄心壮志也早已颓废到志残，只差自残！

身为师父的廖辰风不但不自责不出谋划策不帮其排忧解难，反而一句话便把全部责任推给了蒋泽恺。简直太残暴太没人性太辱师道！

曾经意气风发的三人现如今只有廖辰风笑看人世间风起云涌，左拥许颖，右揽游戏。一副只差个有钱老爹，便会成为世上最幸福男人似的欠揍表情。让众孤家寡人羡慕嫉妒恨得牙根痒痒，恨不得挖个坑把他活埋了再在他坟头上撒泡尿！

青春，就要醉生梦死，不留遗憾！廖辰风总是这么率性，一边挥霍青春，一边为挥霍青春寻找冠冕堂皇的理由。

三千繁华任逍遥，不留憾事在人间。只可惜，廖辰风是独逍遥，他还有两位相拥而泣的兄弟。那两位难兄难弟似乎早已看透世间百态炎凉，眼神中透着一种混浊与冷淡。一副吃盐没盐味，喝水水呛人的样子。

走投无路但却又心有不甘的人往往在最后一刻会爆发出惊人的勇气与智慧。

书面语言好像都喜欢讲得这么体面这么咬文嚼字，其实说白了就是狗急了跳墙兔子急了咬人。

两位落魄兄弟沙子里面挑黄金，蒋泽恺勇气便要略胜一筹。他也是最心有不甘的那一位，所以尹尚在陪蒋泽恺喝了几顿大酒后，内心中铁杵磨成针的决心也被酒精激发了出来。

俗话说，久病成良医。

尹尚暗恋唐雪那么久，他在心中自然幻想出了无数种向唐雪告白的场面以及和唐雪约会的场景。虽然他一直都没真正实施过，但凭借他超强的逻辑思维能力，早已把其中奥秘琢磨得一清二楚。尹尚也勉强算是一位对待爱情有着一定谋略的"专家"。

走投无路的蒋泽恺也便死马当作活马医，很快，他和尹尚就制订了一系列的求爱计划。包括前面提到的在穆诗曼宿舍下面唱情歌，虽然后果是被宿管阿姨拿着扫帚追了半个校园。

再然后就是在穆诗曼生日的时候，叫来一帮哥们儿在宿舍楼下摆心形蜡烛，然后高唱生日歌。结果那天穆诗曼没在学校，搞得大家很下不来台。非常同情蒋泽恺的许颖便找来了她的一位闺密假装是被蒋泽恺求爱的人，然后扭捏地接受了蒋泽恺的鲜花以及单膝跪拜式求爱戒指。

然后，由于女生宿舍外聚集人员太多，造成不良影响，蒋泽恺被学校通告批评。

此事过后，曾被廖辰风嘲笑了好几天，作为蒋泽恺谋士的尹尚也自责了好几天，发誓以后一定要调查清楚再大动干戈。

在大雪纷飞的时候请来一帮美术系的同学在白雪皑皑的操场上作画。

第二十一章
颠倒乾坤

　　不过，事情也并非想象中那么糟，至少穆诗曼对待蒋泽恺的态度已经有了大大的改观，以前是爱答不理，现在已经升级到正常聊天了。

　　除了经常使用电子设备聊天外，穆诗曼还陪蒋泽恺看了几场电影吃了几次饭。这已经把蒋泽恺乐得找不着北好像两人已经热恋了似的。蒋泽恺誓要一鼓作气把恋爱进行到底，不爱得死去活来誓不罢休。

　　可经过上次在宿舍楼下被放鸽子后，蒋泽恺恍然醒悟，爱情不是一个人一味地去追求，另一个人百般躲藏。如同行走在潘洛斯阶梯似的，两人迂回作战像打太极。捉迷藏只会让两人的距离越走越远，渐渐失去存在感。

　　恋爱本像带着电流的正负极电缆，当它们裸露在空气中时，相互触碰便会擦出火花。而不是连接在一起后，她成了他身体的一部分。这么伟大的触碰早已超越恋情跃升到了爱情。真正能体会到爱情的人是不会在意外人那些闲言碎语的小细节，信任与尊重是比怀疑与侮辱更重要的。

在诸多殷勤的献媚后，蒋泽恺突然感到身心疲乏。穆诗曼就像一块千年寒冰，经过漫长岁月终于冻结了蒋泽恺血液中的三昧真火。

此时的蒋泽恺就像失去斗志的士兵一样，仰视着对方坚固不摧的城墙和骁勇善战的军士，气势落寞到了极点。

还好，敌方将士并没有因他的垂头丧气而棒打落水狗。相反，在穆诗曼得知蒋泽恺大张旗鼓地在宿舍楼下为自己庆生而遭到学校通告批评后，很是惊讶地表现出了一丝丝感动。之后，穆诗曼便立刻又恢复了她冰雪美人的状态，一副无懈可击世界灭亡又奈我何的样子。

穆诗曼主动联系蒋泽恺，对蒋泽恺大费周折为自己过生日表示很为欣慰，并且非常遗憾自己未能参加自己的生日。这可能是今生错过的唯一和自己有着重要关系的隆重场面，除了遗憾可能只剩下失望。

当时穆诗曼的情绪波动可能是从无视转为惊喜，然后又从激动改为平静。而站在穆诗曼面前的蒋泽恺的心情，却自始至终都保持着一种极度的冷静状态，甚至可以说是冰冻状态。这似乎是一种对期待已久的事物产生绝望的姿态。

当蒋泽恺表现出一副不冷不热的样子后，在风筝大一向被称为冰美人的穆诗曼在他面前倒显得有些逊色了。一直热情的蒋泽恺突然冷静下来，不再围着一直冷静的穆诗曼转悠。反而致使一直冷静的穆诗曼有些不冷静了。

曾经，在风筝大。同学们总会经常看到这么一个场景，一个颜值颇高看似文质彬彬总喜欢穿着白衬衫的男孩正手舞足蹈地跟一个气质寒冷面无表情，但却十分美丽的女孩讲着什么。那男孩口中描绘的事物相当精彩有趣，任谁听了都有忍不住心生梦幻无限遐想。可惜男孩面前的女孩却总面无表情，眼神寒冷，完全对眼前妙语连珠的男孩置之不理。那男孩在女孩面前好像透明的一样，完全被她无视掉了。仿佛两人从未出现在同一个空间内，但却因为光阴折射，恰好他们两人的影子被映射进了同一人眼睛里。

这才造成了两人出现在同一时空的幻觉。

可是，在蒋泽恺意志突然消沉下来后，他和穆诗曼的性格好像完全颠倒了一下。

现在，在风筝大，同学们总能见到一个容貌艳压群芳、气质颇为出众的女孩在围绕着一个精神萎靡、衣着邋遢的男孩手舞足蹈，滔滔不绝。

这么颠倒乾坤的奇异事件如果不是出现在这么高等的学府，被这么多思想邪恶的青年遇见，相信挨个砍掉他们的脑袋，他们也不会相信这么匪夷所思的事会出现在他们身边。

以前，在蒋泽恺追穆诗曼的时候，他们两人的对话是这样的。

蒋泽恺满面笑容兴奋异常："小曼，我给你讲个笑话好不好？"

穆诗曼寒面："请称呼我穆诗曼，谢谢。"

"小曼小曼小曼。"蒋泽恺挑衅，做个鬼脸继续，"自从小时候，咱们课堂上就有个传奇人物，名叫小明。有一天老师讲完课，就问他。小明，我们这节课学习的感恩你懂了吗？小明立刻回答懂了。老师说，既然你懂了，那你说说看。小明想了一下，回答道，感恩就是我长大了要开个火葬场，老师去了一律不用排队。老师面色一怔，怒道，你，你给我滚！"

蒋泽恺讲得绘声绘色，然后是自顾自地哈哈一阵大笑。

穆诗曼冷冷地看了他一眼，然后冰言冰语："你，也赶紧给我滚。"

对于穆诗曼的恶语相向，蒋泽恺全然不顾，仍旧自说自话自得其乐，样子依然十分热情。

这样的场景对于熟知蒋泽恺的人似乎早已了然，既十分同情他的遭遇又特别赞扬他的坚持。

自当蒋泽恺性情大变后，所有同情蒋泽恺的人又开始同情起了穆诗曼。粉丝转路人是对偶像最痛心的打击，这种残酷的精神惩罚堪称世上最毒辣的酷刑之一。

但是，当你看到一位帅气的小伙子整日围着一位面容娇好的女子马首是瞻的时候，你可能会觉得这很正常。如果看不惯，顶多也就会骂一句这男人真贱！可是，假如男女角色转换一下，便会立刻给观众带来另一种视觉冲击。

这种视觉冲击风筝大的同学们在有生之年有幸得以相见，这还要托蒋泽恺的福。

自从蒋泽恺变得少言寡语后，穆诗曼性情突变，对蒋泽恺那是热情得不得了。不但每天陪蒋泽恺吃饭，还主动邀请蒋泽恺出去玩。像什么同学生日、闺密请客、班集体活动，等等，穆诗曼都带着蒋泽恺一同前往。对蒋泽恺那是珍爱有加，百般呵护。羡煞得尹尚直流哈喇子，恨不得立刻跑到唐雪面前去表白。

只是，在穆诗曼密度如此之大的糖衣炮弹冲击下，蒋泽恺并未表现出一丝"冷艳美女校花倒追我"与"性感女神喜欢我"的沾沾自喜气息。

蒋泽恺一直淡定得不像以前喜欢过她。

可是，风筝大那些喜欢八卦的旁观者们却没有蒋泽恺那般淡定，他们的恋爱事迹早已在蒋泽恺在女生宿舍楼下高唱情歌那晚便已传遍了校园各个角落，人畜皆知。这段凄美的爱情故事原本可以在风筝大传为一段佳话，成为日后学弟学妹们相仿的对象。没想到，在众人期盼的目光下，刚刚擦出火花正要步入热恋的爱情却愣是被蒋泽恺再一次演绎成了凄美的虐心恋。

现在的蒋泽恺变成了以前的穆诗曼，现在的穆诗曼则变成了以前的蒋泽恺。

所以，风筝大的同学们走在校园里一不小心遇见这两位神经质恋人一定会听到他们以下一些类似的对话。

穆诗曼欢快地围绕着面无表情的蒋泽恺蹦蹦跳跳，然后兴奋如同先前追她的蒋泽恺那般笑容满面，热情而又可爱地说："蒋泽恺，今天咱们吃什么好呢？鱼香肉丝还是清蒸鲈鱼？要不先去公园逛逛吧？好久没看过电影了，要不你陪我去看电影好了？"

穆诗曼瞄了一眼没有任何反应的蒋泽恺，继续道："嗯，作为你陪我看电影的奖励，本姑娘先给你讲个笑话吧。从前呢，在一个枝繁叶茂的大森林里，有一只乌鸦，天天站在一棵大树上唱歌。所有听到它歌声的小动物都非常厌恶地走开了，只有一头猪不躲开，并且还很享受地趴在地上听乌鸦唱歌。那只乌鸦很感动，就在树上大声唱道。"穆诗曼顿了顿，清了清嗓子，唱道："黑猪黑猪，贝贝哦，黑猪黑猪，贝贝哦……可是，突然有一天，有一只大花豹实在受不了乌鸦吵闹的歌声。它突然从远处飞奔而来，那头正享受歌声的大黑猪发现远处奔来一只豹子，以为要吃它，慌不择路的大黑猪在情急之下猛地就撞在了树上。从此，那只乌鸦就开始唱：黑猪黑猪，不会脑筋急转弯儿哦……哈哈哈……"穆诗曼哈哈大笑。

"呵呵呵……"蒋泽恺双眼迷离一脸茫然地看着穆诗曼，冷冷地呵呵几声，然后继续茫然。

看到蒋泽恺这样，穆诗曼也不生气，继续在那里自言自语，和先前的蒋泽恺一样。仿佛两人颠倒了灵魂，互换了躯体。

曾经的穆诗曼淡雅如兰，温婉如玉，俨然一副大家闺秀静若处子的气质美女。现如今却被蒋泽恺抹杀得没有了一丝清纯，活脱脱蜕变成了一个傻不愣登傻里傻气的低智商少女。这要是被追求穆诗曼的那帮粉丝见了，还不分分钟把蒋泽恺撕成碎片扔去喂狗！

还好穆诗曼的那帮粉丝还算是一些比较理性有着一定法律意识的知识分子，知道自己应为任性的后果付出多么惨痛的代价。可是，再理性的人也会因为一些触及内心的事情而变得不理性的。

当蒋泽恺在风筝大饿狼圈宣布要追校花排行榜内的穆诗曼时，竟有人向他下了战书！不过，战书不是保卫穆诗曼的，而是声讨蒋泽恺的。挑战者用极其不屑的言语把蒋泽恺从里到外讥讽了个遍，并且还在挑战书中把穆诗曼大大夸耀了一番。反正大致意思就是像穆诗曼那么一颦一笑都楚楚动人的女孩你蒋泽恺何德何能胆敢第一个摘这朵鲜花！

这封挑战书是经过网络邮箱发给蒋泽恺的，蒋泽恺轻蔑地看完这份战书。发出一声嗤笑，然后找到对方 ID，非常令人不齿地攻击了对方电脑。

可惜，对方不是个电脑菜鸟。很快便以牙还牙攻击了回来，这下可惹恼了蒋泽恺和他同宿舍的那帮奋力打游戏的兄弟们。由于对方手段极其恶劣，导致他们全宿舍所有电脑全部瘫痪，无法正常工作。

然后，一场电脑保卫战就此拉开了序幕。双方纷纷召集人马，编写病毒，运用车轮战术全天 24 小时不间歇地互相攻击。对方可能也是计算机系的，不然自称计算机天才的蒋泽恺不可能捞不到便宜。更何况他还组织了一个黑客军团，变着花样攻击对方电脑。

战火越烧越烈，双方均未占到便宜，当事者恼羞成怒，一气之下便扩大了战争范围。很快，一场网络攻击战就席卷了风筝大整个校园，导致风筝大全校网络瘫痪。老师无法正常办公，计算机系的教授也参与进来，可仅凭他一人之力无法力挽狂澜。

校长一怒之下切断了整个校园电网，至此，网络攻击战才得以告一段落。

第二十二章
一决雌雄

　　事后，发起这场网络风暴的两位罪魁祸首被全校通告批评，两人被处罚在操场升旗台下暴晒了一上午以供同学们观赏。并以此警醒学生此事态的恶劣，另以儆效尤。

　　由于此事件参与者众多，波及范围太广，危害太大。校方本想开除蒋泽恺两人杀鸡儆猴，但在计算机系的老师们极力袒护下，校方最终妥协。

　　计算机系的老师们的理由是这样的：风筝大校园网防火墙坚不可摧，即便是现在国内顶尖的计算机高手也很难在一天之内致风筝大整个网络全部瘫痪。而蒋泽恺他们竟然可以绕过这道保护网，对对方电脑进行攻击。并且还未被校防护网发现，由此可见两人计算机技术多么出类拔萃。如果校方因此而开除两人，将会是对学校的一大损失而对社会的一大危害!

风筝大校长是一位典型的儒学大家,本就主张开放、多元、自省。对于自己的学生更是如此,也正是因为这样,蒋泽恺几人才得以幸免,没有受到太严重的处罚。

经过网络一战,双方之间的怨气并没有因此得以释放。再加上学校的插足,让双方有幸得以见面。仇人相见,分外眼红。如果不是在老师们的权威打压下,说不定两人早就在办公室打得头破血流了。

可是,在操场暴晒一上午后,两人也算是共患难的难兄难弟了。并在学校众领导愤怒的目光下握手言和,虽然双方极不情愿。因为在他们心目中这是夺妻之恨!虽然谁也没有赢得女神芳心,甚至此刻女神都不知道在风筝大有他们这号人物。

这种自恋心态出现在这个年龄阶段一点也不稀奇。就像专心致志地看完一本金庸武侠剧就会幻觉自己也是一位武林高手捡根稻草随手一扔就能穿透水桶粗细的大树一样。谁都可以享受成功后的喜悦与财富,但不是所有人都能够承受得住成功前的磨炼与困苦。

爱情也一样,是需要修炼的。

但是,如果你觉得这事儿就这么结束了那就太小瞧这帮年轻人的能力了!他们不一决雌雄把这事儿做个了断晚上是睡不着觉的,更何况两人都是睚眦必报的人,怎么可能会因为这点小事儿打不起来呢?

两人的仇恨已经升级到双方亲朋的仇恨,从私人恩怨跃升到了集体恩怨,虽然多数人并不知道这恩怨是因何而起的。但是集体 PK 这事儿对于男人来说太有召唤力了,所以一传十,十传百,最后搞得整个计算机系的男生都参与了进来。

所以,、在一个风和日丽的天气里,双方决定进行最后的决战。

这次他们比武的方式与上次有所不同,攻击对方电脑的行为太过恶劣,危害性也太过强大。为了安全起见,也为了以免引起社会恐慌,双方毅然决然把战场定位在了他们所熟知的虚拟世界。

枪战游戏可以让内心平静的人变得热血沸腾,也可以让内心极其愤怒的人发泄情绪。可是市面上的许多枪战游戏对双方参与战争的人数都有一定限制,非常不适合大规模人员进行激烈决战。

可是不适合并不代表不可以,双方骨干人员在头脑发热的趋势下竟然向游戏出版方租聘了一台服务器,专门为他们决一死战而服务。疯狂的他们在热血沸腾的滋养下还自己动手制作了一系列的游戏场景与人物和任务,用以他们人数众多的最终决战。

他们为自己亲自制作的这款游戏取名为《女神之战》,口号是:争霸天下,为了我的三宫六院!

为了这款游戏,他们几乎动用了学校内所有可以利用的资源。这件事情着实在风筝大学校内轰轰烈烈闹了好一阵子,直到学校内再无人提出新方案后,游戏框架才最终敲定。

待到最终决战那天,风筝大校外各大网吧内全部人满为患,电脑配置好点的都待在宿舍紧盯着屏幕。决战当天,在风筝大校园内和校园外闲逛的人数突然锐减,好像放长假多数人都离校了似的。不过,了解内幕的人都知道,他们都去《女神之战》游戏里观战去了。

决战双方在制作游戏时对于用户名设计得很巧妙,只要在游戏页面填写上班级号就一切 OK 了,无须注册。但由于是决战,为了不拖拖拉拉屡败屡战,每个人都只有一次生命,挂掉后无法复生。

双方各自召集人马，集结兵士，等待开战前的最后一刻。

紧张地坐在电脑前的蒋泽恺瞅了瞅屏幕中的游戏页面，顿时被上面提示的上线人数震惊了。蒋泽恺瞪大双眼艰难地咽了几口唾沫，仔仔细细数了好几遍，确实是五位数。他不由得在心里"妈呀"一声，心说同学们还真特别关心这事儿，搞得全校人尽皆知不说，游戏上线竟然都这么多人。

他紧张地伸手捅了捅坐在旁边正排兵布阵的廖辰风，告诉他自己看到的数字。

廖辰风很是淡定地瞅了一眼，语气平淡地跟蒋泽恺讲道："这样岂不更好，一战成名。"

"这不更如你所愿嘛，廖同学。"尹尚抱着笔记本，看得津津有味。

廖辰风无暇顾及尹尚的调侃，一直在那里组织人员，广发英雄帖召集人马。待一切都准备就绪，廖辰风瞅了一眼自己的人数，竟然有3000人之多。

看到自己的实力，廖辰风瞬间乐开了花，他笑得十分淫荡自信，一副大权在握天下唯我号令的样子。

不过像这种对技术要求特别严的枪战游戏来说，人多不一定占得了优势。又不是古时候的冷兵器时代，讲究什么人海战术。

此刻，在距离游戏开始还不到十分钟的时间里。上线人数已经达到了一万三千多人，廖辰风这边有三千多人，对方有五千多人，剩下可能都是前来观战凑热闹的。

当廖辰风看到对方人数时，忍不住在心中轻蔑地嗤笑了一声。

在决战开始的前一刻，廖辰风才刚刚把自己的大军排列好阵型。

"哒哒哒……"一声机枪扫射，战斗瞬间拉开序幕。

然后，世界聊天窗口那里轰地一下就炸开了锅。前几十条全是抱怨自己还未开枪就悲催地挂掉了。这么强大的阵势，没有我们你们是赢不了的。诸如此类，一万多人的房间在同一时刻刷同一个屏幕，可想而知那信息更新的速度有多么地快。

各大网吧内惊呼哀号声一片。

世界窗也哀号一片：

咦？怎么打起来了，不是说要抢亲的吗？

楼上走错房间了吧？这里是进行决战的。

我们外二班怎么这么快就死干净了！不公平！不公平！

老娘还不知道怎么开枪呢，就死了！回去一定找他算账！

男票你在哪里，快来保护我，好怕怕……

男神你冲啊，我掩护你！

弱弱地问一句，这里没老师吧？

……

对方火力十分勇猛，完全不顾及伤亡人数，一个劲儿猛烈进攻进攻再进攻。反正人多，任性！

廖辰风虽然是骨灰级玩家，在游戏里排兵布阵冲锋陷阵都是大将级人物。可是再怎么强悍的将领如果属下不听从你的调遣你迟早也会玩完儿的。

只听耳麦里突然传来"轰"的一声，是炮弹爆炸的声音。世界窗口里又再一次炸开了锅。

世界窗：

他们使用外挂，竟然开来了坦克！！！

没有规则是吧，什么武器都敢弄出来！！

敢轰炸，小样儿你们等着！

越打越激烈了，我不管，我要复生！我要复生！

我也要重生！我也要重生！！老娘还没开枪呢，就挂了，好难过……

你还有枪！我连根棍子都没捞着就完了！！！

……

"下贱！竟然开外挂，幸好我早有准备！"廖辰风赶紧呼叫手下弟兄："老杨叫上弟兄们，之前准备好的歼22和战豹战斗机可以登场了！地面小组注意配合，坦克车一字排开，装甲车注意殿后，二炮注意二炮注意，瞄准敌方目标，进行准确打击！"廖辰风临危不乱，颇有大将风度。

"风哥，对方竟然连U2侦察机都弄出来了！兄弟们注意保护基地，莫要让敌人抄了老家！"蒋泽恺赶紧提醒大家，然后忙又说道："兄弟们先顶着，我去搞一架B-2轰战机端了他们老窝。"

"防不胜防啊，你们还真行，外挂都敢开得这么明目张胆。"尹尚盯着电脑屏幕，游戏中的自己一直躲在军队后方。他说自己这是在保全实力，万一敌我双方打个两败俱伤，最后咱们要留下一位插胜利大旗的人。

在自己亲手制作的游戏中战斗，那还不是天下唯我独裁吗?！所以，里面出现什么稀奇古怪的武器都不要奇怪。

游戏中的世界杀声四起，轰鸣隆隆，硝烟弥漫，血流成河，黑压压的各种地面高配置武器排成一片。可见，他们作弊的手段已经到了令人发指的地步。

与此同时，世界对话框里又一次火爆了起来：

哈哈哈，满血复活！！

满血复活！！

哈哈，复活复活！！

复活有个屁用，开着天启坦克复活的，哈哈哈……

开的猛犸，羡慕吧，哈哈哈……

我怎么在战斗机里？？？救我啊男票，我不会开！！

妹子别怕，冲下去与他们同归于尽。

……

游戏在线人数直线飙升，已经远远超越了先前人数的总和。

战场上一片混乱，尸横遍野，场面惨不忍睹。参加战斗的人不但没有减少，反而增多了起来。

开战已经半个多小时了，廖辰风这边在他的英明指挥下虽然没有占据上风，但也未让对方占到任何便宜。

"二炮二炮，赶紧发射我们制作的洲际导弹，抄他老巢！"廖辰风对着嘴边的麦克一阵呼叫。

突然，廖辰风咦了一声："咦？我怎么掉线了？"

"我也掉了。"旁边的蒋泽恺茫然道。

此刻，游戏系统提示：系统繁忙，服务器停止服务，为您带来的不便，还望海涵。

哄……各大网吧各大宿舍内的各个角落骂声一片唏嘘不断，同学们纷纷拍案而起，欲有抄起家伙与敌人拼个你死我活的超强气势。

就连吧台内一向雷打不动的网管都义愤填膺地开始咒骂了起来。

游戏玩不成了，原本高昂的兴致突然戛然而止，这种从100度高温瞬间降至冰点的刺激是很少有人可以轻松化解掉的。

大家纷纷撤离网吧和宿舍，离开那个让自己情绪激动的虚拟世界。只是一会儿工夫，校园内的操场、湖畔、小树林和校园外的小吃街上又充满了生机。

只是，与以往不同的是，大家都在讨论着《女神之战》这款还未决出胜负的游戏。

……

廖辰风气愤地拍打了几下桌面，对于这个决战结果他表示十分不满意。可惜，除了手疼外，廖辰风没有得到任何回复。

这场战争发起人之一的蒋泽恺只是唉声叹气了几声，再没有多余的抱怨。好像他对这个结果很满意似的，似乎当他看到硝烟四起尸横遍野的战场时瞬间就对这场一决雌雄的战争失去了兴趣。

第二十三章
众叛亲离

　　风筝大所有进入游戏参加战斗的同学都在讨论各自在游戏中战斗的丰功伟绩，像是在大将军面前邀功请赏的士兵一样，其中亦不缺乏唏嘘哀叹之声。可是，再没人提起这场决战的起始因由。经过这一战，大家早已把前些日子网络瘫痪那事儿忘得一干二净了。

　　参与战争的人都在怒斥服务器的破败和赞扬游戏的独特设计，看大家那一脸陶醉其中的模样，便可知道蒋泽恺他们自行设计的这款游戏多么地受到大家青睐。

　　在众人皆醉我独醒的状态下，蒋泽恺第一个嗅出了暗藏在其中的人民币的味道。他把自己的想法热情而又激动地告诉给了廖辰风，结果却被廖辰风泼了一身冷水，还说他太乐观了。尹尚倒是很看好他的想法，可惜却对游戏的制作和运营不怎么了解，提不出什么实质性的建议。

对于人民币独特气味的偏爱，蒋泽恺丝毫不亚于蒋父。但凡成功人士都有一种坚持不懈的执着精神，就像领袖们都有一种与生俱来的凝聚力一样。

也正是因为蒋泽恺的这种坚持不懈，才为他日后的成功奠定了基础。

制作这款游戏的核心团队只有 6 个人，蒋泽恺租的服务器，尹尚起草的故事大纲，廖辰风和其余四人负责制作。他们制作这款游戏的初衷只是为了觉着好玩，然后顺便发泄一下心中的怨气，并没想着拿它来成就一番事业。

"事业"这词儿对于那个年纪的他们来说亦近在咫尺，又远在天边。所以当机会如雨点般向他们打来的时候，没有丝毫心理准备的他们会很容易被打得猝不及防、蒙头蒙脑的。

正当蒋泽恺对穆诗曼的追求歇斯底里进行到第二阶段的时候，突然有一家游戏公司找到了他们。对方在讲明来意后，廖辰风乐得差点跳上屋脊。

原来，对方看中了他们制作的这款以发泄为最终目标的游戏，想要购买游戏的版权。而且他们给出的价格相当诱人。对于当时没有任何收入的廖辰风几人而言，那已经算是天文数字了。

当时蒋泽恺正全神贯注地追穆诗曼，他的一切心思都投入在了穆诗曼那儿，对于游戏的事情，他早已抛之脑后了。先前对于此款游戏的一系列规划也早已沉入深渊，踪迹全无。所以，对于游戏的一切事情，都交由廖辰风几人全权负责了。

后来，蒋泽恺只是稀里糊涂地知道自己跟随廖辰风和尹尚几人吃了顿庆祝宴，然后自己银行卡里莫名其妙多了几万块钱。其他的事情，一概不知，也无心问津。

……

风筝大人才辈出，藏龙卧虎。只单单凭靠颜值存在的校花排行榜，能够位列榜内的美女就多达百人。

唐雪、穆诗曼、许颖和邵婉晴均位列其中。性格多变的宁静单论颜值也可以位列榜内，只可惜她那阴晴不定的性格实在太过古怪，所以风筝大饿狼协会在评定校花的时候，对宁静到底应该入不入选，一直举棋不定。

还好宁静在得知此事后，没有因此而一改自己率性的作风。她对此表示非常不屑，并严重嗤笑饿狼协会太过无聊，好端端的书不读，竟然去评定人家的长相。

每一位榜上有名的同学，都会受到众饿狼的追捧。校花们单身与否，有无追求对象，每一次风吹草动，都是饿狼协会的热议话题。

在大二的时候，唐雪就一直与一位名叫汪言的男生拍拖。既然她早已名花有主，自然没人前来松土。可惜两人关系时好时坏，有人传言，汪言只不过是唐雪的好朋友，两人没有恋爱关系。对于男闺密这个词儿，风筝大饿狼协会的男生们肯定是不会相信的，除非汪言不喜欢女人，唐雪又恰好不喜欢男人！

男女之间的纯粹友谊是和颜值有着直接关系的。只要长得丑，四海之内皆朋友。

唐雪的美丽程度自是不必多说，汪言每次出场都有被女流氓绑架的危险。两人走在一起若要不被人惊叹真是郎才女貌！那还真的有些不可理喻了！

汪言是风筝大邻校医学院的学生，所以风筝大饿狼协会对于汪言的资料知之甚少。

饿狼协会的人只顾哀叹自家的美女被别人抢走了之外，就再没有过多的举动了。

一直到现在，曾经担任过饿狼协会会长的廖辰风都不曾知道汪言和唐雪当时究竟是什么关系。

所以，在咖啡店内，当尹尚向蒋泽恺介绍唐雪是自己女神时。坐在蒋泽恺旁边的廖辰风立刻嘲笑道："呵呵，女神？女神定义的第一条便是洁身自好。你家女神作风那么不检点，恋爱都谈到外校去了，你见过谁家的女神性情那么开放的？"

只不过，蒋泽恺倒是没有廖辰风那么多心思，他只是听出了唐雪的话外之音。至于尹尚对唐雪的评价，他漠不关心。哪怕尹尚天天给唐雪端洗脚水，那只能说明尹尚乐意，他蒋泽恺管不着。

唐雪和邵婉晴神情悠闲地坐在沙发上，笑盈盈地看着蒋泽恺和尹尚，满脸尽是期待之色。不过，蒋泽恺与尹尚的表现却让两人大失所望。

蒋泽恺只是和尹尚对视一眼，然后非常默契地笑了笑。两人的表现好像事先商量过似的，彼此之间没有任何的言语，也没有任何动作。彼此间只是一个互换的眼神，便可知道对方的心思。

两人的眼神看似简单迅速，实则意义非常。眼神互换间的大致意思如下，语言来自他们各自脑中的 YY。

"你女神厉害，离间计竟然用得这么清新脱俗，这是要看咱们笑话的节奏啊!"蒋泽恺眼神传递信息给尹尚。

"每一位女神都是智慧与美丽的化身。唐雪智商如果很低的话,我也不至于把自己搞得那么狼狈。追个妹子还要研究兵法学习一些心理学,我容易嘛我!"尹尚眼神传递信息给蒋泽恺。

"唉,你就是研究得太过透彻。就像习惯写作的人读书都有一个量度,习惯读书的人会不习惯写作一样。女人心海底针,怎能让你轻易琢磨透彻?"蒋泽恺叹息。

"世事无常,命运捉弄。我就这命儿,适合在一棵树上吊死,即便那棵树上没有我拴绳子的地方。这就叫'贱',溅一脸血的那种。"尹尚叹息。

"我还能说什么,咱们自求多福吧。"蒋泽恺无奈。

以上对话看似复杂,对话时间也只不过几秒钟而已。为何两人会把如此感触颇深的言语讲得那么轻车熟路?这要仰仗两人以前经常在一起喝闷酒的伟大功劳。

对于尹尚和蒋泽恺两人的这点人生感悟,廖辰风是从来都表示不屑一顾的,因为他身边从不缺少妹子。哪怕失恋,也很快会被新欢代替。

正等待蒋泽恺和尹尚互掐的唐雪和邵婉晴自是不知道他们两人心中那无限慷慨激昂的悲痛感慨。当然,唐雪也不曾知道其实他们两人已经识破了自己的计谋。还和邵婉晴坐在那里满心期待呢。

正当尹尚和蒋泽恺愣在那里不知道该怎么演下去的时候,宁静突然面带惊讶地站了起来。不可置信地伸手指着他们两人。

"怎么,你们两个也认识?"宁静满面质疑地瞪着他俩,心中万分吃惊。

"哦，尹尚和我同一级，咱们同校，他也是你学弟。"蒋泽恺热情地介绍，纯净的眸子里丝毫没有演戏的成分。俗话说，最危险的地方才是最安全的地方。演技越高的演员，在拍戏时越会表现得轻松自然。这仿佛就是所谓的大智若愚的最高境界。

"这位学弟我倒是认得，读书那会儿为了某人没少贿赂我零食。"宁静瞅了眼尹尚，得意地笑着。那笑容很是灿烂，样子霸道可爱又俏皮。

宁静那么美艳，在蒋泽恺面前又那么可爱，难怪身边美女如云的蒋泽恺对她产生不了抵触心理。

听到宁静提起自己贿赂她的那些事儿，尹尚自觉很惭愧。当初，尹尚本想旁敲侧击地在宁静那儿多了解一下唐雪的最新消息，没想到偷鸡不成蚀把米。自己不但浪费了许多零食，又没在宁静那里得到任何有价值的信息，恐怕，宁静连在唐雪面前替自己美言几句都不曾有过。

当初的自己真是太傻了，收买唐雪身边的人花费的精力竟然比追求唐雪所花费的精力还要多。怪不得唐雪曾经对自己爱答不理的，恐怕她当初要么觉得自己是个神经病，要么就是个花心大萝卜！反正是各种讨厌的人，尹尚被拖出午门斩首可能都不觉得冤屈的那种。

网络上有位佚名者说的话很有道理：要想追求一个人，首先要收买她身边的闺密。当初，尹尚正是听信了这句话，才会步入歧途！

你出来，我保证不打死你！尹尚痛彻心扉，只差含泪而死。

直到后来尹尚幡然醒悟，彻底悔恨当初。只可惜，在科技技术有限的当今，可以被任意调拨的只是指针，而并非时间。初恋只有一次，有时错过，很可能将会是最后一次错过。

每次宁静提起尹尚贿赂她零食的那些事，唐雪就莫名其妙地感觉到恶心、呕吐，反正非常令她不爽！

而尹尚便会自觉惭愧，后悔莫及。但却对自己曾经犯下的滔天大祸又无可奈何，为了委曲求全，他只好揣着明白装糊涂，微笑着对宁静呵呵干笑几声，便再没了下文。

"你恋爱秘籍里面什么时候又新增了计策？我怎么不知道？"蒋泽恺唯恐天下不乱，故意很大声地询问尹尚。生怕唐雪听不见似的。

"呵呵呵……"尹尚笑得傻里傻气。然后恶狠狠地瞪了蒋泽恺一眼。意思是哪壶不开提哪壶，你站错队了吧！

"一点点零食而已，宁静既然喜欢吃，就随便送她喽。呵呵……"尹尚辩解。

"我也喜欢吃，那你为什么不送给我啊？"邵婉晴眼睛带笑地挑了挑清秀的眉毛，故意问道。

"可是，你并没有向我要呀。"尹尚幸灾乐祸，好生佩服自己的机智。

"给美女送东西难道还要等美女亲自张口向你要吗？怪不得到现在你还是单身，真是活该！"邵婉晴翻了翻白眼，摆出一副特鄙视的样子。

话到伤心处，尹尚难过地撇了撇嘴，好像受了天大委屈似的的孩子。看他眼神中透露出一股"你们这些小人，得了便宜还卖乖"的伤感深情，就连面部肌肉都把每个难过的表情演绎得那么淋漓尽致、生动到位。尹尚当年没有报考北影，真是自毁了自己美好而又伟大的前程！

尹尚瞥了眼唐雪，刚想张口，没想到唐雪抢他一步，相当气愤地说："哼！就是活该！"

"也许，不给美女送东西，是害怕适得其反呢。"尹尚盯着唐雪愤怒的双眸，小心翼翼地讲道。

"你都没送过，咋就知道会适得其反？"唐雪反唇相讥。

"对哦。"众人异口同声，好像为了这一刻，事先经过排练了一样。

几人整齐划一，目光如炬，眼睛中写满了好奇，纷纷聚目盯着尹尚，期待他机智的答案。

尹尚在众人火辣辣的目光下显得很是不自在，他眼珠转了转，心虚地干笑了一声。

第二十四章
情 急 之 下

　　冷笑过后便是沉默，所有人都不说话，整个空间像是瞬间被冻结了一样，空气也仿佛被瞬间抽空。所有人都在用渴望而又闪闪发亮的眼神望着尹尚，因为众人对尹尚莫须有的理由都表示高度质疑。在好奇心的驱使下，才会那么殷切期待。

　　"呃，我请大家吃鸡公煲怎么样?"尹尚小心翼翼地问道。

　　"不好!"众人再次异口同声。

　　"赶紧回答，别浪费我们时间!"蒋泽恺厉声催促。

　　"我看你是因为太自卑所以就心虚了吧?"引来宁静嘲笑。

　　"没做亏心事，我干吗要心虚呀。只是每次唐雪出现在我周围的时候，我的心都会猛地一跳。然后等我见到唐雪后，心跳便会加速呼吸也会急促再然后就是有点不知所措而已!"尹尚不假思索一口气讲了出来。

"哦……"众人再次异口同声。

"你个大老爷们儿，怎么整得跟小姑娘相亲遇见大帅哥娇滴滴很不好意思似的，还心跳加速，你没见过美女怎么的?"廖辰风特鄙视地第一个开炮作践起尹尚。

廖辰风开了第一枪，众人前仆后继，再接再厉。看他们那众志成城的气势，誓有一口气用口水淹死尹尚的架势。

在众人手足并用龇牙咧嘴全力攻击尹尚时，只有唐雪一人安安静静地坐在沙发上，双眼带笑地盯着狼狈不堪的尹尚。

在这一公共的场合，蒋泽恺几人已经完全不顾及个人修养以及其他人投来质疑中略带厌恶的目光。还好已经到了饭点，店里没有几个客人。

耳边震耳欲聋，杀声四起，满眼尽是大白牙，满头满脸全是唾沫星子。尹尚暗自摇了摇头，没有丝毫要回骂的意思。因为他姓尹名尚，不仅情操高尚，道德也至高无上。所以尹尚自命不凡，不屑与这帮自称受过高等教育的盲流子们唇舌相讥!

尹尚艰难地抹了一把脸，心中尽是恶心之气，便忍不住怒吼道:"你们还想不想吃鸡公煲了!"

霎时，咒骂声戛然而止。

美食的诱惑力果然是无穷的!

"人家是纯情小男生，这叫纯洁的爱情!你们这帮没见过世面自称爱情专家的家伙们，不自耻也就罢了!竟然反过来鄙视人家尹尚，还要不要吃……啦!"猛然听见鸡公煲大名，宁静舍生取义，义无反顾地站出来替尹尚伸张正义!

"宁静说得对，在这乱世，这么纯洁的爱情已经不多见了。我们应该向尹尚同学学习才对。"许颖笑嘻嘻地看了眼尹尚，赶忙附和。

"你们……你们先聊着！"尹尚咬牙切齿，瞪了他们一眼："我去洗手间洗把脸。臭死我了。"尹尚厌恶地擦了擦脸，一路踉踉跄跄便朝洗手间的方向疾步走去。

待尹尚逃出去一段距离后，原本"静止"的几人突然哈哈大笑起来。那笑声，非常豪放不羁，像是经过一场恶战，终于战胜对手，像打得敌人狼狈逃窜的无敌勇士一样！那笑脸面部肌肉的每一次调动，无不透露出发自内心的愉悦。难怪会有人认为，胜利的笑容最令人沉醉。

爱情是那么自私的东西，尤其是在尹尚面前，它本就与他们众人无关。可偏偏关心它的人众多，尤为宁静这边得胜，占据了绝对上风。原本胜券在握，主动权在握的尹尚，却无可奈何地失去了捍卫自己尊严的权利与优势。为了保全性命，他不得不把那么绝美的机会都拱手让出去。

大丈夫有所为有所不为，要拿得起，放得下。为了自己后半生的幸福，尹尚可以说是豁出去了。

"这小子竟然还没死心，真够坚强的。"邵婉晴自顾自地嘟囔了一句。

她声音分贝很小，可惜距离唐雪太近，恰好被旁边一直假装静若处子的唐雪听见。唐雪绽露出职业性微笑，嗓音甜美回应她："贵在坚持嘛，对于爱情这么严肃的东西，没什么不好。"

"嗯？"邵婉晴扭头双目炯炯有神地盯着唐雪很是疑惑不解地嗯了一声。

"你……不会已经喜欢上他了……吧?"邵婉晴伸手偷偷指了指洗手间的方向。

"一切都有待时间的考验,现在下结论,为时尚早。"唐雪故作神秘,笑容深不可测。

邵婉晴看了眼唐雪,没有接话,她早已对爱情这种东西不感兴趣。对于她来说,两情相悦只不过是从万花盛开步入冰冻三尺的一个过程而已。如若不看结局,每一段爱情的开始与高潮都是值得回味令人陶醉的。

那些可歌可泣传为佳话的生死爱情只能心生羡慕,不可临摹。

两人的沉默并不影响其他人的热情。宁静和许颖已经为去那家饭店而达成了一致,再然后便是商量要吃哪些菜,两人各抒己见,争得不可开交。坐在旁边商讨游戏的蒋泽恺和廖辰风时不时插句话,已确认自己喜欢的那口是不是也被列为其中。

唐雪和邵婉晴没有他们那闲情逸致,此刻,两人心中各有千秋。邵婉晴看起来心事重重,不停翻阅着手机。看她手指戳屏幕的力度,好像很气愤似的。唐雪倒是显得悠闲自得,她看了看时间,又瞧了瞧洗手间的方向,发现仍不见尹尚踪影,便提包走了过去。

通往洗手间的走廊上开着几盏暖色灯,使其本就狭窄的地方又幽暗了几分。在走廊的一侧墙壁上,镶嵌着一面与整个墙面大小的镜子,镜子前是洗手台。此刻,尹尚正俯身趴在面盆上,清凌凌的水穿过他修长白皙的手指,流入空洞黑暗潮湿仿佛没有尽头的管道内。

尹尚捧起一把清水,用力洗了洗脸,然后又搓了搓头发。这样的动作尹尚一直持续了好几次,直到最后他仔细嗅了嗅手指,在确认确实没有那些污秽的唾液味道后，才勉强放过快要被自己搓掉一层皮的俊脸。

唐雪来到尹尚身旁，透过镜子盯着透着一股阴柔气质的尹尚。然后静静地从包里掏出一张面巾纸，动作温柔地正要递给正全神贯注欣赏镜中自己的尹尚。

还未等唐雪说话，突然尹尚自言自语表情极其夸张道："镜子中这哥们儿又帅了耶！"

只听身后扑哧一声，唐雪被尹尚傻里傻气的自恋逗乐了，站在那里咯咯地笑了好长时间。

突然听到笑声的尹尚瞬间被震惊得一愣，然后快速闪到一旁，瞠目结舌地瞪着唐雪，结结巴巴地问："唐……唐雪，你……什么……什么时候来的？"

唐雪乐得花枝招展，情绪激动，心情难以平复。听到尹尚质问，无法做出语言上的回答，只好捂着肚子对尹尚连连摆手。然后强忍着笑意，把手中洁白的面巾纸递到尹尚面前，示意他擦擦湿漉漉的脸。

聪明如尹尚，自是明白唐雪用意。他接过纸巾，在脸上胡乱擦了擦，然后便把纸巾丢弃到了垃圾桶里，也不管脸上的水擦没擦干净。

他神情紧张很是不好意思地盯着仍笑嘻嘻的唐雪，似是做错事的孩子，正诚惶诚恐地等待母亲大人发落一样。只可惜唐雪没尹尚想象中那般脾气火暴，她又从包包里拿出一张纸巾，递给尹尚："帅哥，好好擦擦你的帅脸，别因为那几颗讨厌的水珠而影响了你美丽的容颜。"

"呵呵……"尹尚傻笑了几声，"我替我的帅脸谢谢美女。"然后，尹尚仔细擦了擦脸，便又装模作样地在镜子前捣鼓起了头发。

"唐雪，你看我这个发型怎么样？"尹尚借着水势，把头发背到了脑后，露出了一个大大的脑门儿。貌似，他对自己的容颜，真的很自信……

"呃……"唐雪一时无语，愣了好一会儿，才回应道："一定要表现得这么自信吗？含蓄一些不好吗？"

"你不觉得，把头发背在脑后，会显得我很有气质吗？"尹尚听不出唐雪话外之音，自以为动作很帅地对唐雪眨了眨色眯眯的眼，然后双手插进裤兜，又挺了挺背。

"帅你个头！过来！"唐雪突然莫名其妙地火大，揪住尹尚衣领用力一扯，便把尹尚拉到了近前。尹尚毫无准备，被唐雪拉了个趔趄，差点一头栽进唐雪怀里。

刚刚定住身形的尹尚暗道好险，三秒钟过后，尹尚又暗自后悔，自己干吗不借力一把抱住唐雪呢？唉，自己真不是泡妞的料啊！

每一位懂得审视人类容颜的人都是色狼。就像每一位嫌弃自己长相的人都喜欢天天喊着减肥一样，那只不过是内心对不能接受现实中的自己而找的一个理由。好像真的瘦下来就能美若天仙似的。

就像很多单身的人整日嗷嗷地抱怨自己的爱情来得太晚，现实太残酷，人生太现实！

社会上的好男人都被女人抢走了，而好女人都被男人娶了，剩下的人又互相瞧不上对方。

我们在爱情的残酷竞争下被无情淘汰，坠入渊底，深受疾苦。可怜的是，寒风中的我们不懂得互相依存，却喜欢在疾苦中相互指责，甚至辱骂。

食物链顶端的人紧紧抱成一团，把一盘散沙的失败者重重踩在脚下。他们不但不感恩失败者的任劳任怨，反而嫌弃他们的工作能力。

你可以对一个爱你的人置之不理，但你却放不下一个对你置之不理的人。

爱情的味道是清香的，它能让你嗅出春天的味道。就像尹尚鼻尖充满了唐雪的体香，让其重新嗅到了希望。

唐雪动作很迅速，不等尹尚回过神来。她便雷厉风行三下五除二双手并用分分钟就把尹尚傻子发型恢复了正常。捯饬完尹尚头发后，唐雪喜滋滋很是满意地盯着尹尚大脑袋点了点头，她似乎对自己的作品很是满意。

就像毕业生欣赏自己论文一样，自觉高深莫测文采斐然，自以为比爱因斯坦的相对论还有技术性。结果满心欢喜地交给老师，批语却是重写一遍！

"嗯，效果不错。"唐雪满意地点了点头："只有刘海才能勉强遮掩你的丑陋。"

尹尚好奇地瞧了瞧镜子中的自己，发现此刻自己脑袋上的发型果然与以往明显不同。经唐雪这么轻轻一打理，不但显得小清新了许多，而且还特显气质。只可惜自恋的他怎么也瞧不出自己这么一张极尽完美的脸上到底哪里丑了，尹尚拧了拧肉嘟嘟的腮帮子，疑惑道："我丑吗？"

"当然，你只是丑得不明显而已。"唐雪认真地回答。

"也对，我的丑陋全被帅气巧妙地遮掩了起来。"尹尚得意地甩了甩刘海。

"不吹牛你会死啊！"唐雪厌恶地厉声训骂。

"这叫自信，尤其对自己的眼光。对吧，女神。"尹尚恬不知耻地向唐雪征求意见。

　　"是的，虽然你又丑又自大，全身上下没有任何卖点。但是，你很有眼光！"唐雪笑嘻嘻地接着说："因为我是你的女神，所以我无法怀疑你的眼光。"

　　"呵呵，女神真会夸人。"

　　"当然，因为我是你女神嘛。"

　　由于太过饥饿，宁静已经早已把面前的饮料喝了个精光。她瘫软在沙发上有气无力地与许颖依靠谈论美食名字来支撑着单薄的身躯，在她有限的知识世界里，仿佛除了美食，已经没有任何事物可以拯救她了。

第二十五章
异 想 天 开

此刻，对于已经饿得前胸贴后背的宁静来说，腹中的饥饿远比脑袋里的饥饿重要得多。但是，对于那些城府极深的心机女来说，宁静简直就是一个没心没肺不折不扣的吃货。

顿顿有美食，天天心情好，作为吃货，一举两得，何乐而不为?

正当宁静眼神绝望地准备逃离现场，自己掏钱丰衣足食时。尹尚和唐雪并肩从洗手间外的走廊内走了出来，两人的样子看起来亲密无间，像是正处在热恋中的情侣。

尹、唐二人如此亲密的举动很明显震惊到了宁静几人，他们像期待美食一样好奇地盯着尹尚和唐雪上下打量了几下。虽然两人是否确认恋爱对他们的生活构不成任何影响，但是众人心中还是免不了充满疑惑。

尹尚只不过是在众人的逼迫下才道出了心声。他的那些言辞还算不上感人肺腑的表白，那么高冷的唐雪不会这么轻易就被尹尚的美色迷惑了吧？

难道？尹尚这就算是表白成功了？

在自己得不到任何利益的前提下去帮助别人，这叫无私。很明显在廖辰风一行人中还没有一位这么无私奉献的人。对于饥肠辘辘的人来说，再没有比痛痛快快地大吃一顿来得更爽快的事情了。

所以，在一个称不上特别高档但菜色绝对堪称一绝的饭店二楼包厢内，尹尚正肉疼地暗自计算着眼前餐桌上所有美味佳肴加在一起的总价。

在所有人都吃得满嘴流油大汗淋漓的时候，恐怕只有尹尚还有时间暗自检讨。他实在想不明白，为何自己追女朋友，却要便宜廖辰风这一干人等。

尹尚的自我检讨虽然有点忘恩负义，但却不无道理，尤其是在我们的人际交往中。三五个人聚在一起谋划一些事情，好像隆中对里的孔明和玄德，在兵粮全无的前提下因为几句话整得好像天下真的势在必得似的。还有每到逢年过节，所有的同事聚会、同学聚会、家庭聚会，反正不论什么聚会，到最后都会巧妙地演变成餐桌聚会。

只要是餐桌聚会，必不可少的便是酒。菜可以少吃，但酒不能少喝。在劝酒者看来，喝酒的深浅程度与你们的友谊情深有着直接关系。如果你只是端起酒杯轻轻抿上一口，那么你俩从此就要一刀两断老死不相往来了。

更有甚者会立马掀桌子抄凳子大打出手，不把你打进医院半年起不来床他晚上就睡不着觉！俗话说，树活一张皮，人活一口气嘛。你不让哥顺气儿，哥就不让你喘气儿！

当然，这么任性的代价是非常天诛地灭的，还需谨慎使用。

等吃过饭，幸福感爆棚的几人又兴致高昂地跑出去玩了一下午。为了晚餐可以和午餐一样丰盛，宁静不惜牺牲友谊，一个劲儿地赞美尹尚和唐雪是多么的郎才女貌、天造地设。

其他几人和宁静是一丘之貉，为了丰盛的晚餐，把毕生所学到的所有赞美的言辞都用在了尹尚和唐雪身上。直到把两人夸得飘飘欲仙，恨不得马上就去民政局领证结婚，好像他们这辈子不在一起就特别对不起天下人了似的。

这就是拿人家的手短吃人家的嘴软。宁静几人要是不把尹尚夸高兴了，晚餐谁掏钱埋单呀！

对于他们的这些赞美，唐雪一直用微笑一一回复，不做任何语言上的回应。倒是尹尚，乐得有些忘乎所以，恨不得每人赏一百大洋，只可惜自己财力有限，只好再次请客吃饭。这正恰巧应了宁静他们的初衷，所有人都在边点头边说不好意思又让尹帅哥破费了，真是太过意不去了，咱们赶紧去吧，前面就有一家不错的店，里面的菜超级好吃的。

"呵呵呵呵呵呵，中午吃得太饱，我还不饿哎。"尹尚呵呵冷笑，知道自己中了圈套。就想拖延一下，以便找机会拉唐雪逃跑，过二人世界去。

"咱们现在走路过去，等到了地方你就饿啦，走路对于消化食物什么的最简单、最快捷了。"宁静拽着唐雪，不怕尹尚不跟来！

唐雪身不由己，被宁静劫持走做了人质，看样子，尹尚今天这晚饭是不请不行了。几人已经逛了一下午，早已脚累体乏，找个地方休息一下也好，免得到晚上累得腿抽筋。

经济独立又独居真的很好，在外面玩了一天还不算完，晚上说不回家就不回家，都不用给家里人打电话请假的。逍遥、自在、任性、洒脱，反正活得无比爽快。难怪尹尚挖空心思地想来风筝市。

他原本打算跑来风筝市专心写作，没承想在风筝市却意外遇见了女神唐雪，并且此时此刻唐雪正端端正正地坐在自己身旁，这个意外真是太让人陶醉了。尹尚再一次相信了"上帝眷顾着每一个人"这句话，此刻，尹尚对自己的生活再次充满了希望与期待。

曾几何时，在尹尚那些苦闷的生活中，他在满眼黄沙的世界里，看不见一丝绿意。那种绝望的神情，就像被海浪卷上沙滩的小鱼，望着逐渐升高的太阳，静静地闭上双眼，安心地等待死神降临。每一次心跳，或许都是最后一次。

对于外界的重重压力，尹尚还可勉强承受。但是在写作中遇见的一些事情，却让他头痛不已，尤其是在写爱情故事的时候。由于没有亲身经历的缘故，尹尚只好高度临摹，对于比着葫芦画瓢的技术，尹尚只能描写出它的形态，却感知不到它的内心世界。所以尹尚的读者总觉得他笔下的爱情故事没有灵魂，只有生命。仿佛僵尸世界里的行尸走肉一样，只不过是一具躯壳在快速移动罢了。

没有灵魂的弱点是致命的，就像一个没有信仰的人，他的生活会变得毫无节制，甚至肆无忌惮。

连作者本人都觉得有缺点的文字还怎么去感动看故事的人，更不用提产生字灵那么神奇的效果了。

尹尚正在创作的爱情故事男女主人公已经相见，就像现实中的他和唐雪一样，已经坐在一起，愉快地吃了几次饭。每一段爱情故事的开头和过程差不多都是相仿的，不同的是他们对待这份感情的态度和坚持的时间。

哪怕只是简单的暗恋，像尹尚这样一等就是十年的恋爱真的太不同寻常。这么一段漫长的过程虽然很考验一个人的忠诚程度，但是也太虚度光阴。

其实尹尚远没有他嘴里讲的那么伟大，在这十年中，尹尚并非全是独自一人。他也是交过女朋友的，只可惜在尹尚内心深处一直埋藏着一个人，使他无法全身心地去爱别人，这才导致了尹尚先前那些情感的夭折。

那些女朋友最深交的一位，两人也只是坐在一起吃了顿饭，然后就各回各家，再然后就没有然后了。

但愿那些阴霾从此消散，唐雪才是高悬在尹尚头顶上的太阳，不仅照亮他的未来，亦会送来温暖。

饭后散步是现代都市人的必修课，就像饭后吃个水果会营养搭配更均匀一样。散步不仅可以促进消化，还可锻炼身体，只可惜很多人散着散着经不起路边美食的诱惑，全跑去做食客了。

尹尚几人吃过晚饭后闲来无事也慢悠悠地随波逐流。他们已经闲逛了一天，到了晚上竟然还有那么高的兴致！

育才路是距离风筝大最近的一条商业街，这里商铺林立，尤其饭店最多。每到放学和星期天，这里便是风筝大同学们娱乐和购物的天堂。

所以，稀里糊涂走到育才路的尹尚几人忽然会觉得有一种回家了的感觉，毕竟对他们来说，这里的一切都太熟悉了。

"几年前，我们在这座陌生的城市第一次相遇。我记得你就坐在那里，手捧奶茶，专心地看着一本小说。"尹尚指了指街角旁的一家奶茶店，表情认真地对唐雪说道。

此刻，街角旁，那家奶茶店内，依旧坐满了人。可惜早已物是人非，那些早已不是他们所熟悉的面孔。

唐雪顺着尹尚的手指看了眼街角，然后又瞧了瞧尹尚那半度忧伤的样子，扑哧一声竟然笑了出来："没想到，你记得那么清楚。"

"当然，女神在我心中占据着那么重要的位置，她在我眼里出现的有限时间里的每个动作，我都要一一牢记。"讲这话时，尹尚表情依然很认真。好像此刻站在他面前的不是唐雪，而是另有其人似的。

"那你，还记不记得那天我看的是什么书？"既然尹尚马屁拍得那么响，唐雪何不做个顺水人情帮他一把。

猛然听到唐雪这么问，尹尚很明显怔了一下。没想到自己随口吹牛的一句话唐雪竟然当真了。他想了好一阵，才缓缓开口："书名叫《不恋红尘离殇》，一本都市爱情小说，讲述的是一个悲情故事。里面有句话对我印象很深刻，是这么写的：'你毫不留情地夺走了我的全世界，而你却只留给了我一张白纸的记忆。'没错吧？看到你读这本书，我特意跑到书店也读了一遍呢！"尹尚满脸写尽自豪之色。

"没想到，你还真记得。"唐雪神情有些落寞。

"我还记得，你喝的奶茶是红豆味的。"

"你白天不是讲，一见到我就面红耳赤心跳加速嘛。那天，你怎么有勇气和我说话了？"

"因为，一个读爱情小说的女孩儿，是不介意有男生跟她搭讪的。

更何况，咱们在高中时就已经认识了。"

"就这么简单？"唐雪有些不相信，眼神温柔地望着尹尚。

尹尚被她盯得心里发毛，痛苦不已，心说自己真不是做骗子的料，怪不得一见到唐雪就会面红耳赤。可能是那会儿偷偷给唐雪发短信留下的后遗症，这就是做贼心虚的有力证据！

"好吧，我承认。当初还不知道你已经有了男朋友，我刚来风筝大，梦想着终于能和你见面了。就准备正式追你，所以那天正巧在奶茶店看到你在看书。当时我也没多想，就跑过去随便跟你打声招呼。没想到没过几天，我就听说你有男朋友了。再后来，我就精神萎靡了。"尹尚一口气说完，然后呼哧呼哧大口喘了几下。

"精神萎靡！你就这么点出息？"唐雪到是不在乎什么，言语中带着几分嘲笑。

"怎么了？你们女生失恋了可以哭哭啼啼，我们男生失恋了就只能以喝酒的方式发泄情绪吗？当时我没投江自杀就已经算是很坚强的了，你可能体会不到原本属于自己的人，有一天突然离你而去的那种挫败感。哎，说多了都是泪啊。"

"什么是原本属于你的人？谁原本就属于你了？"唐雪白了尹尚一眼。

等唐雪说完，尹尚天真地瞪着大眼睛死死地盯着唐雪。可惜他只是从对方两个黑洞洞的眸子里除了看到自己的倒影外，再别无其他。

"当然是你喽，还能有谁。在高中那会儿，我就暗暗发誓，将来一定要把你追到手。"

第二十六章
如 愿 以 偿

　　尹尚像个童真童趣的孩子一样，天真无邪地看着唐雪，眼神中充满了自豪与期待。

　　"然后呢，你为何一直畏畏缩缩，从不付出实际行动？"唐雪纳闷。

　　"因为，还未等我出手，你就已经名花有主了。"尹尚欲哭无泪。

　　"哦。"唐雪意味深长地惋惜一声，接着说："以前呢，我一直以为你只是胆子小，很天真。可是，没想到你城府那么深，竟然对追一个人都能列出一系列的计划。并且投其所好，创意不断，惊喜连连。看来，你创新意识很强嘛，对追女孩子的一些手段也是挺熟练的哈。"唐雪笑嘻嘻地开玩笑道。

　　呃，有这么厉害吗？可是自己为什么这么多年都没认认真真谈过一场恋爱。难道，这就是所谓的言多必失，祸从口出吗？

"呵呵，哪有你想象中那么厉害。我只是随便出出主意而已，我自己都还单身呢，哪来的一系列计划。"尹尚不想过多地谈论此类话题，以前干的蠢事儿实在太多，如果用 A4 纸一一列表出来，都能绕半个地球了！万一自己口误，再招惹唐雪发火就得不偿失了。更何况，自己干的那些事儿，起因都是和唐雪有关的。

从年少无知到成熟稳重，本就是一个不断发现自己是傻子的过程。未来充满希望，过去惨不忍睹，何必纠结回忆。

"没有吗?"唐雪好奇地看着脸上写满了"谦虚"二字的尹尚的脸。

"当然没有，要不然我早就追到你了。"尹尚信誓旦旦，不容置疑。

"哦。唉，那真是太可惜了。我原本想让你用那些计划和创意及惊喜来追我一次，看来是我太一厢情愿了。"唐雪假装惋惜，神情显得很是失望。

女神都这么说了，只有注定孤独一辈子的人才会继续推脱。

"哎呀，不好意思，我好像突然又把那些计划都想起来了。从现在开始，女神，我正式追你好不好?"

"你可要做好心理准备哦，我很难追的，别拿别人使用过的手段再在我这儿演绎一遍。那样做，真是太无聊了。"唐雪说得很认真，没有半点开玩笑的意思。

"一言为定。"

"驷马难追!"

然后，两人天真地拉起了钩钩。

现在路上的人熙熙攘攘，这里是风筝大外最具消费力的一条商业街，吃喝玩乐一条龙。在这个网购风行的当今，这里的经济一点也没有萧条之色。

尹尚叫住走在前面的廖辰风，和他耳语几下。廖辰风满脸不快的表情，极不情愿地拉着蒋泽恺走掉了。

然后，尹尚潇洒地请剩下的四位美女到奶茶店里喝起了奶茶。中途，许颖接到一条短信。宁静偷偷瞄了一眼许颖手机，顿时乐得手舞足蹈起来。然后，她们两人手拉手就跑出了奶茶店。留下满脸茫然的唐雪三人。

她们走时只是说自己有事儿，等会儿让唐雪到旁边的护城河找她们。

唐雪觉得奇怪，不知道宁静这妮子又想出了什么幺蛾子。不过由于宁静跑得太快，还不等唐雪问她因由，宁静和许颖已经不见了踪影。

喝完奶茶，等几人出了店门，商业街开始热闹起来。几人闲逛了一会儿，发现很多年轻人都在朝护城河的方向走。唐雪心里奇怪，刚刚宁静离开时，说的也是那个地方。唐雪以为出了什么事，顿时心神不宁起来。

她惴惴不安地拉起邵婉晴和尹尚，快步朝护城河的方向走了过去。远远地，唐雪就发现在护城河的石桥上，黑压压地站满了许多人。

那些人好像是在凑什么热闹。对于人类习性的有限知识了解，值得大家围在一起在大街上完全不顾交通安全而凑热闹的事儿无非几种：第一，不幸有人出了车祸。第二，就是有人想不开欲要跳河。第三，怕跳河淹不死而改变方向想要跳楼……

在这个社会压力巨大，生活枯燥乏味的当今，人类的好奇心被无限扩张了好几倍。所以，不论什么领域，值得大家关注的事儿特别多，在这里就不一一举例了。反正凑热闹的没有怕事儿闹大的。

对于人类日益增长的好奇心，和国人喜欢凑热闹的这种心态。每天都在嚷嚷着要发财要创业要改变命运的未来上市公司 CEO 们应该从中提取商机，比如投其所好式的营销和攀比富贵特爱显摆式的冲动消费。

总之，你要像选老婆、挑老公那样精挑细选结合实际，像谈恋爱那样热情高涨，像对待婚姻那样仔细经营，像对待自己的人生一样步步小心。

风筝大所在的地界几乎已经出了风筝市的繁华地段，到了晚上，这边的景观灯开着的也相对较少。所以在天气晴朗的情况下，还勉强能看到点点繁星，虽然没有北极那边能看到极光的地方梦幻，但勉强可以小小地满足一下欲望。

借着景观灯幽暗的昏光，唐雪发现护城河那边的人越聚越多，像是过年逛庙会似的，人头攒动。

邵婉晴的好奇心也被勾了出来，刚才是唐雪拉着她，这会儿变成她拉着唐雪了。尹尚就这样被唐雪拖拽着往前走，样子非常被动。

在距离护城河还有一段距离的时候，唐雪忽然发现河面上繁星点点，灯光闪烁。

"不年不节的，他们这是在做什么？"邵婉晴原地跳了一下，想看得更远一点。可惜她的弹跳力有限，跳起来的视野和站在地上的视野相差无几。

"好漂亮啊，像是天上的星河一样。"

讲话间，邵婉晴拉着唐雪已经来到了近前。她们站在石桥上向下望去，缓慢的河流上飘满了荷花灯，蜿蜒而去，灿若繁星。

自己仿若置身星河之间，俯视着闪闪星斗，那种童话般的视觉，如梦似幻。

这种错觉，就像站在天桥上俯视桥下川流不息的车流。闭上双眼，静听声音，快速移动的车辆划破气流，冲破地心引力，突破地面摩擦，呼啸着奔驰而去。那种大江东去，浪淘尽的河水奔腾之声，被淋漓尽致地演绎了出来。

石桥上，河两岸，早已因为这人间的银河而围满了人。沉醉于梦幻中的男女青年们忍不住纷纷掏出手机，准备把这么美丽的一刻永远复制下来。

邵婉晴和唐雪也被眼前这胜似繁星点点的景色秒杀，她们难掩心中兴奋，拿出手机对着荷花灯一通狂拍。唐雪自己拍还不过瘾，非要拉着尹尚一起。女神主动邀请，尹尚自是非常乐意，在镜头前摆出各种姿势，然后掏出自己的手机，对着唐雪咔咔咔一通狂拍。再然后两人靠在一起，咔咔咔又是一通狂拍。

拍完收工，继续欣赏荷花灯。好像刚才什么事儿都不曾发生一样。

"婉晴、雪儿，你们快下来。"石桥下的河滩上，宁静不停地朝唐雪挥舞手臂，呼喊她们下去。

邵婉晴听到宁静叫她们，忙答应一声，招呼唐雪和尹尚就往桥头走去，准备从石桥边的阶梯下到河滩去。

在河滩上，还有很多人正不断地往护城河里放荷花灯。看他们那副不把河面摆放满誓不罢休的坚持劲儿，还真有大军压境，怒破山河的气势。

河滩很宽敞，地面铺着青石砖，所以很平坦。河滩修得很整洁，随着蜿蜒曲折的河流绵延数公里，一眼望不到尽头。河滩一面是水，一面是绿化带，环境特别优雅，所以在这里晨练的人很多。

即便到了晚上，仍有很多人在这里散步。

现在，这里已经被年轻人占领了。他们像是在欢度盛大节日似的在这里点燃了无数的荷花灯，闪着烛光的荷花灯照亮了整个河面，场面十分壮观。

为了在这个平凡的日子里留住这不一样的时光，许多情侣选择的庆祝方式就是相拥在一起。

看着那些情侣们亲密无间的样子，着实把那些单身者羡慕得直流眼泪。还好这是在晚上，没人看到。

唐雪拉着尹尚刚刚走到石桥尽头，正要转身下阶梯，走在唐雪身后的尹尚突然拉住她。唐雪纳闷地扭头看着尹尚，欲要张口问他怎么了，却见尹尚对着手里的手机轻轻说："开始。"然后，尹尚指了指唐雪前边："往那边看。"

"嗯?"唐雪好奇地扭头看去，发现黑漆漆的什么也看不清，正想转身问尹尚怎么了的时候。突然，前边河滩上火光一闪，出现了几个大字：

"唐雪，我爱你。"

这五个字是被用火点燃的，只是一瞬间，它们就亮了起来。这五个字好像吸引了在场的每一个人的目光，所有人都不约而同地朝那个方向望去。期待着事情的进一步发展。

"哇哦。"唐雪难以置信地捂住了嘴，她艰难地转过身，眼含泪花地看着尹尚，声音有些颤抖地问道："你什么时候准备的?"

尹尚双手抱住唐雪的肩膀，眼神温柔地看着唐雪，轻声说："六年前就已经准备好了，只是，一直没有机会。"此刻，情绪激动的不止唐雪一人，尹尚更是兴奋，他艰难地平复了一下自己波澜壮阔的心，继续说："不过，现在我要谢谢你，给了我这么一个机会。以前，我没有白费心思。"

"好家伙，现在，我终于相信蒋泽恺追穆诗曼的那些创意是尹尚想出来的了。"邵婉晴站在唐雪身后，难以置信地看着整河的荷花灯。

突然，只听"嘭"的一声震耳声，一颗五彩烟花在空中瞬间绽放，照得整个夜空如同白昼。这颗礼花像是冲锋前的号角，它引燃了战士们的雄心壮志，所有向前冲刺的士兵都如猛虎下山一般，勇猛汹涌，前仆后继。

礼花弹一颗接着一颗地在空中绽放出鲜艳而又短暂的花朵，一颗颗火树银花在空中瞬间绽放，然后消失。原本漆黑的夜空随着不断绽放的烟花被映射出了五颜六色的光芒，如此艳丽的颜色就好像是天上的雨神偷了浸染彩虹的燃料，倒进了雨水里，幻化出了七彩斑斓的雨滴，倾盆倒入人间。

夜，是黑暗而又无尽的，不论多么艳丽的光芒，都会被无情的黑色而吞噬。

尹尚拉着唐雪朝烟花的燃放地走去，他们走得很慢，但烟花燃放得却很快。不过一分多钟，整个偌大的夜空，再一次沉浸到了寂静中。

"尹尚，这些人都是你叫来的吗?"走在尹尚右手边的唐雪，轻轻拉了拉尹尚的手。她心中疑惑难掩，左思右想了好一会儿，还是忍不住开口问道。

"对啊，他们都是来见证本世纪最伟大的爱情的。"尹尚嬉皮笑脸道。

"少贫，老实交代，你是怎么一下子找来那么多人的?"唐雪恶狠狠地掐了一下尹尚白皙修长的手，嗔怒道。

"你先答应做我女朋友，我就告诉你。"尹尚对唐雪眨了眨眼睛。

"敢跟我提条件，爱说不说，本姑娘还不稀罕知道呢。哼!"唐雪把脸仰得老高，表情非常不屑。

"漂亮的女孩总喜欢耍点小性子，我敢保证，你的坚强最终会屈服于你的好奇心。"

"点荷花灯放烟花，只用这点小伎俩就像把女神追走吗? 你也太天真了!"

"这么大动静还算小伎俩?"尹尚吃惊。"好吧，今天这些就算是追你前的热身运动。"

第二十七章
大 秀 恩 爱

"大话不要讲这么早，我们家雪儿是很难追的。"邵婉晴白了尹尚一眼，接着说："女人要的不只是浪漫。"

"他这是在浪费，不是浪漫！"宁静愤愤不平。

两人在讲话时，眼睛喷火似的瞪着尹尚，咬牙切齿，气愤得不得了。看她们那脸上写满了忌妒二字的神色，恐怕是在抱怨为何今晚的女主角不是自己而心生愤怒吧。

渴望心越强的人，忌妒心就越强。他们容不下身边的人比自己过得好，哪怕衣服比自己的漂亮，手机比自己的昂贵。

每一个小细节，可能都会使他（她）刻意营造的幸福假象瞬间崩溃。

在夜色的遮掩下，唐雪假装没有注意到宁静和邵婉晴两人的不善。

继续跟尹尚拌嘴。

"我只是给你个机会让你把针对我的那些计划全部实施一遍，并没有说要答应做你女朋友呀。"唐雪天真可爱地眨眨眼睛，耍起了赖皮。

"那可不行，这些计划都是我的老婆本，不可以随随便便让别人看的。我花费那么大心思，总不能到最后竹篮打水一场空吧？"尹尚讲得很是认真："女神，你那么美丽善良，是不会拿我寻开心的哦。"

"这个嘛……不好讲。虽然本女神天生丽质纯真善良，可也不是你随随便便耍个花招，就能被你骗得爱你爱到死去活来的主儿。你若不走心，只是为了取悦我，信不信老娘一巴掌拍死你！"唐雪回答得认真干脆，眼睛里写满了"你要小心点"五个喷火大字。

"女神请放心，这辈子，我爱你比我爱我自己都要根深蒂固。前十年虽算不上持之以恒，但至少从没动摇。这次机会难得，我一定竭尽所能，无论是从物质方面还是精神方面。都将全力以赴地追求你。"尹尚回答得也很干脆，语气非常坚定，坚表决心的态度毋庸置疑。

"期待你的表现。"唐雪热情地鼓励道。

差不多一个小时前，唐雪才告诉尹尚，让他用自己以前准备的那一系列的求爱计划在她面前统统演绎一遍。

没想到，这才刚刚过去 30 分钟，尹尚就搞出了这么大动静。他这执行力也未免太强大了点！那么，他的效率既然这么高，为何以前只会等待？难道他不明白，幸福是自己争取来的吗？

尹尚不会天真地以为，幸福真的会自己来敲门吧!?

时间可以证明一切，可若要等待时间给予的结果，那会需要浪费掉很长一段生命。十年后的事情，只不过是对十年前的努力做出的一个交代。而十年后的这个事实证明，他和她，在那个最适合谈恋爱的季节，却巧合地错过了彼此。

从石桥到那五个烛火大字，有着三四十米的距离。河滩走廊两边，每隔一米的距离，便燃放着一颗烟火，烟花树有一米多高。远远望去，犹如一颗颗闪着荧光繁花盛开的烟火树。银色的花朵，绚烂异常，如梦似幻。

尹尚拉着唐雪，穿梭其中。两人谈论了一路，全是唐雪提出的各种条件，比如，由尹尚起草一份恋爱协议。尹尚哈哈大笑地说协议里面肯定都是有利于我的规定。唐雪立刻冷脸，恶狠狠地说："最终审核权是我的！"

再比如，向对方介绍自己的朋友和家人。这个条件看起来很稀松平常，不过它却是甚多条件中最关键的一条，这可证明对方是否真心爱你。这条由唐雪提出，尹尚乐意答应。

其他的还有很多，在这里就不一一列举。反正两人谈恋爱的方法很童真童趣，一点都不像二十好几的大龄青年。

两人径直来到了廖辰风他们放烟花的地方。那五个用蜡烛拼成的大字，依然闪着烛光。

许颖表情严肃，步伐沉重地走到尹尚面前，郑重其事地对尹尚说："尚弟，姐只能帮你到这里了！"然后，许颖把胸前捧着的一大捧玫瑰花递给了尹尚。

尹尚谦卑地接过许颖为他准备好的玫瑰花，看着众人期盼的目光，对他们坚定地点了点头。在场的众人纷纷举起右手，握拳，为尹尚打气加油。

看到众人如此，尹尚感动得差点热泪盈眶跑过去与他们一一握手致谢。

唐雪就站在尹尚旁边，把这一切都看在了眼里，这样的惊喜已算不得惊喜。尹尚侧身微笑着小声对唐雪耳语道："女神，准备接花吧。"

"先讲明，你今天大张旗鼓所做的一切，只能证明你要开始追我，而不是要求我做你女朋友。"唐雪嬉笑着小声回应。

"求爱哪有讲条件的？你当这是狗血的言情剧呀，即便是小说，我也不敢写得这么清新脱俗。"尹尚虽然强力辩解，但他笑得却是异常灿烂。

"被几盏蜡烛和烟花就能博取芳心的女孩也算不得女神了。反正这次不算，只能算是你向世人宣布，你开始追我了。女神如果好追，你也不用单身到现在了不是。"会讲花言巧语的不一定是情郎，还有可能是你女神！

然后，唐雪又暗自小声嘟囔了句："这么好玩的场面，如果不多整几次，那多浪费青春呀。"

"有道理哦。"尹尚被绕蒙了圈，无言以对，只好呆呆地点了点头。然后，尹尚又对唐雪耳语道："如果这次我单膝跪地，那等我求你做我女朋友的时候，还不得给你磕三个响头啊！"

听到尹尚这话，唐雪忍不住咯咯笑了起来："不用那么隆重，不用那么隆重，随便沐浴焚香斋戒三天三叩九拜就行了，不用非要把头磕破。万一你把自己磕傻了，你说我是愿意啊还是不愿意啊，我那么善良，那得多难为人呀。再说了，你怎么舍得给一个美女出难题呢。"

"嗯，这倒是真的，我那么伟大。"尹尚若有所思地点了点头，小声嘟囔道。然后，不等唐雪反应过来，尹尚退后一步，单膝跪于地上，高高举起玫瑰花，声音洪亮地大声嚷嚷道："唐雪，我美丽的女神，这一刻我等了十年，我要向全世界宣布，我喜欢你，请你接受我的追求！"

众人目光齐刷刷看向唐雪，期待着她的答案。可奇怪的是，这么热闹的场面，却没一个人起哄高喊："嫁给他！嫁给他！"

现场极其安静，犹如被大雪覆盖的田野，一切富有生命力的物体全被深深掩藏了起来。

瞅着跪在自己面前一脸期待神色的尹尚，唐雪神秘兮兮地笑了笑，高傲地说道："我的倾慕者那么多，需要我亲自一一检阅，那么多人是很费时间的，你先到后边排队去吧。"

听到这话，尹尚有种网购被骗了的感觉。他双手捧着玫瑰花，对唐雪轻声细语道："给点面子，那么多人看着呢。差不多得了，我都给你跪下了。"

看着尹尚那满脸楚楚可怜的样子，唐雪清了清嗓子，话锋一转，接着说："不过呢，看在你喜欢了我十年的份儿上，我破例让你插个队，把你排到前边来。从明天起，你就可以使出浑身解数，全力以赴地来追求我了。等测试结束，再谈以后的事情。"为了避免表现得太过矫情，唐雪故意讲得郑重其事，丝毫没有开玩笑的样子。

"女神，我发誓，一定会博得你的欢心。"尹尚同样讲得郑重其事。

"期待你的表现呦。"唐雪接过玫瑰花，尹尚也站起身来。

尹尚和唐雪互相对望着，期待着众人热泪盈眶的掌声。可惜过了几秒钟，四周仍寂静无声。尹尚和唐雪心里同时纳闷，难道这个时候不应该来点掌声吗？这么感人的场面！这么令人激动的时刻！难道这些观众还沉浸在前边画面中的甜蜜之中没有缓过神来吗？

为了提醒大家，尹尚咳了咳嗓子。

突然，众人忽地一下集体发出一种相当不屑的声音，然后，便是各种嘲笑与讥讽。

"搞什么啊？整这么大场面原来只是为了告诉对方要追她！"

"单身太久了吧，追个人也整这么大动静。"

"俩大龄青年秀恩爱！真是大千世界无奇不有。"

"完了吗？喜糖呢？怎么没人发喜糖?!"

"排练话剧吗？这故事情节也太拙劣了！"

"都叔叔阿姨了，还童心不死呢！"

"亲，你们来秀恩爱之前都没排练过吗？"

"我梦幻里的任务都没顾得上，没想到兴冲冲地跑来只是为了看一场演技不咋的的言情剧。唉……"

……

众人七嘴八舌，胡乱猜测，表情厌恶，动作夸张。

"秀恩爱结束，大家收拾收拾东西，走啦走啦。"黑暗中，不知道是谁高喊了一句。然后，众人开始忙碌起来，摆成五个大字的蜡烛被人吹灭，然后一个一个被装进了箱子。还未点燃的荷花灯也被收了起来，放在地上已经摆好等待求婚结束要燃放的烟花也被重新装进了箱子，还有那闪烁着七彩光芒的灯带，也不知被谁拔了插头，失去了耀眼的色彩……

从繁华到荒凉的转换，其实很简单。

尹尚和唐雪傻愣愣地站在那里，有些不知所措。呆呆地望着众人离去的背影，尹尚张了张嘴，忍不住喊道："亲，别走啊，我们还没放孔明灯呢。"

众人离去的场面相当尴尬，杵在那里身为主人公的尹尚更是显得尴尬无比颜面不在。他转过身看着唐雪茫然的表情，傻傻地干笑了几声："呵呵……这帮小人，物是人非，人走茶凉呀。前几天还刚请他们 K 歌呢，这才过了几天，就不认哥了。一群白眼狼！"

"呵呵，可能是，我们表演过头了。"身为女主人公一直被众星捧月如女神般存在的唐雪，竟然被众人放了鸽子，而且还是在这么隆重的场面！这么有伤颜面的事儿，除了以傻笑的方式化解此事外，恐怕只剩下沉默了。

不过一会儿工夫，原本热闹的场面忽然一下便冷静了下来。

许颖步伐依旧沉重，走到尹尚面前，眼神相当复杂地看了眼尹尚，然后语气略显失望地哀叹了一声，什么也没说。

再然后，许颖又走到唐雪面前，还未等许颖发出失望的哀叹。唐雪楚楚可怜地看着许颖，率先开口，弱弱地问道："你要把这捧玫瑰也拿走吗？"

黑暗中，许颖强忍住笑，继续假装叹气："唉……你自个儿留着吧。"

许颖悲伤完了后面紧跟着的是蒋泽恺。不过，蒋泽恺倒是大度，对尹尚没有那种烂泥扶不上墙的失落感。他只是拍了拍尹尚的肩膀，似是一种好自为之的忠告。这次，换成尹尚扶额唉声叹气。

蒋泽恺无可奈何地摇了摇头，什么都没说。他一路摇头晃脑如同帝王时期在私塾内背诵《三字经》的学童，晃晃悠悠地走到唐雪面前，神情显得很是垂头丧气，不过，他依然什么都没说。

等蒋泽恺离开后，尹尚杵在那里，没有动，他在等待着廖辰风的唉声叹气。可是，出乎意料的是，廖辰风这次让他失望了。尹尚站在那里待了好一会儿，却迟迟不见廖辰风身影。

尹尚纳闷地朝四处瞧了瞧，忽然发现，此刻他周围除了唐雪以外，再无一人。就连跟唐雪平时最亲密的闺密宁静和邵婉晴，也不见了踪影。

"咦？全走了，一个人也没有。闹鬼呢！"尹尚觉得相当莫名其妙。

唐雪捧着玫瑰花，下意识地也跟着扭头查看了一下周身，发现确实没有人。

第二十八章
意 外 惊 喜

刚刚还热闹如集市的河滩，只是一会儿工夫，所有人都好像突然蒸发了一样，走得无影无踪。孤零零站在青石路上的尹尚觉得很奇怪，心道，难不成这是廖辰风带着那帮学弟学妹在玩快闪？

真是太可恶太不仗义了！竟然在这么重要的时刻放我鸽子！

"雪儿，我喜欢你，即使全世界都反对，只要你点点头，就足够了。"为了缓解众人离开的尴尬，尹尚对唐雪继续坚表决心。他这意思很明显，在这个世上，其他人对于唐雪来说都只不过是人生的过客与浮云，只有自己才是她爱情最终的归宿。

自知表演稍微有点过火的唐雪没有任何想要发火臭骂尹尚与他找来那帮不靠谱的学弟学妹们的意思。看到尹尚如此认真而又坚定地又向自己坚表决心，唐雪清澈的眸子里隐隐闪现着几分感动，她内心充满感激地用力点了点头。激动得什么也没说，只是愣愣地看着尹尚，好像现在即便说什么都会名垂青史，被后世崇拜爱情的少男少女传为佳话似的。

然后，尹尚便愣在了那里，看他那笨拙的站姿与不知所措的表情，就知道他是一位不怎么善于哄骗女孩子的情痴傻子。

可是，每当他用自己的眼光看待别人的爱情时，又会旁观者清地大道理一讲一大堆一大堆的，泡妞计策好像永远取之不尽用之不竭似的。这种典型的忧他人之忧的雷锋精神被亲切地称为"热心肠的八卦者"，是茶余饭后众多消磨时间散播消息的无聊人士的娱乐方式之一。

有这种爱好的人多如牛毛，这就是为何某某明星稍微有点情感动向便会闹得满城风雨的一个重要原因。反正大家闲着没事儿，谈论自己的事又太过闹心，何不把怨恨嫁接到别人那儿供自己乐和乐和。

就像今天抱着娱乐心态前来观赏尹尚求爱的学弟学妹们，虽然乘兴而来败兴而归，可是失望之余又不忘出言讥讽几句。

月光穿过稀薄的云雾，如同明亮的 LED 射灯，将那清澈的光芒投射到唐雪青垂如瀑的发丝上。青黄色的月光稀释掉浓密的夜色，照亮她的周身世界。唐雪仿佛舞台中央的女主人公，身姿绰约，亭亭玉立，如同仙女下凡，闪烁着圣光，映射得尹尚两个钛合金材质的大黑眼珠子都有点睁不开了！

青黄色的月光清澈如水，纯洁如雪，美得不可方物，犹如圣洁的纱巾，轻轻披在唐雪那身姿曼妙的肩头，以凸显她那清丽的气质。

这么平凡的夜色，懂得欣赏它的人会觉得它是极美的。而奔波忙碌的人，是对它全然不顾的。就像我们从不觉得家里那位呕心沥血为你日夜操劳的人是最爱你的人一样。

我们又会觉得，自己喜欢的人各个方面都会比喜欢自己的人要好。其实当我们冷静下来，换个角度，便会发现一直纠结于情感中的三人的秉性仿佛是很相似的。这倒不是人的天性大致雷同，而是这三人的眼光基本相同。因为他们会朝自己喜欢的一种生活方式靠近，慢慢地，他们之间的距离便会缩小，直至把自己改变成内心深处的那面镜子。

爱一个人太深、太久，便会忘记自己，变成对方。

你可以对自己的未来产生怀疑，但你不可以连面对自己的勇气都没有！

越挫越勇的尹尚在这一方面绝对是坚不可摧的，他是此类人群中出类拔萃的佼佼者。他已经不知自己为了对方而改掉了多少曾经习以为常的生活方式，蜕变是一个极其痛苦而且漫长的过程，但他为了心中那面镜子，成功把自己打磨成了镜子里那位神往已久的人。

现在，尹尚呆望着以往只能在梦中才能见到的唐雪，激动得有些不知所措。眼前的这个场景，尹尚不知在大脑中幻想了多少次，在梦境中实现了多少次。可今天突然之间梦想就变成了现实，心理颇为强大的尹尚，还算勉强承受。

不过，他仍不愿这么快就冲破这层童话防护罩，眼神依旧迷离地望着唐雪。最终，还是唐雪先恢复了正常："表演结束，结局很失败。可是，故事并未因此终结，恰恰相反，它才刚刚开始。期待以后更精彩，故事不曲折，没有虐心桥段。"

"我保证，我们的爱情会圣洁得如同金色的阳光一样透明温暖。"从天使幻觉中回过神来的尹尚，赶紧伸出右手举起食指和中指向唐雪保证。

"保证个屁啊。还不赶紧撤，刚才那么尴尬，你难道不觉得丢人吗？"唐雪掩面，脸色微红，娇嗔连连。

反应略有迟钝的尹尚眼神诧异地看着唐雪，心说这小姑娘态度反射弧跳跃度也太大了点吧？刚刚还陪自己在那儿扮演纯情小女生含情脉脉地煽情呢，这才刚刚过去几秒钟，她瞬间就蜕变成"老娘打遍天下无敌手"的姿态了。

听到唐雪埋怨，尹尚傻傻地点了点头。唐雪伸过柔软纤细的玉手，拉起尹尚就准备沿着河滩，朝石桥那边的公路走，好尽快离开这个伤心地，以免再闹出什么笑话来。

水面上的荷花灯已经在河水的流动下散去得七七八八，只留下零星几个缓缓飘向远方。没有荷花灯的河面显得有些冷清，但在霓虹灯与月光的点缀下，却并不显得单调。

唐雪拉着尹尚走了大概只有六七步的样子。原本平静的河面下突然闪烁起色彩绚烂的光芒，没有任何预兆，像是漆黑的夜里，突然飞过一群萤火虫，映照得整个河面犹如璀璨神秘深不可测的宇宙星系。

整个河底都在发光，混浊的河水被映射出了五彩斑斓的色彩，看上去很是艳丽。

那场景仿佛梦幻中的海底龙宫，无数奇珍异宝正闪闪散发着奇异光芒，向世人宣示它是多么的珍奇。经不起神秘色彩引诱的人会有跳下去一探究竟的冲动，以用身体每一寸肌肤去亲感那摄人心魄的艳丽光芒。

就像站在高高的山顶上，远目眺望山脚下百万亩互相交错颜色各异的花田一样，那种视觉冲击是前所未有的。只是乍眼望去，便会被那瑰丽的色彩吸引，毫不夸张地说，你会产生纵身一跃而下的冲动，像鸟儿一样自由翱翔，穿越其中。

七彩光芒在水下耀眼地快速闪烁了几下，整个河底犹如奇异的宝箱，散发着勾人的色彩。忽然整个河底所有霓虹灯都暗淡了下去，这仿佛是暴风雨前的电闪雷鸣，清代官员出门队伍前的清脆鸣锣，预示着狂风暴雨的来临。

果不其然，只听"噗"的一声，无数道水柱破水而出，从河底蹿向半空。

无数盏霓虹灯应声亮起，水柱中映射着七彩光芒，屹立在水面上，十分耀眼，如同一个个定海神针，蔚然神圣。

不知从哪个角落里传来动听的音乐，那些挺立在水面上的水柱仿佛被悦耳的音乐摄去了心魂，不停跟随着乐声的起伏跳动出优美的舞姿。看那些水柱忽高忽低不停变换着姿态，似有一种跃然鼓上，随音而舞的优美。

那又是大珠小珠落玉盘的嘈杂，看得人眼花缭乱，似是杂乱无章，却又个个晶莹，闪烁着异彩，让人无法婉拒。

大约过了三分多钟，在第一首歌曲快要结束的时候。一个更粗壮的水柱猛然从河底喷射而出，气势恢宏，威风八面，夹杂着春天气息浓厚的微风轻轻吹过，迎面飘来一股腥腥的河水独有的味道。瞬间，尹尚和唐雪两人整个鼻腔内，都充满了水腥味。

唐雪厌恶地伸出左手扇了扇面前的空气，拉着尹尚就想快步离去。可就在这时，河中央出现了一个巨大的扇形水幕，紧接着从河对岸的一个木制小屋内，投来一束耀眼的光束，映射在了水幕上。

那水幕像投影仪的幕布一样，在上面映射出了一张照片。那照片里的主人公，正是尹尚和唐雪两人。

由于水幕不断颤动，照片有些模糊不清，不过，画质虽然模糊，里面的主人公尚可清楚辨认。唐雪不敢置信地张了张嘴，下意识拉了一下尹尚，不可思议道："那不是我们今天逛街的画面吗？怎么会出现在这里？"

尹尚盯着水幕，带笑的眼睛中闪烁着好奇，疑声道："难道，我们被偷拍了？"

"没想到尹作家现在出个门后边都跟着狗仔队呀！那么明天我们指定会上娱乐新闻头条了，哎哟妈呀，这一不小心就出名啦！幸福来得太突然了吧！？"唐雪假装吃惊地瞅着尹尚，表情相当夸张。

"呵呵，太夸张了，太夸张了，我又不是影帝。怎么会招来娱乐记者偷拍呢？"尹尚不好意思地又开始傻笑。

"别嬉皮笑脸的！看着老娘的眼睛，老实交代！这难道不是你的主意吗？"唐雪凶狠地一把揪住尹尚衣领，样子非常凶恶，动作相当粗暴。

"女神饶命哇，我真心不知道。"尹尚可怜巴巴地望着唐雪，祈求她的原谅。突然，尹尚假意充满恐惧的眼睛中忽然闪过一丝不易察觉的异样。

然后，尹尚猛然向前倾了一下脑袋，刚想张嘴怒吼尹尚的唐雪被尹尚亲了个正着！尹尚双手温柔地抱着唐雪，完全呆掉的唐雪瞪大了双眼注视着尹尚，有些不知所措，非常茫然地忽闪了几下眼眸。呆愣愣地看着近在咫尺的尹尚，看着尹尚清秀的睫毛，看着眼前这个暗恋了自己十年的大男孩。此刻，她心里出乎意料地异常平静，没有任何波澜。两人好像谈了十年恋爱的情侣，接吻对他们而言早已成了家常便饭。

这一切发生得实在太快，毫无预兆，完全不符合偶像剧的集数理论。

不断变换着色彩的灯光闪烁着奇异光芒，映射进唐雪茫然的眸子里，像是遥控器发射出的红外线一样。奇怪的是，唐雪脑子里好像装了接收器似的，大脑脑电波瞬间变得活跃起来，清醒过来的唐雪用尽全力使劲推了尹尚一下。正沉醉在温柔乡里的尹尚被推了个趔趄，倒退了好几步，才勉强站稳了脚跟。

尹尚倒退几步后，慌忙伸手捂住嘴巴，有些惊慌地瞪着唐雪，含糊不清地讲道："雪儿，你咬我舌头干吗？"

看到尹尚那惊慌失措的狼狈模样，唐雪得意地轻笑了一下，假装愤怒道："看你以后还敢不敢占老娘便宜！咬死你个臭流氓！"

"这么多年的愿望，终于实现了。啊，突然感觉自己好伟大。"尹尚不怒反笑，而且笑容异常灿烂。

此刻，河中央的扇形水幕已经落下，河面又恢复了原来的样子。河底依然被色彩绚烂的霓虹灯熏染出五颜六色的异彩，散发着艳丽的光芒。

在河对岸，护城河另一边的青石走廊上，站满了手捧荧光棒的年轻人。他们轻轻挥舞着手中的七彩荧光棒，集体高喊道："学长、学姐，祝福你们！"

然后呐喊，狂吼……

三分钟后，人群逐渐安静下来，一人拿着扩音器大声嚷嚷道："尚哥，看到没，这是我特意为你和唐姐设计的。比你那些环节有创意吧，这叫青出于蓝而胜于蓝。第一个把戒指藏进蛋糕里的人叫浪漫，第二个把戒指藏进蛋糕里的叫模仿，剩下的全部是跟风。好了，废话不多说，再次祝你们在这个有限的青春里恋爱愉快，早日喜结连理。唉，暗恋了十年，今天终于表白成功了……"

河对岸，尹尚和唐雪面面相觑，难以置信地望着河的那岸。

第二十九章
光芒四射

　　再坚固的顽石都经不起岁月的摧残，就像坚不可摧的友谊经不起距离与利诱的考量一样。人心的变数是难以捉摸不可猜测的，就像对岸学弟学妹们那看似非常不符合逻辑的思维与态度。他们的言行举止实在太考验常人脆弱心理的承受能力，尤其是他们刻意制造出的惨淡气氛，如若不致使唐雪和尹尚心灰意冷，那只能怪他们二人太没心没肺。刚刚同学们表现得还那么穷凶极恶，极其鄙视唐雪拙劣的演技与故意炫耀的虚意。这才过去短短几分钟，这帮可爱的弟弟妹妹们却突然又送来了祝福。

　　这么任性洒脱俊俏的做事风格，一般人恐怕也只能望而却步自叹不如了！

　　可是，现如今面对众人热情的祝福，尹尚和唐雪仍不敢相信。难道这帮小人们这么快就回心转意了？刚才难道是他们言不由衷，身体不受思想控制被鬼附身了不成？尹尚越想越邪乎，幸亏这是一个由科学统治着的世界，不然他还不把此事怪罪于那人人恐惧的鬼妖。

俗话说，伸手不打笑脸人。既然学弟学妹们又送来温馨祝愿，唐雪也不好再斤斤计较，没有再摆出那一副既可怜又愤怒的样子。

"啪"一声清脆不悦耳的响声，尹尚茫然地扭头看了眼唐雪。紧接着，他哎哟一声，赶忙伸手揉了揉自己的腰。

"疼吗?"唐雪好奇地问尹尚。

"要不我打你一下试试?"尹尚怒气冲冲地怒视着唐雪。

"哦，这就证明，我们不是在做梦。"唐雪一本正经地点了点头，很是满意那一巴掌证明后的结果。但，她随即又摇了摇头，黯然神伤地叹了口气，样子很是沮丧。

受到物理攻击的尹尚表示肉体很受伤，他正默默地抓紧为自己疗伤，没有注意到唐雪的忧伤。尹尚在收到学弟学妹的热情祝福后，傻笑着站在河岸正不停朝对岸挥舞着粗壮有力的手臂，为了不驳众人颜面，唐雪假意笑容满面，手臂也挥舞得起劲儿。

……

第二天一大早。不努力拼搏的人还沉浸在梦境中。

尹尚起个大早，心魂飘忽睡眼惺忪步履踉跄地便出了家门，然后，又一路小跑着出了小区。直到太阳初升，天色大亮的时候，尹尚手里拎着大包小包的东西才神采奕奕地跑回了家。他好像做了一件什么了不起的事情似的，心情格外晴朗。

经过在厨房半个小时的努力奋战，尹尚终于心满意足地露出了成功者的笑容。被饭香吸引而来的廖辰风和许颖两人可怜巴巴地望着正被尹尚塞进保温桶内的早餐，哈喇子都快流到了地面。可是不论两人表现得再怎么楚楚可怜，依旧打不动尹尚那颗正被爱情滋润着的小心脏。

"想吃吗?"尹尚故意诱惑道。

两人的视觉与嗅觉都早已被香喷喷的饭菜深深吸引，也顾不上回答，只是在那里猛烈地点头。

"只可惜这是做给唐雪的，不过考虑到你们两人的大恩大德和我的慷慨，我在厨房为你们每人都预留了一份，如果不嫌弃就赶紧去消灭了它们。"尹尚眼睛带笑，讲得一本正经。

他话语刚落，廖辰风和许颖顾不得洗脸刷牙，立马冲进厨房寻找尹尚为他们做的爱心早餐。那阵仗那速度，堪称奋勇杀敌气势冲天横扫敌方阵营的无敌大将军。尹尚为他们准备的那些饭菜，对于饿狼一样的两人而言，也只不过是毛毛雨，分分钟就消灭得一干二净。

还未等尹尚换鞋出家门，就听到厨房内传来许颖忌妒的愤怒声:"同样是男朋友，差距咋就那么大! 你什么时候也给老娘做一次爱心早餐?"

"还想吃吗?"廖辰风不急不躁，语气平和。

"特别想!"许颖忍不住大声吼道。

"好，亲爱的你先坐下，我去把唐雪那份儿给你抢过来!"廖辰风话音刚落，只听厨房内乒乒乓乓一阵嘈杂。只见廖辰风如猛虎下山一样，迅速冲出厨房，直奔尹尚而来。

看到如恶狗扑食般冲杀过来的廖辰风，尹尚吓得赶紧护住保温桶，一溜烟蹿出了家门，如丧家之犬似的逃之夭夭了。

尹尚所住小区与风筝大离得不是很远，如果走路，也就二十多分钟。这点距离对于一般人来说如果用脚走的话可能有些无法忍受，但对于沉浸在恋爱中的尹尚来说，这就相当于锻炼身体，是一件非常幸福的事情。

风筝大旁边有条商业街，街道两边商铺林立，昨夜尹尚和唐雪几人才刚刚去过。他们对于风筝大周遭的环境再熟悉不过，商业街主要客源来自风筝大的同学与附近居民。由于人流量相当大，所以这里的生意也格外好。当然，除了寒暑假显得有些萧条外，其余一些时间还是相当繁华的。

这么热闹的地方，即使没有独特商业眼光的非职业商人也会嗅出其中蕴藏着的巨大的金钱气味。只不过这个"巨大"也只仅限于那些容易得到满足的人，你若想在这么一个如此朝气蓬勃的地方成就一番惊天动地的事业恐怕是相当具有挑战性的。

但凡某项产品的诞生都有其独特价值，只不过它存在于世的价值在经过市场考验后会得出不同答案，这与它存在于世的寿命息息相关。就像在繁华地段开设门店一样，不是所有商品都会被顾客喜爱的。

这就比如在学校附近设立一个保险业务办理点，向年轻人推销健康保险一样，身体倍棒儿吃嘛嘛香还未经济独立的年轻人是有心而无力的。

所以为了不被市场在短时间内淘汰，唐雪在制订创业计划的时候，就没有去考虑那些看似繁花似锦极受大众热捧，实则毫无实用价值的一些个性商品。因为这个"个性"并非"革命"，所以还不具备任性的条件，逃不出被社会淘汰的厄运。所以一些非常富有创新意识的产品还没有生活中必不可少的柴米油盐酱醋茶来得实在贴切。再者便是更新换代较快的学习用具，不过那微薄的利润有些不入唐雪法眼。所以唐雪在经过周密谋划严谨思考后，一直受到爱美人士追捧的潮流服饰便成了她创业首选。

最终，唐雪在爱美之心的驱使下，她毅然决然地选择开一家服装店。不为别的，就为自己穿漂亮衣服方便。

当然，她是不会把所有衣服都试穿一遍再拿出去卖的。因为另一位合伙人会强烈谴责她的这种奸商行为，虽然无商不奸，但若在质量和利益方面都耍奸诈，那真是太贱了！在质量方面有所保证，还是对维护自家非知名品牌有些利益的。

开服装店的另一个重要原因不是因为此类行业容易入手，南货北调，赚个差价。如果这么轻松便能赚到钱的话，那么国民对于服装的热衷度简直可以秒杀人民币了。虽然"衣食住行"中"衣"排在了第一位，但这不代表它在贪欲排行榜内也位居榜首。

对于年轻人经常高谈阔论，兵马未动粮草先行式的高调创业方式来说，在对某行业缺乏了解的前提下就盲目入资进入真乃创业大忌！人心这潭浑水不是你自认腿长就可以顺利蹚过去的。

唐雪在资金与经验都不充足的情况下之所以有胆量进入服装行业，最主要的关键在于邵婉晴，因为邵婉晴也算是服装行业内的半拉专业人士。她因受家庭影响，自小便对此行业有着一定程度的认知。这种能力仿佛是与生俱来的，只不过恰好受其家庭影响被放大了而已。

每个人仿佛都有一项独特能力，只是有的人善于观其自己长处，有的人喜欢纠结自己短处。

邵婉晴自小便跟随妈妈练就了一身缝衣裁剪的本领，一般的服装设计与刺绣都不在话下。所以两人在店内除了销售一些大众服饰外，还为有需要的顾客专门定做一些个性服装。

　　近几年网购逐渐形成主流，尤被年轻人所推崇，看那势如破竹所向披靡的气势，大有一举统领天下的派头。可是再方便与快捷的购物环境，终究是虚拟的，它没有现实来得贴切。比如，你很中意一条裤子，快递到家，穿上一试，结果美中不足的是裤腿长了几公分。可惜你又与店家遥相千里，来回调换实在麻烦，只好自掏腰包请人修缮。在这种情况下，就体现了网购的瑕不掩瑜。

　　如若这事发生在现实中的实体店内，那处理起来就简单多了。

　　为了使自家生意更人性化，邵婉晴还举一反三做起了定制生意，她原本就会设计，只要顾客用语言或图片描绘出心驰神往中尚装的蓝图，她就可以把它从梦境带到现实。

　　在这个高仿货肆意横生的年代，一直做着原创生意的邵婉晴还真没遇见过什么法律纠纷问题。毕竟她只是为个人定做一些特殊的个性服装，没有大规模分批定量生产上市。虽然高仿的利润是相当可观的，很有可能会成为她成功道路上的第一桶金，可为了那还未被现实完全磨去的棱角，被骂逐利小人对她而言是一件非常有损颜面的事情。

　　在心智还未被金钱完全蒙蔽的时候，那点仅存的可怜的理智没有被完全侵蚀前，邵婉晴还是不愿意撒那么大的网，捕那么多的鱼。她觉得那是一种欺诈行为，是违背良心与道德的。

　　幸好邵婉晴的主题思想没有被发扬光大，不然受到牵连的我们，哪还有"吃一堑长一智"的宝贵经历。

　　还好这个小店的另一位主人没有这么天真烂漫，不然小店关门一百次也不足以弥补邵婉晴犯下的童真错误。

　　唐雪做起生意来倒是风生水起，来者不拒。邵婉晴制衣技术的精湛在风筝大附近也算是小有名气，闻名而来的顾客络绎不绝，经过一段时间的传颂赞扬，邵婉晴的制衣技术更是被神话到鬼斧神工的地步。听到回头客们如此赞扬，百忙之中的邵婉晴自是乐得得意扬扬，恨不得推出夸一句全场八折，夸十句全部免费的热情活动。不过，紧随顾客而来的一系列问题并没有因生意的红火而变得冷漠，当邵婉晴看到那些相当独具风格的顾客提出的那些张扬、前卫、魅力、性感、俏皮、独到等的一些个性、盲目、天真的要求时，还是会哀号苦恼头大不已的。

　　她不止一次向唐雪倾诉苦水，还望唐雪高抬贵手，不要用这么高尚的手段来榨取自己的剩余价值。唐雪对自己这位摇钱树闺密自是十分同情与怜惜，望着邵婉晴逐渐粗糙细腻不在的那双昔日玉手，忍不住在心中默默数了数近些时日积累的财富，唐雪只好含泪继续残害剥夺邵婉晴的剩余价值。

　　不过随着顾客的日益增加，邵婉晴一人一直忙碌也不是办法。行事果断的唐雪当机立断，在店铺后面的仓库内设立了一个小型加工作坊，前店后厂模式的制衣坊便由此形成了雏形。为以后的成功奠定了坚实基础。

　　新日徐徐上升，光芒四射，灿烂得如同迎风而笑的尹尚的脸。

第三十章
爱心早餐

一口气步行十几里对于身手不怎么矫健，但从外表看上去体格还算健壮的尹尚来说也并不是什么困难事儿。只是碍于他精心制作的早餐的新鲜保质期，迫使他不得不加快步伐。从漫步到竞走，再从竞走演变成慢跑，就像人类进化史一样，逐步奔向期待已久的那个金碧辉煌的殿堂。

为了支持绿色出行，尹尚表示出门十里之内，坚决不开车不坐车。有时候考虑到避免招惹梁上君子，他甚至都懒得骑自行车，直接步行。虽然他这么做对君子们走向人生赢家会造成一定不良影响，还很有可能会致使君子们还不起房贷车贷掏不出十几万彩礼钱，但一味地姑息养奸只会助长歪风邪气，使之春风吹又生。尹尚这般大义凛然的豪情壮志，真是为祖国的未来发展，操碎了心！

十几分钟后，当他气喘吁吁满心期待地来到服装店，可令他失望的是，店内除了几个正在打扫卫生的店员外，尹尚并没有发现唐雪和邵婉晴的靓丽身影。他精心营造的浪漫和刻意假装的喘息也瞬间云淡风轻，消失天外。

经过简单询问后，尹尚在一位身穿蓝色制服笑容如花声音甜美自称店长的女孩那里得知，唐雪一般来店里的时间是上午9点以后。他看了看手机，自检无知，原来成功人士对待工作不完全都是拼命三郎，还有可能是9点起床！

唐雪为了掩饰自己睡懒觉的恶劣习性，特意编排了以下说辞：谁说早起的鸟儿捉虫多，我管那叫笨鸟先飞！本姑娘睡觉叫作养精蓄锐，不仅可以养颜，而且会飞得更高更远！

对于以上这种歪理邪说，邵婉晴虽然极其厌恶反感，但她却用实际行动证明了唐雪的说辞是多么的精准确切。就像她为每一位顾客量身裁剪的衣服一样，无论从哪个角度看去，都显得那么大方得体，与之完美结合。

对于年轻人睡大头觉这种在父母辈爷爷奶奶辈眼里十分懒惰不成大器的恶劣行为，是非常令他们伤心与不齿的。虽然年轻人与老年人的睡眠时间与质量是不同的；虽然年轻人不以跳广场舞骚扰邻里为乐趣；虽然年轻人一直被别人家的孩子的成功事迹所打压；虽然年轻人忍气吞声装傻充愣硬是熬到了经济独立，结婚生子。但不出几年，自称年轻的你又步了爹妈的后尘，骗孩子压岁钱说帮她们先存着……

好事做到底，送佛送到西。要想感化一个人，就需真心实意。既然唐雪不在店里，就只好追她到家里。尹尚没敢耽搁，立刻掉转方向，径直朝唐雪的住处奔去。

　　为了赶时间，在尹尚跑到唐雪家门口的时候，早已累得气喘吁吁。这次倒不是为了让唐雪可怜自己而刻意装出大汗淋漓气喘吁吁呼吸急促一副很累的样子，而是因为唐雪所住小区电梯出现故障，尹尚不得已一口气爬了十几层楼，他不累才怪！

　　唐雪打着哈欠睡眼蒙眬地打开了门，她懒洋洋地瞄了一眼累得跟个哈巴狗似的的尹尚，也不问尹尚这么早找她什么事儿，只是没好气地白了尹尚一眼，道："小伙子，你好弱，坐个电梯也能把你累得胸闷气短。"说完，也不等尹尚辩解，又一头栽进了客厅沙发内，继续呼呼大睡去了。

　　尹尚刚想辩解，但看唐雪那恬静唯美的睡姿，又不忍打扰。他只好跑到唐雪闺房，拿来一条毛毯，为她盖上。然后尹尚又找到洗手间，胡乱洗了洗大汗淋漓的俊脸。再然后，尹尚蹑手蹑脚地拿着保温桶进了厨房。还好饭菜不是太凉，不过，看唐雪依然沉浸在醋甜的梦境中，尹尚实在不忍心打扰。他只好待在厨房里，为唐雪加热早餐，静静地等她醒来。

　　等待的时间是最无聊的时刻，时间流逝的速度像时针走路一样慢吞吞的。不知过了多久，也许是几首歌的时间，也许昙花绽放的瞬间。只听邵婉晴卧室内一阵噼里啪啦，紧接着便是"吱嘎"一声，房间门被瞬间打开。邵婉晴睡眼惺忪，蓬头垢面，全身无力地靠在门边，含糊不清地对着空气讲道："什么东西，这么香?!"

　　"我帮你们煮的早餐。"尹尚头也不抬，拿着手机，坐在餐桌旁，说得轻描淡写。

"哦，早餐呀，你什么时候变了生活习惯？早晨不都是稍微简单吃点的吗，今早怎么想起煮早餐了……"

"咦？等等，好像声音不对唉？"邵婉晴一边小声嘟囔一边猛地睁开睡眼蒙眬的双眸，突然"啊"地尖叫一声："啊……尹尚！你什么时候来的?!"然后，只听"咣"的一声，邵婉晴甩门退回闺房。

看邵婉晴那剧烈的反应，像是走在乡间小路的小姑娘遇见了日本鬼子。从天堂到地狱，只要鬼子们动动邪恶思想，一切纯洁都会灰飞烟灭。不过，在邵婉晴的纯洁灰飞烟灭前，唐雪的美梦倒是率先化为灰烬，翱翔天外了。

"大美人，你只是素面朝天，又不是袒胸露背，至于反应这么强烈嘛。即便是你蓬头垢面，那肮脏的外表也无法掩饰你美丽的容颜。"唐雪轻揉着头发，懒洋洋地依偎在沙发内。

呆坐在餐桌旁的尹尚握着手机傻愣愣地有些不知所措，他看了看被邵婉晴甩得巨响的门，眼神恍惚，转目望向唐雪，表情甚是茫然。像是一只呆头呆脑的猪，行动笨拙，思想迟钝。

唐雪握了握盖在身上的毛毯，嘴角不易察觉甜美地笑了一下。没有对邵婉晴的巨大反应进行过多的评论，她豪迈地对尹尚挥了挥手："小尚子，上早点，本宫饿了。"

"女神大清早起来不都是先洗脸、刷牙、化妆挑选衣服然后再选择吃早餐的吗?"尹尚有些困惑不解，模样甚是呆萌。

如女皇般依偎在柔软沙发内的唐雪恶狠狠地瞪着尹尚，双目喷火，朱唇微启，刚想发火。不料尹尚突然嘿嘿一笑："女王殿下请稍后，小的这就给您准备。"

片刻，尹尚从厨房内端出了他为唐雪精心准备的早餐。瞬间，原本就香气四溢飘着饭香的客厅内此刻又浓烈了几分。唐雪偷偷瞄了眼尹尚端来的早餐，假装不为所动，仍气定神闲地端坐在沙发上，装出一副非常生气的样子。

尹尚放下早餐，偷偷瞄了眼唐雪，知道她还在小肚鸡肠，只好柔声询问："亲，要不要我喂你呀？"

"切，我才不稀罕你喂！"唐雪白了眼尹尚。"本姑娘虽然身娇肉贵，可吃饭这点小事儿还是亲自动手的好。"唐雪忍无可忍，抓起筷子就准备独享美食。没承想刚刚被惊吓退回房间内的邵婉晴此刻突然又莫名其妙冲了出来，样子非常凶恶。看她一身华丽装束，很明显她刚刚一定对自己精心装扮了一番。

"休想独吞！"邵婉晴断喝一声，瞬间就冲到了唐雪面前，抓起一块看起来很有食欲的早点就朝嘴巴里送去。看她那粗犷不羁的模样，任谁也不会相信她就是平时那位看起来端庄典雅温柔大方的邵婉晴！

最后，两人意犹未尽地强烈要求尹尚以后天天来送早餐！

能为自己女神效劳，尹尚自是乐意欣然接受。

两人吃过早饭，简单收拾了一下，便兴高采烈容光焕发出了家门。待三人累得气喘吁吁从楼梯口出来的时候，唐雪才终于明白，尹尚早上为何上气不接下气累得满头大汗了。原来小区电梯坏了！对于这种低概率中奖事件，尹尚也只能自认倒霉忍气吞声。

小区距离服装店并不远，平时唐雪和邵婉晴两人都是徒步过去，今天也不例外。由于这条路她们经常走，所以和附近的大爷大妈们都非常熟识。一路走来，尹尚终于知道了区花的威力究竟有多么的大，简直毫不夸张地说可以用"魅力四射"来形容。

尹尚走在两人身边，顿感压力山大。本就行事喜欢低调的他此刻再也无法装作路人甲乙丙丁，摆出一副与世隔绝的模样。为了不给唐雪脸上抹黑，他只好满脸堆笑地面对每一位大妈大爷的问好，并一一做出亲切而又详细的回应。虽然众大妈们只是随口客气，可是尹尚却厚颜无耻地向众人介绍说自己是唐雪男朋友，他此举在慧眼如炬的大妈们面前很有画蛇添足的愚蠢。不过对于尹尚的招摇过市，唐雪却视而不见听而不闻，全不在意，只是微笑点头，没有面露厌烦。

这么一路走来，着实把尹尚忙碌得不行，直到他讲得口干舌燥，才心满意足地朝唐雪展示了一个小人得志的微笑。唐雪也不理他，摆出一副大智若愚的姿态，静看尹尚自说自话。尹尚对唐雪的姿态不甚了解，沉醉在自己的世界里仍癫狂自乐。

为了自己的写作大业，尹尚没有和唐雪一起去店里，而是依依不舍道别后直奔家里去了。他们约定好一起吃晚饭，并且明天早晨尹尚继续送早餐。

经过一天的忙碌与一个甜蜜而又愉快的晚餐，直到把这一天的所有精力都消耗殆尽，每一丝力气的耗损都预示着今晚将会有一个安逸的睡眠。

一夜无话，即便夜空中闪烁着繁星，地面微风中夹杂着花香。但这一切对于熟睡中的人们而言是那么淡泊如水，似是清澈月光，与黑夜相伴直至黎明。静静的，无声无息。

第二天一早，尹尚又开始在厨房内忙碌起来。他这么勤奋地为唐雪制作早餐还未感动得唐雪涕泪横流，倒是治愈了廖辰风和许颖睡懒觉的习惯。因为两人那不争气的肚子实在无法对楼下四溢的饭香视若不见，仿若带有强烈磁性的磁铁，只要与钢铁相遇，定会大展神威。而可怜的钢铁，也将被其牢牢粘住。

尹尚出于友情、怜悯、爱心、同情……在做早餐的时候，也顺便帮廖辰风和许颖做了份。

基于昨天碰壁的教训，这次尹尚没有拐弯，而是直奔唐雪所住小区去了。

在刚刚来到小区内的花园旁边时，一位晨起锻炼的大妈笑嘻嘻地迎上尹尚，乐呵呵地跟尹尚打招呼道："来啦小伙子，赶紧上去吧，唐雪刚跑完步回去。"

"阿姨今年四十好几了吧？瞧那身手，多么矫健。"

"哈哈……不是阿姨乱讲，阿姨一口气跑到八楼都不带气短的！"

只要热爱生活，人的运气总是会不断往上攀升的。比如，一部完好无损可以通到家门口的电梯……

站在电梯内的尹尚正低头思考着刚刚那位热情的大妈的话，这个时间段，唐雪和邵婉晴不是应该躺在温暖的被窝里呼呼大睡的吗？那阿姨怎么说她刚刚跑完步回去呢？唐雪有这么勤快？难道……

所有疑虑瞬间爆满尹尚大脑，可惜由于时间的短促，无法让他那具有超强逻辑思维能力并兼具推理大师智慧的大脑发挥到侦探家的极致，电梯便"叮"的一声开了门。

出了电梯，在唐雪家门口待了片刻，尹尚就隐约听见房内一阵嘻嘻哈哈，紧接着便是一阵短暂的脚步声。

第三十一章
己 所 不 欲

因为动静有些大，尹尚站在门外隐约听得一二。他心中疑惑万千，以为唐雪家里遭了劫匪，此刻那贼人撞见自己，因为胆怯，正欲要逃走。嘻嘻，英雄救美的时刻就要到了，唐雪需要我！人民需要我！哈哈哈……

在我们伟大的母亲怀抱里，传奇英雄总是活不到故事结尾的，尤其是深受人民爱戴与肩负伟大使命的伟人级别的英雄。所以尹尚立刻转念，祈祷上帝不让自己这么快就被淘汰出局，前来开门的一定要是他的女神，而不是手持钢刀目光凶恶的魁梧大汉。虽然生死恋通常都比较感人，但是结局实在太过催人泪下，公主与王子从此便幸福地生活在一起才是众情侣们最希望看到的故事结尾。

很显然，平淡无奇的现实生活并没有像喜欢异想天开的尹尚脑袋中那般富有戏剧性。前来开门的是唐雪，而且一定是唐雪，因为房间内的其他两人是不屑搭理别人的男朋友的。

唐雪一身白衣，英姿逼人。尹尚看她面色微红，稍有气喘，心想唐雪果真去跑步了。待来到客厅内，见邵婉晴和宁静两人正在做仰卧起坐，更是证实了楼下阿姨所言。

宁静见了尹尚，像是恶狼遇见了可怜的小绵羊，双眸闪烁着热情的寒光，激动地连忙迎了上去："哎呀，你终于来了。"

突然受到宁静这么热情的招待，尹尚表示非常不习惯，便下意识朝后倒退了几步。宁静的热情对于尹尚来说就像万千军马厮杀而来，断不可迎其锋芒。但迫于空间的局促与时间的仓促，尹尚躲闪不及，只好硬着头皮直面面对，做好粉身碎骨全不怕的英雄气魄。

"拿来，赶紧让我尝个鲜。"宁静从尹尚手里一把夺过保温桶，迅速跑进了厨房。宁静出其不意，尹尚避之不及，直到宁静消失在眼前，尹尚才从震惊中回过神来。

唐雪无奈地朝尹尚笑了笑，小声道："昨天邵婉晴夸了你厨艺一天，所以宁静才这么急不可耐。"说着，唐雪又扭头瞧了瞧厨房的方向，无奈道："看来那些还不够她自己吃的。"

"刚才你也看到了，宁静为了吃早餐，都已经提前开始减肥了。真是一位了不起的吃货！"唐雪叹了口气，样子有些忌妒。

"你也天天锻炼身体吗？"唐雪吧啦吧啦讲了那么多，尹尚根本没有再听。

"当然，身材与气质可不是睡出来的。"唐雪自豪地原地转了一圈，以向尹尚展示自己那傲人的身姿。"看到没，我那么美丽善解人意有气质。你能泡到我真是你三生有幸祖坟上冒青烟儿了。"

在尹尚与唐雪说话的间隙，邵婉晴和宁静已经为争夺早餐展开了智慧与速度的较量。看着她们二人那副饿死鬼托生的样子，唐雪不禁汗颜，暗自替她们着急。平时那副女神范儿哪去了？这若传讲出去，以后还怎么在美女圈儿混，岂不让别人笑掉了大牙！还好唐雪没有宫斗戏里那些妃子们那么腹黑，不然她早就掏出手机拍下邵婉晴和宁静的丑样发朋友圈了。

待在一旁的尹尚倒是没有考虑这些，他对唐雪窃窃私语了一会儿，那神秘的神情好像正在密谋大事的地下工作者。唐雪非常配合地点了点头，样子很是谨慎。然后，尹尚悄悄地拉着唐雪就出了家门，他们走得无声无息。像是深秋的落叶，在不知不觉间静静飘散。一直等他们两人出了电梯，尹尚才边走边嘟囔："我只顾给你送吃的了，自己还没吃。以前我以为不吃早餐不但可以减肥而且还会青春永驻！刚听你这么一讲，才明白，原来减肥是要靠持之以恒的运动。我真是无知他妈给无知开门——无知到家了。"

听得尹尚这话，唐雪鄙夷地瞅了一眼尹尚那看似壮硕的身板，没好气道："瞧你那富态劲儿，一副非洲难民营养过剩的模样，真难以置信你哪来的自信竟敢追我?!"

尹尚笑容灿烂，满脸懵懂地瞅着唐雪，也不生气，好奇道："什么是'非洲难民营养过剩'？"

"就是……就是……你管那是什么意思。反正从今天起，你必须早起跟我去跑步，晚上一起去健身！哼哼，再不拉你出去练练，你身上都快生出苔藓了。"

"不要吧美女，人家谈恋爱都是去公园电影院什么的，哪有去健身房的呀。"尹尚下意识地往旁边挪了挪身子，惊恐地望着唐雪，生怕一个不小心就会被对方推下悬崖了似的。

看着尹尚那胆怯的神情，唐雪不由冷笑一声："哼哼，择日不如撞日，撞日不如今日。别耽搁时间了，帅哥，还不赶紧动起来！"唐雪拉起懒洋洋的尹尚，一路慢跑，直接奔竹香苑去了。尹尚要重新做一份早餐给唐雪。

两人磨磨蹭蹭吃过饭，刚收拾完餐具。唐雪实在忍不住好奇心，拉着尹尚硬要参观他的房间。嘴上说是要沾沾尹尚的才气，让自己也增加几分淑女气息。可尹尚看唐雪那坏坏的表情，总觉得她不怀好意。有种贼人当道，笑看忠臣被杀的错觉。看得尹尚心里直发毛。

就在这时，许颖和廖辰风从外面推门走了进来。看他们两人身着情侣运动服，额头见汗，呼吸稍有急促，很明显也是刚晨练回来。在客厅，四人正好相遇。许颖和廖辰风在见到唐雪的那一瞬间表情明显震惊了一下。

"早上好学姐。"许颖热情打招呼道。

"早上好美女。"唐雪亲切回应。

"你们……尹尚不是给你送早餐去了吗？怎么又回来了？"许颖实在忍不住八卦的心，好奇道。

"呵呵，尹尚送的被宁静和邵婉晴瓜分了。"唐雪干笑两声，很是无奈。

"哦。"许颖一副我懂我懂的样子。

在她们两人讲话的同时，廖辰风从冰箱内拿出尹尚为他们预留的早餐，准备去厨房加热。当廖辰风从冰箱内拿出早餐时，尹尚差点口吐白沫倒地抽搐，他暗道后悔，原来他们没吃！早知道刚才就拿出来吃了，何必费神重新做。廖辰风似是看透了尹尚这点小心思，在关冰箱门的时候，特意朝尹尚别有深意地笑了一下，那笑容很是得意。

阳光很好，透过窗户，洒在桌角。尹尚卧室并没什么奇特之处，这里毕竟是他的临时住所。床被铺得很整齐，白色书桌被擦得一尘不染，桌子上放了几本书和一台银白色的笔记本电脑，电脑旁边是一盆水培九里香和一个玻璃水杯。然后，再无其他。乍一看去，整个房间相当整洁，再看一会儿，就变得有些单调了。

"还行，比我想象的要干净。"唐雪环视卧室一圈，径直走到写字台前，也不客气，拉过椅子就坐下了。他打开尹尚电脑，胡乱翻了起来。尹尚斜靠在一旁，看着唐雪在那里捣鼓他的电脑，不管不问，丝毫不显紧张。"你平时就是在这里写东西的吗？"唐雪突然回头问尹尚。

"差不多吧，在天气好的情况下，去外面院子里的时间比较多一点。"尹尚抬头45度角，正享受着阳光的温暖。这种仰天45度角的姿势显得尹尚格外气宇轩昂，这是他从《爱情三十六计》里看到的男神必备姿势。尤其是身着白色衬衫站在太阳下，温暖阳光的外表，忧郁的眼神，温文儒雅的气质，绝对可以秒杀一众花痴少女。

尹尚今天好不容易逮到机会，穿着白衬衫，站在阳光下，仰头望天，好让自己的男神气息更浓厚一点，把唐雪迷得更神魂颠倒一点。

白色物体反光能力是很强的，尤其是在阳光直射的时候。唐雪下意识扭头看向尹尚，眼神迷离犹豫了片刻，忍不住半开玩笑道："难怪跟非洲难民营养过剩似的。"唐雪眨着大眼睛，满脸坏笑地看着尹尚。

听到这话，尹尚一脸费解，凝眉看着唐雪。这句话到底什么意思？尹尚实在是搞不懂……难道是形容一个人黑胖？都怪自己把这个仰天45度角的姿势练的次数太多，才导致自己这俊脸过多吸收紫外线，致使脸部黑色素增加，皮肤才会变得相对暗淡，面色看起来相当不佳。这下倒好，没有男神的命，却得了男神的病！真是后悔莫及呀后悔莫及，现在即便有着男神的气质，也没有男神的颜值了……

真是一白遮千丑，一黑毁所有！

"我在这里有没有打扰到你工作吧？"唐雪很明显没有尹尚想象中那么花痴，因为此刻，她依然神志清醒。或者说，尹尚现在已经没有迷倒唐雪的俊脸了。

"求之不得你天天来打扰，女神能够屈驾赏光，寒舍蓬荜生辉，乃是我三生有幸。你不觉得自从你进来的那一瞬间，这整间屋子都充满了香气嘛。"尹尚吧啦吧啦一大堆。

"去你的，你这言辞太假了。"唐雪假装生气，自顾自玩起了电脑。尹尚本想好好表现，没承想却撞了南墙。好在他心胸宽广，对此丝毫不放在心上，兴致依旧高昂。

几年前，在电脑逐渐普及的时候，我们对拥有它的渴望是那么强烈。即便得不到，也会去网吧玩个通宵，好让自己尽可能与它接触的时间长一些。电脑中的东西对我们的吸引力是那么强大，就像恒星遭遇黑洞，躲都躲不掉。

时间流逝的速度总是快得惊人，它快到只留给我们叹息的时间，而不施舍予我们惋惜的机会。没有人会把昨天的故事情节一帧不落地全部重复一遍，我们与生活的相处，就像初恋。从相遇，到结束，完全都是新鲜的。可能也正是因为无法预测未来，所以不论过去我们做了什么，在回忆时，我们总觉失去的那时才是一生中最精彩的时刻。我们一直想做自己人生中的导演，结果却连编辑的资格都谈不上，最后勉强混上个主人公，但故事情节还不一定是精彩绝伦的。

对于一个对电脑失去浓烈兴趣的人来说，无论电脑里呈现着多么五彩缤纷的内容，都无法将她的注意力全部集中在屏幕上。所以唐雪在浏览了几个网页后，便觉得索然无味，对其兴趣全无了。现在，对她来说，电脑的工作价值远比娱乐价值要大得多。生活本就枯燥无味，何不惜时如金，快活当下。

这时，尹尚从外面端了两杯咖啡进来，他小心翼翼地递给唐雪一杯，自己端着一杯。唐雪接过杯子，放在鼻尖轻轻嗅了嗅，赞叹道："挺香的，小伙子手艺不错嘛。"

"清晨喝一杯，提神醒脑。"尹尚举起杯子和唐雪的杯子轻轻碰了一下："敬女神。"

唐雪轻笑，忍住与尹尚斗嘴的冲动，轻轻呷了一口咖啡，意犹未尽道："味道不错。"

"当然。"尹尚嬉皮笑脸，接着说："这可是传说中的屎咖啡。"

"呸，你口味真重！"唐雪厌恶地把杯子丢弃在一边，伸出端杯子的手非常嫌弃地在尹尚衣服上蹭了蹭。

"哈哈，骗你的。"

第三十二章
不 劳 而 获

　　由于闲着实在无聊，尹尚领着唐雪把他住的这栋小房子里里外外参观了个遍。唐雪说她最喜欢外面那个小花园，和小花园中间的锦鲤池塘，以后自己要是能住在这么漂亮的房子里该多好。她一定天天睡到自然醒。尹尚嘲笑说你养老呢，这么腐败的资本主义房子看来对你这样的社会主义好青年的危害太大，坚决不能忽视，为了不让你丧失斗志，以后坚决不买这样前后带花园的小别墅。唐雪听到这话，气得飞起一脚踹在尹尚屁股上，恼羞成怒地对尹尚吼道："没钱能说还特别装！臭不要脸的。"

　　要想拥有坚固的爱情，条件是彼此都长得好看，最次也要双方都觉得彼此好看；要想拥有安稳的婚姻，条件是能给老婆买得起奢侈品，即便不给老婆买奢侈品，也别背着老婆给别的女人买奢侈品。

　　当然，那些用于在朋友圈显摆而生活中被使用频率很低的东西，是没必要与别人小肚鸡肠的。在维护好爱情的同时不伤及彼此的利益是最美不过的结局。

　　很显然尹尚这次走错了路线，他不但勾起了唐雪对美好事物的向往，还损害了自己刻意营造的"高大上"的男神形象。尹尚的悲哀就是在警示我们，千万不要在自己喜欢的女孩面前夸赞不属于自己的东西。万一你勾起了她想拥有的愿望，而你却偏偏又办不到，这难道不是一件很糟糕的事情嘛。

　　尹尚为了挽回自己脑后那圣洁的光环，他在唐雪面前信誓旦旦地立下誓言："以后，我一定会让你住上前有花园，后有泳池的房子！"

　　"我可不想等到人老珠黄的时候再跟你一起纠结这些。"

　　"总比没有方向的好？"

　　"那我宁愿独自去迷茫。"

　　"好吧，我尽量加快速度。"

　　"你是不是觉得我特物质、特拜金？"

　　"买了房子我也住呀，要拜金咱俩一起拜。"

　　"天生一对！"

　　唐雪抓了一把饵料，撒进池塘，水中色彩鲜艳的鱼儿争相夺食。唐雪盯着池塘看了一会儿，突然惆怅起来："比我凶残的人那么多，我要如何才能笑到最后？"

　　"有我在，不要怕。"尹尚说得铿锵有力。

　　唐雪看着尹尚笑了笑，没有说话，又朝池塘内撒了一些饵料。水中的鱼儿好像不知饥饱，不停翻着水花，继续争夺食物。只是它们样子生得漂亮可爱，口中没有寒光四射的獠牙，看上去没有大型食肉动物那么凶残可怕。

与喜欢的人在一起，时间总是匆匆即逝。早晨，尹尚再没给唐雪送过早餐。而是被唐雪命令早起跑步去唐雪家，然后再和唐雪一起跑步回来。与唐雪同来的不止尹尚一人，还有邵婉晴和宁静，两人不为别的，只是单纯地想蹭吃蹭喝。

从两人的爱心早餐，一下扩展到大宴群臣，每次尹尚都在厨房忙得焦头烂额，还好唐雪仁慈善良，不忍看着尹尚忙里忙外，每天都到厨房帮忙。廖辰风和许颖也良心发现，担负起了购买食材的责任。当然，像收拾餐具这般伟大而又艰巨的任务，自然就落在了邵婉晴和宁静的肩头。虽然两人表示极其不愿，但最后被众人异口同声道："不愿意刷碗，去做饭也行啊！"

一切分工都看似那么公平。至少他们几人没有因为吃饭的问题而打得头破血流，离家出走。

不管是小说电影还是电视剧，精彩内容都有一个时间限度，在整个故事中占不了多大比例。就像浪漫的爱情故事，不是每一帧都浪漫到可以被传为佳话，迷倒万千少女。那些精彩的故事都只是现实生活凝缩成的精华。

初夏的太阳即便是在晌午，依旧没有盛夏那么毒辣。可以说，这是一个风和日丽的天气，在这个雾霾肆意的年代，真的很难得。篱笆上缠绕着的蔷薇在阳光的照射下变得精气十足，铆足了力气往上攀爬，恨不得一口气蹿到房顶上去，蔷薇花也跟随着争先恐后，竞相怒放。芬芳四溢，整个院子里都充满了花香。

院子的池塘旁，遮阳伞下，尹尚也铆足了力气，十指敲打得电脑键盘噼啪作响。自从收到编辑发来要出版小说的消息，尹尚就再没敢停歇过一分钟。这么激动人心的事情，他等了两年，要说不兴奋那是自欺欺人。

在尹尚的对面，廖辰风也忙碌得热火朝天。他戴着耳麦，眼睛死盯着电脑屏幕，左手不停地敲打键盘。看他那气势，好像跟键盘有深仇大恨似的，恨不得抬起脚来砰砰对着键盘踹几下。还好他嘴巴紧闭，没有变着花样骂出各种污言秽语，不然尹尚早就忍无可忍拎着他丢进旁边的池塘了。

尹尚在写东西时非常安静，就像阳光下默默生长的蔷薇花，只有键盘不停地发出啪啪的声音。而廖辰风则恰恰相反，他玩游戏时嘴巴从没停歇过，嗓门比音响音都大。还在学校宿舍那会儿，由于廖辰风的辐射范围比较强悍，整个宿舍都学会了他那边玩游戏边上演单口笑声的本领。每次他们宿舍叽里呱啦像鸭子啄食一样，整个楼层都知道几个又开始玩游戏了。众人厌恶至极，纷纷躲避，不靠近他们宿舍半步。

直到后来，他们学业有成，众人痛哭一场后依依不舍散去。廖辰风带着老毛病走进新的环境，他和许颖同住一个屋檐下。有一天两人闲来无事，都打开了电脑，许颖正在那儿优哉游哉地听音乐，廖辰风叽里呱啦又开始了他的单口笑声。一时间吵闹得许颖心烦意乱，压不住火气的许颖立刻恼羞成怒，二话不说，走过去啪啪就是两巴掌。打得廖辰风当时就蒙了，眼含泪花楚楚可怜地望了许颖好一会儿，才恍然自己的错误。这几巴掌打得他晕头转向痛改前非。后来，尹尚得知此事后，很卑鄙地嘲笑道："原来狗还能改得了吃屎的习惯。"

突然，廖辰风电脑后边传出悠扬的歌声，那声音相当空灵，有种让人身处大自然的感觉。手机铃声想了好一会儿，尹尚见廖辰风不问不顾，怕是打游戏上瘾，戴着耳机听不到。尹尚拿手在廖辰风面前晃了晃，然后又比画了一个接电话的手势，廖辰风这才手忙脚乱地摘下耳机四处寻找手机。

等廖辰风挂了电话，长长舒了一口气。尹尚看他那如释重负的样子，顿觉好笑，忍不住调侃："怎么，你又在蒋泽恺那里接了什么重大任务？"

"他们开发了一款新游戏，想让我试玩一下，测试测试。"廖辰风回答得简单。

"就这些？呵呵，他醉翁之意不在酒吧。"尹尚质问。

"唉，"廖辰风叹了口气，继续道："如果那个年少轻狂的岁月我没那么任性，现在的结局或许春暖花开，天妒人怨吧。"

"也或许，早就完蛋了。哈哈哈……"尹尚笑得极其邪恶。

"那我还是别去祸害他们了。"廖辰风很明显情绪低落了下来。

大约过了半个多小时，尹尚和廖辰风都收起了电脑，每人倒了一杯茶，懒洋洋地坐在阳光下，正在低头沉思。他们各自唉声叹气，谁也不说话，幸好旁边没人，不然定会忍不住两人沉闷的气氛，果断拂袖而去。像是马上就要末日来临了似的，愁得不知见了上帝要问些什么。假如许颖在此，定会每人甩他们一巴掌，活跃一下气氛。

不过今天许颖没在，穆诗涵倒是很合时宜地来了。她挎了个米黄色的单肩包，双手拎着菜，小皮鞋踩着地噔噔地就走了进来。她脚步声很重，按常理讲，只要不是聋子或者耳背的，离一百米都能听得清。结果穆诗涵站在他们两人身后都快五分钟了，尹尚和廖辰风愣是没有任何察觉。看来他们两人的闹心事重得一点也不亚于穆诗涵的脚步声。

"咳咳。"穆诗涵清了清嗓子，"两位是不是中福彩了，眼界那么高。我在这儿站得脚都快酸了，你们也不懂得怜香惜玉。哼，今天我还特意买了菜，看来是白费心思了。"穆诗涵假装要走，廖辰风眼疾手快，立刻起身接过穆诗涵手中的东西。

"哪里哪里，涵妹妹快坐，尹尚赶紧倒茶。"廖辰风拎着菜进了屋，不一会儿又走了出来。手里多了台电脑。"游戏带来了吗？先让尹作家指点指点。"

时间逐渐推移，等快到晌午时分，太阳开始变得火辣起来。三人待在院子里，正为游戏的事儿讨论得激烈，谁也没感觉到丝毫炎热。一直到吃过午饭，三人对游戏的意见最终达成一致，他们火药味浓厚的激烈讨论才最终告一段落。尹尚砸巴着嘴，一副意犹未尽的样子。尹尚这小子是最喜欢跟别人抬杠的人，口才虽称不上一流，但对付一些二流人士还是绰绰有余的。

在尹尚读大学时，风筝大举行过数届辩论大赛，大赛名字叫《不服你来辩》。名字相当挑衅，但正中年轻人下怀。

每次尹尚都伙同他的小伙伴兴致勃勃地做热心观众。有一次许颖实在按捺不住，兴致高昂地参加辩论赛，廖辰风和尹尚几人热情高涨地在许颖背后担任谋士一职。最终功夫不负有心人，由于许颖身后有着强大的智囊团，致使她最终获得那一届辩论大赛金辩称号。

看到许颖获此殊荣，尹尚实在按捺不住怦怦直跳的小心脏，也参加了一次辩论赛。当时，尹尚参加辩论赛的辩题是这样的：请正方提出反方在辩论赛中的不重要依据；请反方提出正方在辩论赛中的不重要依据。

然后，作为反方的尹尚直接爽约，没有到场。他用实际行动证明了正方与整个辩论赛都不重要的重要依据。

他长这么大，参加的唯一一次辩论赛，结果连句话都没说，就得了辩论金奖。那场辩论赛，除了正方和观众有到场外，其他人都没来，连主席都没来。所以这金奖得的，让尹尚有种不劳而获的心虚感。

当时正方的一辩二辩三辩在收到对方获奖的消息后，气得当场口吐白沫，倒地抽搐。

花园内的遮阳伞下，穆诗涵喝了一口茶水，站起来懒洋洋地伸了个懒腰。兴高采烈道："终于搞定了，我要赶紧回去复命。你们该干吗干吗去吧。"过了一会儿，穆诗涵突然眨了眨大眼睛，笑眯眯道："对了，小尚尚，晚上有空没，一起吃个饭。"

"如果是为了致谢的话，今天上午不是请过了嘛。"尹尚呷了一口茶，讲得不紧不慢。

"人家这是在约你，你个呆瓜。"穆诗涵撅着嘴，假装生气。

尹尚不得不承认穆诗涵生气时的样子是相当可爱的，他的小心脏瞬间就被秒杀了。可是在被秒杀后的一瞬间，他又想起了晚上和唐雪一起去健身的约定。在没有女朋友的时候，他可以和别的女生玩暧昧，可是现在他有了唐雪，不得不对外来的色诱说不。

"你的工作完成了，我还要赶稿呢。我很忙的美女，要不等几天我忙完手头工作，我请你，怎么样？"尹尚表现得楚楚可怜。

第三十三章
誓死必得

　　"那你先欠着吧。等过几天你有时间了，我又开始忙了。这款游戏要拍摄一些宣传片，而且还是真人版的，需要搭建场景，很忙的。"

　　什么什么什么？这么梦幻的游戏要拍真人版，蒋泽恺这小子真是及时雨呀，我正愁创意无处实现，他就蹦出来了。尹尚心里乐开了花。"这么复杂的场景你们能搭建得出来吗？"尹尚很好奇。

　　"当然，你没听说过全息投影吗？怎么，你很感兴趣呀，要不给我帮忙去，我管你盒饭吃哇。"穆诗涵半开玩笑道。

　　"帮忙没问题，我先存点稿子。时刻珍惜时间，免得以后忙得焦头烂额。"

　　"你倒是提醒了我，先走了，拜拜。"穆诗涵简单收拾了一下，匆匆离开了。等她走后，廖辰风长舒了口气，慵懒地半躺在椅子上。

"看来，蒋泽恺这是要定你了，每次都用这一招。好像他公司真的没人才了似的，什么事儿都需征求你的意见。你先说说，你到底怎么想的？"尹尚瞄了一眼廖辰风，忍了好久，最终还是没忍住。

"唉，每次都用测试游戏的由头引诱我，这小子真是险恶，明明知道我抵抗力差，还专门戳我软肋。其实想想过去，觉得挺对不住他的，真不知道该怎么办。走一步算一步吧。"廖辰风又叹了口气，有些无奈。他瞥了眼尹尚，问道："穆诗涵好像真的喜欢上你了。"

"不可能，我们是好朋友。"

"男女之间是不可能有纯洁友谊的！"廖辰风声音严肃地强调。

"可以的，只要一个打死不说，一个装傻到底。"

"呵呵，彼此都觉得对方难看还能保持纯友谊呢。你也不看看你俩符合以上哪个条件。你就慢慢天真吧，等哪天伤了人家，有你后悔的时候。"廖辰风讲得语重心长，一副过来人的样子。

他总是这样，喜欢把自己的观点强加在别人的思想上。用一种长辈对待晚辈的口吻告诉别人，你这么做是不对的。就像年少时稍微犯点错误或有点很不着边际的理想，一不小心惹怒了班主任或家长，他们便会用这种口吻告诉你。你这么做是错误的，没有任何理由，也不需要向你解释。他甚至都敢用自己的生命向你保证，你绝对是错误的，你再这么走下去，未来定会误入歧途。到你明白时，知错晚矣，命运休矣。

年长者的话不可不听，亦不可全信。就像全力以赴去高考，很少会有人全部得满分的。所以在某个特殊而他们又擅长的领域中悟出的人生感悟，你仔细品味一下还是对以后的人生很有帮助的。比如对待爱情、工作、人际关系等。抛去那些残忍狠心的父母，剩下的在对待自己亲生孩子时还是比较仁慈有爱心的嘛。

也或许，鄙视你的人曾经在你的理想面前失败过。你要懂得，胜利者是不会向别人歌颂失败者的悲哀的。就像狂妄自大的人不论何时都会傲视群雄一样。

所以，一直以领袖自称的廖辰风是受不了这种打击的。

自从那次他们几人设计的游戏卖出去以后，廖辰风有了一些炫耀的资本，平时行事作风就更加得意忘形。时时刻刻都保持着一种"会当凌绝顶，一览众山小"的姿态，觉得自己独具慧眼，还未毕业就腰缠万贯，走路都是横着的。平时说话都这样：这个……嗯……啊……是吧……那个……小王啊……小宋啊……你这样做是不对的，应该这样……然后吧啦吧啦一大堆，别人都是小字辈的，唯独他自己是老字辈的，就像别人不知道他快步入更年期了似的。

拿着自己的血汗卖了几万块钱就像他已经掌握市场脉象，再次出手就能翻手是云覆手是雨，稍微打个喷嚏就能使石油跌到出厂价了。牛得他恨不得拿把大刀去关二爷庙门口耍耍。

与之不同的是蒋泽恺，自从游戏卖出去后没多久，蒋泽恺就一直心事重重，总觉得自己丢了什么，都没心思跑到穆诗曼面前献殷勤去了，满脑子都是那款曾经在风筝大风靡一时的游戏。整天像丢了魂儿一样，走路都直往树上撞，还好那段时间有穆诗曼的细心照料，不然蒋泽恺不是饿死了就是自己撞树上把自己给撞死了。

先前穆诗曼对他爱答不理，现在他对穆诗曼理都不理，真是一对奇葩情侣！卖游戏伤了蒋泽恺的心，也间接促成了他和穆诗曼这段姻缘。好像这就是"上帝关了一扇门，却打开一扇窗"的最有力证据。

蒋泽恺消沉了大约有七八天，正当众人商议后准备送他去非正常人类研究中心，没承想他自己忽然之间就清醒了。像之前什么事儿都不曾发生过，仿佛酒醒之后的醉鬼，打死不承认醉酒时自己的各种丑态。事实证明，和这类人纠结过去是永远没有结果的，即便有，也是没有任何意义的事情。

在蒋泽恺醒过来的那天夜里，穆诗曼大哭了一场。她哭得梨花带雨稀里哗啦，哭得蒋泽恺不知所措只好陪她一起抱头痛哭。

廖辰风告诉他，你成功了，穆诗曼喜欢你了。

蒋泽恺云里雾里，摸不着边际，对待感情总是慢上半拍到最后还是不明其意，不得不问问廖辰风："为什么长得好看的女孩都这么难追？"

"因为想骗她的人不止你一个。"廖辰风抬头 45 度，仰望天空，眼神迷离。自我感觉意境超高，像是身处华山之巅，脚踏茫茫云海，手可摘星辰。

有智慧的人在评论事情时喜欢用因果关系统一概括，一句"冥冥之中自有天意"外加"劫数已到，无力回天"和"上善若水，道法自然"就能解决人类所知领域中的所有不可定数。廖辰风故作高深的时候就喜欢这样。

大哭一场后，两人的关系明显甜蜜了很多。早晨一起跑步，中午一起吃饭，饭后一起去校内人工湖散步，下午一起学习，傍晚一起逛街，晚上再一起去校外护城河散步。亲密的情侣间总有说不完的话，分开一日，如隔三秋。让那些恐惧恋爱的人看见都觉得闹心。尤其晚上煲电话粥，聊到手机发热耳朵疼痛就是不舍得挂电话，非要任性地叽歪歪拖拖拉拉为电信公司增加收入。

遇见自己真正喜欢的，可能不论男女，智商都接近于零。

可就是在这种没有智商的状态下，蒋泽恺思前想后，还是觉得自己对游戏情有独钟。就像他喜欢穆诗曼一样，她既然出现在了自己的生命中，就应该争取得到，而不是像个懦夫一样待在远处默默祝福。

他把自己对游戏的所有想法慷慨激昂地告诉给了穆诗曼。当时穆诗曼涉世未深，凭借自己寒窗十年对人生的阅历，觉得当时的男青年像蒋泽恺这么具有雄心壮志的不多了。所以穆诗曼对蒋泽恺的豪情满怀非常欣慰，立刻就表示自己会全力支持他。

得到女神赞扬，蒋泽恺意气风发。接着，他又把自己的想法告诉给了廖辰风。让他万万没想到的是，却遭到了廖辰风的冷嘲热讽。说自己的想法多么幼稚与不切实际，每个理想都是说起来容易做起来难。相对于去外面四处碰壁，倒不如待在学校安安静静学习，毕竟现在还只是个学生。你能追到校花排行榜内的穆诗曼，已经把你这辈子的运气用干净了，好好恋爱吧，别到最后整得妻离子散。

从廖辰风那儿回来，蒋泽恺忧郁了好些天。最后他还是不死心地把自己的想法告诉给了尹尚。尹尚这家伙志存高远，自从高中接触互联网以来，他就没消停过。今天打游戏练装备，明天开网店倒卖衣服，后天给人家厂家打电话要做代理。虽然一事无成，但自信心爆棚。看他那坚定的信念与顽强的意志，颇有当年誓死守口如瓶阶下囚的神韵。

尹尚整天忙得跟孙子似的，满脑子都是一些不切实际的想法。比如，家里放台 3D 打印机以后网购就不用麻烦物流公司了。如果体温可以产生电能，那么每个动物都是一台发电机。现在的网店把产品从生产商直接卖到消费者手里，完全是模拟了早前供销社的套路嘛。所以说三十六计很多人都懂，但不是每个人都会用。

为了以后可以笑看人生，尹尚经常往返于宿舍和图书馆。什么某某成功学、什么管理必备、什么营销大师，都是尹尚经常阅览的书籍。对于以上这类图书，每次廖辰风见了都按捺不住要嘲笑尹尚的心。说没有能耐的人才会看这种书，凡是看这种书的人都不会有太大出息。就像要饭的跟你探讨全球经济为何停滞不前一样。要是懂得经济的人混到连饭都没得吃的地步，那全球粮食得多危机？如果书里面写的都是真的，为何作者不是全球首富？就像算命的总说别人好运连连而自己却靠算命维持生计一样无聊。成功哪有什么经验可谈，每个人的经历又不一样。除了子承父业，条件都是需要一个好爹。

不过值得庆幸的是，无论经过何种言语打击，尹尚从没放弃过自己最初的梦想。直到蒋泽恺找他那天，尹尚还在拼命写东西。等蒋泽恺绘声绘色把自己的想法向尹尚讲述一遍后，本就不淡定的尹尚立刻就热血沸腾起来，他不敢耽误，立刻提笔开始构思故事情节。

一个伟大作品的诞生不是三言两语就能描述出来的，尹尚发愤图强全力以赴日夜兼程，用了一个月的时间才最终敲定了故事大纲。结果送到蒋泽恺那里却被否掉了，理由是情节太简单，没有悬疑中的扣人心弦，没有晋级中的递增快感。

自己呕心沥血，历尽千辛万苦，却被别人视为草芥，世上再没有比这种事更痛苦的了。就像怀胎十月历时多年尽心培养的孩子兴冲冲让他去高考到最后却落榜了一样，这种突如其来的痛苦是前所未有无法弥补的！

更加让尹尚懊恼的不是故事被否定，而是被廖辰风冷嘲热讽，一直在他耳边讲风凉话。他说："不论你怎么做都是白费心机，上次那破游戏能够卖钱完全是走了狗屎运。当然，也多亏了我超高的推销技巧。"

为了缓解蒋泽恺和尹尚的创业压力，廖辰风还特别别有深意地请他们两人喝了顿酒。以劝解他们创业的艰辛与困苦，不要太过一根筋，不撞南墙不回头不到黄河不死心，适可而止就行。别整得到最后鸡飞蛋打，神经衰弱。

整顿饭吃下来，三人相谈甚欢，各抒己见。廖辰风从头到尾除了劝解就是假设各种困难，然后或直接或旁敲侧击告诉两位头脑发热的人是时候收手了。蒋泽恺和尹尚一直热情四溢地在探讨故事情节和游戏的吸金方式，完全不和廖辰风的节奏在一个频率上。

用餐很愉快，毕竟三人中还没有谁跟美食过不去。

第三十四章
规 模 宏 大

当一件东西或一件事情非常火的时候，离它黯淡也就不远了。

那么大型的一款游戏不是随随便便设定几个关卡和人物就能高枕无忧的，尤其是要创造出里面本就虚无的故事与场景。两人埋头苦干，又奋斗一月，终于敲定了故事大纲。

为了更好地创作，蒋泽恺还特意出去租了一套房子。穆诗曼主动担任起了后勤工作，表示全力支持蒋泽恺。娴雅舒适的环境的魅力像美女一样大，很快就把廖辰风这个色狼吸引了过来。他的理由很正统，说是要感受其中热烈忙碌的气氛，所以就恬不知耻地抱着电脑来这里打游戏了。并还时不时对两人设定好的故事情节指手画脚。直到惹怒的两人实在忍无可忍，廖辰风才乖乖跑到一边打游戏。

用优美的文字描述一整套故事对于尹尚来说并不是什么难事，但他们把游戏背景设定在了古代。若想让整个游戏都充斥着"高大上"的感觉，里面必少不了意境优美的诗词。咱们国家古文化博大精深，不是随随便便研读几年就能融会贯通的。尹尚对古诗词只是略知皮毛，没有多大造诣。当他翻阅资料准备临阵磨枪时，卑微的膝盖实在忍不住想要对其经天纬地的文化顶礼膜拜。好像有种魔力，中国人民都当家做主那么多年了，他仍改不掉跪拜的陋习。遇见比自己牛的人，好像趴在地上砰砰砰磕几个响头就能博取他的怜悯造福自己了。如果那样真能助一个人梦想成真，那么多人爱财，何不跑到财神庙磕上三天三夜祈求自己也能登上下一届富豪榜？恐怕到时候你把脑浆磕出来也不见得天上给你掉个馅饼！

写作这事儿尹尚一人大包大揽了过来。蒋泽恺原本信心满怀准备帮忙填词，结果研读了几章尹尚笔下所描写的故事后，觉得用词与叙述手法都相当到位，就像身临其境那似幻似真的神奇仙境。在细细品味了几章后，蒋泽恺信心尽失，筹备其他事情去了。

尹尚写了大概有五分之一后，实在对古诗词束手无策，突然就想起了当时在风筝大名噪一时的韩译。这小子自称博学多才，发表过不少东西，他在文章里曾多次引用名人诗词歌赋，应该在这方面有着比较深的造诣。尹尚立刻联系了韩译，在讲明来意后，没想到韩译这家伙没有任何做作，立马就愉悦地答应了下来。

瞬间，尹尚就被他的热情惊吓到了。天下竟然还有如此乐于助人之人，真是折杀了我这小肚鸡肠。苍天不负与我，我定不负与小说！

有了韩译的鼎力相助，写作质量与速度都明显有了提升。经过一段时间的不懈努力，游戏原著终于快要结稿。韩译这家伙也果然名不虚传，为小说附上了上百首诗词。众人品读一遍后都大力赞赏尹尚的文笔与韩译的博学，直夸得两人晕头转向恨不得奋笔疾书再写一本。

故事有了，后面就是如何将故事变成动画。尹尚和韩译可以不要版税，也不可以不要工资，因为他们是一个团队。但后面的动画制作是需要大量资金的，蒋泽恺想也没想，回家就找他爹去了。

原本，蒋泽恺准备了一大段说辞，也准备了被挨骂的准备。等他回到家后，蒋父没在，只有蒋母一人。蒋母见儿子回来，乐得拉着蒋泽恺看了三圈，直夸自己儿子长得帅气，绝对一表人才。蒋母笑嘻嘻地跑去厨房准备了一大桌好吃的，看得蒋泽恺哈喇子都快淹死自己了，完全把他回家的目的忘得一干二净。

这么多好吃的放在自己面前让自己享用本是一件非常愉快的事，结果在蒋泽恺还未动筷子前，蒋母突然冷脸瞅着蒋泽恺，一百个冷酷无情。

蒋泽恺被妈妈的表情吓得立刻魂飞魄散，颤巍巍地问道："妈，你怎么了？"

蒋母看了蒋泽恺好一阵，突然委屈道："亲爱的儿子哎，你不知道你妈我现在过的是什么日子，那是度日如年到哪儿都没脸见人哎。我那些老姐们整天在我面前晒孙子晒儿媳妇，你说我也有儿子，我咋这么命苦哎，我儿子长得也不赖，咋就没个媳妇呢……"

蒋泽恺细细品味着佳肴，心里乐得直打战，暗道自己母亲朋友圈内的朋友原来都在秀这些。这帮母亲们还真是可爱。先前比儿子比闺女，现在开始比儿媳妇和女婿了。再过几年，还不得四处招摇自己孙子多么多么一表人才呀。攀比心理真是人性的致命弱点。

"那么，妈，你意思是让我帮你找个儿媳妇呗。"蒋泽恺笑嘻嘻地，看起来像个乖巧的小朋友。

"好儿子，这么懂妈的心思。真不愧是我儿子。"蒋母乐得直往蒋泽恺碗里夹菜。

"好吧，妈。不过，你能先答应我一件事儿吗?"蒋泽恺试探性地问道。

"没问题，只要是为了我儿媳妇，妈什么都答应你。"蒋母豪迈道。

然后蒋泽恺就把自己想做游戏的事情跟蒋母讲了一遍，蒋母听得懵懵懂懂，不是特别明白，不过还是一口答应了下来。甩手就给了蒋泽恺几百万，条件是让她尽快带女朋友回家。得到钱后蒋泽恺乐得差点跪在地上给蒋母砰砰磕几个响头，心道果然是亲妈啊。

没过多久，蒋泽恺和穆诗曼就腻腻歪歪回了家。在回家之前，穆诗曼对蒋泽恺说得很明白，我去见蒋母，是出于人道主义，你千万别多想。听到穆诗曼这么说，蒋泽恺立刻吓得双腿发软，诚惶诚恐颤颤巍巍地问为什么。看到蒋泽恺这样，穆诗曼忍不住扑哧一笑，逗他道："因为你还没见过我爸妈，万一他们看不上你。岂不是对你现在所有努力的莫大侮辱!"

"我这么玉树临风，又懂得疼人，又特别孝顺，又特别懂事。二老没有不爱我的理由。"蒋泽恺把脸仰得老高，非常自信。

"你信不信，只要我一句话，他们瞅都不瞅你一眼!"

"呵呵呵，所以嘛，还望女神在二老面前多多美言。来，我给你揉揉肩。"

自穆诗曼从蒋泽恺家回来后，就更加证实了风筝大校花的魅力是无懈可击的。由德智体美劳全面发展的女孩子果然更受大众追捧，看她们举止谈吐大方得体，若不被称为女神简直不可理喻。穆诗曼与蒋母相处甚欢，蒋母对穆诗曼更是疼爱有加，都不舍得让穆诗曼回学校了，恨不得让她搬到家里来住。在蒋泽恺多次旁敲侧击的小心提醒下，蒋母才勉强回归理智。不过蒋母母爱泛滥，一时难以收回，对儿子做游戏的投资又追加了几百万，以示奖励。并千叮咛万嘱咐蒋泽恺一定要对穆诗曼关怀备至，如果让她听说穆诗曼受了一点点委屈，等蒋泽恺回家一定会重重责罚他。

有了资金，剩下的事情就容易办了，蒋泽恺注册了一家游戏公司，在写字楼内租了几间办公室。他的伟大事业就这样开始了。

在游戏上线之前，一切事情都运行得还算顺利。一直释放负面能量的廖辰风最近也安静了许多。众人平心静气，只等待游戏上线的那一刻。

先前，为了给游戏制造人气，他们在学校内做了大量宣传，也参加了很多游戏展览会。起初，他们以为这次游戏上线后会和以前一样，瞬间火爆，短短几分钟内在线人数就能过万。毕竟这是一款刚问世的游戏，也是一家刚起步的公司，有这点人气就已经万幸了。

可是，让他们万万没想到的是，游戏上线后，低调得有些异常，甚至超乎寻常。反正一切都是反常的，没有一点符合先前预期的火爆状态。对于现在出现的这种结果，众人表示十分难以理解，愁得蒋泽恺和尹尚食不甘味、夜不能寐。

要说检讨游戏，制作精良，画面唯美，内容充实。可偏偏上线率很低，实在让人难以捉摸。为了搞清楚这一点，他们特意在风筝大暗自做了调查问卷。

最后，得到的答案却令他们哭笑不得。原因是先前玩的那款被他们卖掉了，钱都没分得一分，这次坚决不再捧场。

如果只是单单这一点原因，也不至于把在线人数拉得那么低，玩游戏的又不只是风筝大的人。问题一定不只是这些，可能还另有隐情。

但风筝大这块市场也不可不考虑，游戏是廖辰风卖的，钱也是他分的，虽然大家最后都得了好处，但到最后要承担责任的时候，却没人站出来了。要说这一点，廖辰风还真颇有大哥的范儿。他二话没说，拍着胸脯就把这事儿担了下来。

要向这么多人认错并不是一件容易的事儿，先不说怎么把这些人聚集起来，单是让他们在第一时间看到自己认错的消息就是个问题。起初，廖辰风想发动同学，在学校散布他道歉的消息并附赠一包辣条。结果思前想后，觉得这个成本太大，不实用，也就放弃了。

众人商量计策，各抒己见，结果最后还是尹尚想出一条妙计。风筝大在网络上人数最多的要数风筝大饿狼圈，廖辰风在饿狼圈内有一定的号召力。何不利用这个资源，来个四两拨千斤。

在饿狼圈内尹尚一直担任求婚创意策划这一项要职，何不集结众狼的力量造大声势，来个集体表白。这样既可以服务同学，又能低成本插入游戏广告，咱们还能趁机表示先前犯下的错误。简直是一举三得嘛。

这项活动由廖辰风全权负责。最后，也集结了一百多位帅哥与几十位漂亮妹子，在操场向心仪女孩和男孩表白。由于需要散播广告，所以蒋泽恺赞助了此次求爱活动。事实证明，大家在枯燥的学生生涯对别人的私生活这种八卦还是相当感兴趣的，尤其是在那么多人集体表白的情况下。每一位春心荡漾的花季少女都希望自己是被求爱的那一位，即便追求者不是自己喜欢的那种类型，但稍微浪漫一下还是可以的嘛。

活动开始的那天，场面相当宏大，操场上聚集了一万多人。廖辰风由于要当场道歉，所以就担任了主持人。站在舞台上看到下面密密麻麻聚集了那么多人，廖辰风体内的虚荣心瞬间爆棚，他实在隐忍不住。怀揣着这么绝美的机会不可浪费的心态，他第一个向许颖求婚了。是的，求婚了。他并没有先对卖游戏的事情道歉。这家伙真不靠谱。

很明显，廖辰风花费了那么大劲儿，结果是可喜可贺的。看着成功牵手的将近两百位情侣，同学们表示对廖辰风卖游戏的事情既往不咎。

求爱活动结束后，游戏的注册人数和在线人数都稍微有了一些增加。但仍远远达不到理想程度。

事态的发展一下就陷入了僵局，众人整天傻坐在电脑前发呆，面对这样的局面，他们真的束手无策。为了寻找原因，蒋泽恺四处拜访高人，寻求良药。蒋父得知此事后，并没有骂他无能，而是慈祥地鼓励了他一番。还有，就是以后甭想从家里再拿一分钱了。

第三十四章　规模宏大

第三十五章
一对活宝

　　这次的困难好像是始料未及的，也是相当具有挑战性的，尤其是考验团队处事能力这一项。

　　还好，在他们遇见困难的时候，众人并没有借酒消愁。由于他们做的是游戏，没有任何一家学校愿意让他们前去做活动。蒋泽恺只好花钱去各大学校暗地里散播广告，去学校附近承包网吧，规定只能玩他们的游戏。结果是他们游戏的知名度真的低到了令人发指的地步，很多网吧即便是上网不花钱，也很少有人光顾。这些广告带来的影响力都是微乎其微的。一时间，整个局面相当尴尬。

　　没有人玩其实并不代表它就是最差的，也许是出现在时间不对。蒋泽恺一直坚信地这么认为。在这苦苦挣扎的几个月里，他的生活也是异常艰辛的。

大家都在发疯似的寻找问题所在，这个时候，廖辰风突然又蹦出来说风凉话了。他吧啦吧啦了一大堆，搞得众人心烦意乱，差点将他轰出去。只是，廖辰风有一句话却突然提醒了大家。他说："这个社会是无比黑暗的，虽然现在的红灯特别亮。"

　　"难道，我们的钱没有花到位？"尹尚神色疑虑，表情凝重。

　　"联系一下游戏搜索网站，问问如何进入排行榜？"蒋泽恺独霸朝纲，大权独揽，不容置疑。行事果断，雷厉风行，一点也不拖泥带水。

　　事态的发展发生了戏剧性的转变，其过程相当辛酸。他们游戏的知名度与在线人数好像"忽如一夜春风来，千树万树梨花开"，一夜之间就蹿上了排行榜。先不论他们付出了多少心酸，结局的确是美好的。更令他们想象不到的是，由于游戏里加入了很多诗词，致使整个游戏看起来非常富有文学价值。结果有很多小学生跑到游戏里专门学习诗词歌赋，以备考试写作文之用。背诗打游戏两不误，真是完美结合。

　　很快，这款游戏就凭借它真正的实力位列各大游戏排行榜。蒋泽恺对游戏的百万投入也逐渐收了回来。他在某人面前立刻胸挺背直，腰杆硬得好像得了骨质增生一样。说话都开始哼哼哈哈，再也不用刻意逃避一些问题了。因为他用一次行动证实了自己的实力，虽然付出与收获都不是他自己的。

　　一直在背后看笑话说风凉话的廖辰风此刻也闭上了嘴，可这并不是他的个性。廖辰风开始尝试着玩此款游戏，准备鸡蛋里头挑骨头，找些不足的地方。要说廖辰风挑刺的本事还真是别具风格另有手段。一些小瑕疵都能让他找出来，然后蒋泽恺改正，廖辰风继续找，蒋泽恺继续改。

许颖笑骂两人在玩找碴儿游戏，没事不研究新款，一直死磕老版，早晚玩完。

事实证明，许颖并不是在杞人忧天。游戏的发展进度突然就遇到了瓶颈，开始停滞不前。可能是临近期末，大家都去筹备考试，所以才会日渐冷淡。

再一次遇见坎坷也就罢了，只要兄弟齐心其利断金。可是，就在蒋泽恺摩拳擦掌准备暑假大干一场的时候，尹尚和廖辰风还有几个骨干级人员竟然不顾游戏公司和兄弟安慰，跑海南岛度假去了。他们出去逍遥自在了两个月，等假期过后，再次见到蒋泽恺的时候，此时蒋泽恺神色憔悴面容消瘦的样貌着实吓了他们一跳。穆诗曼告诉他们，蒋泽恺这两个月来过得是多么艰难。到最后实在没有办法，不可看着让游戏再继续折磨蒋泽恺，穆诗曼私自做主就把游戏卖了。蒋泽恺知道后没说什么，静静地跟她去度假村住了一个星期。这才勉强恢复了些精神。

游戏被卖，尹尚几位主创竟然不觉得可惜，反而有种压力脱身的释怀。

但逍遥自在回来后的几人还是勉强有些羞愧，悔恨当初只逞一时之气，没有顾虑后果，再加上度假诱惑太大，所以就没忍住诱惑，跟廖辰风一起去了海南。之后几人再没提起过游戏的事儿，众人又回归了正常生活。

廖辰风、尹尚和蒋泽恺几人经常出去喝酒，然后醉宿街头。酒后各自检讨，互相认错。

毕业后，蒋泽恺重操旧业。深知管理哲学的他对自己的言行进行了强制约束，最终勉强获得成功。只是，他创业的团队中没有了不靠谱的尹尚和廖辰风几人。

直到现在，蒋泽恺的游戏公司运行稳定，一切都步入了正轨。他依然会拿着新游戏去找廖辰风，一是为了显摆，二是真心让他这位久经游戏战场的老手挑挑毛病。对于蒋泽恺这个举动，廖辰风表示是看在他失恋的分上，怕他精神承受不了跳楼自杀，才勉强帮他的。谁知道这家伙形成了一种习惯，甚至出个单机游戏也找廖辰风探讨探讨。

所以这些天，也不知蒋泽恺忙什么去了，自己挤不出时间，便安排穆诗涵来征求一下廖辰风意见。真是奇了怪了，你们公司那么多人，就没个靠得住的吗？

廖辰风喝着茶，悠闲自得。尹尚没时间跟他在那里闲扯，跑到屋内拿出已经充满电的笔记本，精神高涨地坐在院子里继续写东西。廖辰风闲着无聊，出去到保安室转了一圈，没什么事情，又跑回来继续打游戏。

夕阳西下，燕雀归巢。

体力再好的人，也会有一个精力充沛到身心疲乏的临界点。尹尚深吸一口气，闭目揉了揉眼睛，准备再写一会儿，然后就合上电脑跟廖辰风出去耍耍。没想到正在脑子开小差的时候，手机却响了。

是唐雪打来的，说是让尹尚去店里帮个小忙，有件很重要的事情。唐雪并没有点透是什么事，搞得神神秘秘，勾引得尹尚好奇心立刻就蹿到了嗓子眼。

十多分钟后，尹尚就来到了唐雪店里。唐雪已经收拾完毕，准备下班。店内还有几个要值夜班的店员，邵婉晴正在跟她们聊着什么。尹尚没有兴趣，就问唐雪有什么重要的事儿，是不是要给自己什么惊喜？看尹尚那手舞足蹈满脸兴奋的样子，就好像自己马上要被评为三好学生了似的。

　　明明知道尹尚很迫不及待，唐雪偏偏慢条斯理，东一句西一句聊着尹尚小说的内容。唐雪跑到这边整理整理挂在衣架上的衣服，跑到那边收拾收拾柜台，然后笑容可掬双眸似水地看着尹尚。对于找他到底何事，就是只字不提。

　　看到唐雪故意捉弄自己，尹尚急得心痒难耐。他走近唐雪，笑嘻嘻地威胁道："你再不说，我就当着这么多人的面亲你喽。"

　　"嗯，你亲呀。"唐雪撅起樱唇，故意挑衅。

　　"哎呀，还怕你不成。"尹尚凑脸过去，撅起嘴就要吻她。就在这时，唐雪突然一闪，抓起桌上一个金色蟾蜍摆件就朝尹尚嘴唇上摁去。尹尚躲闪不及，与那蟾蜍来了个零距离亲吻。感觉不妙后尹尚赶忙撤开了身子，表情厌恶地擦了擦嘴。乐得唐雪抱着蟾蜍摆件咯咯直笑。

　　"好可恶，我要报仇。"说着，尹尚绕进柜台内就要对唐雪施行强制性措施。唐雪微笑着告饶，把金色蟾蜍摆件横在前面，不让尹尚靠近。

　　"别动，给你说正经事呢。你看我手里拿的这是啥？"唐雪突然正色道。

　　"招财蟾蜍呀，怎么了？"尹尚如实回答，眉宇间透着几分疑惑。

　　"果然是同一种生物，回答得那么理直气壮。"

　　"对啊，要不然怎么能跟你天生一对呢？亲，快来让癞蛤蟆抱抱。"面对唐雪的辛辣言辞，尹尚丝毫不觉气馁，反而耍起无赖，硬要冲过去调戏唐雪。

　　听到尹尚这么回答，唐雪措辞了好一会儿，仍没找到机智的言辞回击尹尚。气得她撅起小嘴，翻起白眼。这是她谋划了一下午才想出的绝招，竟然让他一句话就把自己也拉下了水，她能不生气嘛！

唐雪气得把金色蟾蜍摆件往尹尚身上一推，不理他了，"哼"的一声转身就要走。尹尚见境况不对，连忙认错："哎哟，我亲爱的女神，别生气呀。你那么漂亮，好像仙女下凡。看你这气质就知道，在天上一定位列要职吧。别生气喽，快告诉我你找我到底什么事儿，等会儿请你吃好吃的好不好？"

"讷讷讷，你说的哈。不许反悔。"唐雪笑盈盈地用右手食指指着尹尚，要他保证。她耍无赖的样子非常可爱，让他无论如何都没有拒绝的理由，满脑子都是自己应该如何保护好眼前这个可爱的女孩。

看唐雪那坏坏的微笑，尹尚忽然有种上当受骗的错觉。如果她真的要骗他，或许，他会心甘情愿吧。

"君子一言驷马难追，哪有反悔的道理。这样总可以吧，我可爱的女神，现在可以告诉我了吧？"尹尚突然抓住唐雪右手，毫无预兆，变态似的欲要咬她手指。唐雪厌恶地赶紧用左手捏住尹尚鼻子，然后旋转四十五度，问他："看到没，就是那个大盒子。"

尹尚茫然地点了点头，拉着唐雪出了柜台，走到大盒子旁，用脚踢了踢，好奇道："这里面是什么？"

"一只小乌龟。以前养在这里面，后来水质越来越糟糕。对小乌龟健康造成了影响，医生说要让它换个环境住些时间，才能好起来。"唐雪有些难过地指了指旁边的一个小水池。水池里的水清澈透明，里面养着几十条草金鱼。水池里还养着莲藕，不过没到开花的季节。

尹尚到店里来过两三次，都是为了找唐雪，没仔细观察过服装店环境。直到今天为止，他才看到，原来在这个面积不是特别大的服装店内竟然还有一个水池！太奇葩了吧，这可是服装店，又不是鲜花活鱼店。

近距离观察了水池好一会儿，尹尚发现水池内闪闪发光，深觉奇怪，便走近些想看个明白。原来水底有好多一元和五角的硬币，那些光线就是这些硬币折射出来的。水底密密麻麻，铺了很多硬币，像是皇家金库一样，被扔在水底很是抢眼。这下尹尚就更觉得奇怪了，他转头非常好奇地看着唐雪："女神，咱再有钱也不能这么露富吧，也太明显了。"

"听说过许愿池的故事吗？"唐雪没有直接回答，而是很认真地问他。

"原来如此，这么说，这也是服装店的额外收入喽。"尹尚半开玩笑道。他又看了眼水底，暗中衡量了一下，觉得这些硬币没有一万也有五千。心说人类果然见个水池子就想往里投硬币！"呵呵，不用说，那只小乌龟一定重金属超标了。"

"小尚尚真聪明，所以要换个环境养几天。"唐雪夸了尹尚一句。

"那好吧，我就把它放进廖辰风那个锦鲤鱼池里养几天。听说那个锦鲤池塘水质特别好。"

"嘻嘻，我也是这么想的。"

"心有灵犀哇。"说着，尹尚就过去搬那个里面装着小乌龟的塑料盒子。结果在尹尚没有做足准备的情况下，他竟然差点没搬动。

"里面装水了吗，怎么那么沉。"尹尚嘟囔着就打开了塑料盒子，等他见到里面那只唐雪口中的所谓的小乌龟时，差点大叫出来："啊，你把它称作是小乌龟？"

"你眼瞎啊，里面就那么一只乌龟，当然是称呼它喽。"唐雪趁机为自己报仇，言语相当讥讽。

"对啊，要不然怎么会看上你。"

"死尹尚，你！哼！"

第三十六章
天 生 一 对

　　唐雪再次失利，脸颊气鼓鼓地欲要抬脚踢尹尚。嘴上斗不过你，还打不过你哇。此刻，尹尚正弯着腰看乌龟，他屁股撅得老高，正好给了唐雪报仇的机会。唐雪在心里盘算，如果现在趁尹尚不注意一脚踹过去，那尹尚还不得跟小乌龟来个亲密接触。嘻嘻……那画面，想想都觉得过瘾！

　　心动不如行动，有计划就要抓紧实施，唐雪从不是那种拖泥带水的人，尤其是在报仇这一方面。可是，谁承想，唐雪刚抬起脚来，尹尚却突然转过了身。唐雪一时收不住脚，随着惯性就朝尹尚踢了过去。

　　危急时刻人的反应速度是相当灵敏的。看到唐雪踢自己，尹尚出于本能，下意识就夹紧了双腿，正巧把唐雪踢来的右脚夹在膝盖处。"唐雪你好邪恶，竟然从背后偷袭我。嘿嘿，没想到我应变能力这么强吧?"

看唐雪鬼主意被自己识破，尹尚笑得很得意。

"臭尹尚，你眼睛长屁股上了吗？赶紧放开我！"唐雪单脚站地，重心有些不稳。再加上用力拉扯，更让她重心偏移，只见她"啊"的一声就要向后倒去。还好尹尚眼疾手快，在唐雪向后倾斜的那一刻就快速抓住了她。尹尚拉着唐雪稍微一用力，唐雪就乖乖地扑向尹尚结实的胸膛。倒在尹尚怀抱中的唐雪看起来楚楚动人，十分惹人怜爱。

看着怀抱中小鸟依人的美人，尹尚有些情不自禁，坏笑着就想亲她。谁知，唐雪报仇未果，心中怨恨未消，没有尹尚脑中那么不纯洁的想法。唐雪眼珠一转，急中生智，抬脚就朝尹尚的脚上踩去。可能是由于唐雪鞋跟太硬，尹尚鞋面太软的缘故，在她没有特别用力的情况下，尹尚疼得居然大叫一声，而且面部肌肉抽搐的痛苦样子相当夸张。就像走路时不小心踩了图钉，只差"嗷"的一声蹿上房顶！

服装店内，尹尚抱着唐雪。众人好奇地看着他们，没有人说话，只有水池内哗哗的流水声。

由于疼痛，尹尚抱得唐雪更紧了。她看他真的很痛苦，她有些后悔踩了他，心中不免升腾起些许怜悯与慈爱。她伸手摸了摸他的后脑勺，安慰道："尚尚不哭，姐姐给你买糖吃。"

"姐姐我不吃糖，让我也踩你一下好不好？"尹尚假装乖巧的声音中夹杂着哭腔。

"不吃糖啊，那你就再哭会儿。"唐雪咬牙切齿，狠狠地在他圆滚滚的腰上捏了一把。旧伤未愈，又添新伤，疼得尹尚立刻松开了抱着唐雪的双手，去揉被唐雪捏疼的肉。

唐雪得以脱身，瞅着痛得龇牙咧嘴的尹尚，忍不住捧腹哈哈大笑。

就在她笑得得意忘形眉飞色舞之时，忽然之间，唐雪觉得有些不对劲。她便下意识四处张望了一下，发现此刻店内所有人都静静地站在原地，似笑非笑眼神好奇地看着她和他。

被众人瞩目是一件很难为情的事。唐雪白皙的脸颊立刻火辣辣起来，她害羞地赶忙掩面离开，一副我不认识尹尚这个神经病的表情。她径直出了店门，留下尹尚一人独自在那里表演。

店门外，唐雪依旧面红耳赤。她拿着手机，给尹尚发短信：哎呀，丢死人了。赶紧拿着我的包，抱着小乌龟出来！

一分钟后，尹尚抱着个大塑料盒子，背后斜挎了个漂亮的单肩包，步履有些蹒跚地走出了店门。他身后还跟着一脸坏笑的邵婉晴。

"我们家小乌龟有那么重吗？看把你累的，还是不是男人了。"邵婉晴目光嫌弃地瞥了眼累得呼哧呼哧的尹尚，然后走过去挎住唐雪胳膊。一副我们家雪儿这么漂亮怎么就找了你这么个手无缚鸡之力的娘炮的样子。

"像脸盆那么大的乌龟竟然被你称作是小乌龟，敢问你的参照物是美利坚的自由女神像还是埃及的狮身人面像？"尹尚搞不懂，一向温柔大方淑女范儿十足的邵婉晴今天怎么也开始毒舌了。肯定是表情模式选错了，要么就是吃错药了！

"请问这两个标志你见过哪个？"邵婉晴表情坏坏地瞪着尹尚。

"都少说两句，赶紧把小乌龟送走才是正事儿。"看形势不妙，唐雪赶紧出来打圆场。"这小家伙的确挺重的，要不我帮你抬着吧。"说着，唐雪就要过去给尹尚帮忙。

"有我在，怎可让女神动手。万一累着你了，还不够我难过的呢。"

尹尚心疼地拒绝唐雪好意，生怕累到了她。唐雪笑嘻嘻地从口袋里拿出一块巧克力，塞到尹尚嘴里，半开玩笑道："拿这个补充补充体力先。"

"嘿嘿，有女朋友真好。"尹尚嘿笑着抱起大塑料盒子迈开步伐就朝前走去。唐雪和邵婉晴相视一笑，紧跟在尹尚身后。

走了大约有100米的距离，正在尹尚暗暗叫苦胳膊酸痛时。他突然看见蒋泽恺的车就停在前边不远处，不知道蒋泽恺来这里干吗。反正尹尚乐得不行，他赶紧快步走去，边走还边嘟囔：兄弟你果真是我的救星啊！

10分钟后，为蒋泽恺带来无限痛心的房子前的花园内，尹尚几人像是正在为乌龟举行乔迁仪式一样站成一排，表情严肃的双眸注视着正慢吞吞朝池塘爬行的乌龟。

"这可是招财龟，会为你们带来好运的，你们可要好好对待它哦。"邵婉晴恋恋不舍，拿着手机咔嚓咔嚓正在为乌龟拍照。如果网速够快，不出三分钟，她的朋友圈内一定都是悼念乌龟的追悼词。

"你确定这只小乌龟是吃素的？"廖辰风用手比画了一个大脸盆的形状，他在说"小乌龟"这个词儿的时候，语气特别特别的重。好像那只乌龟跟他有巨大仇恨似的。"你的参照物是太平洋对岸的自由女神像和埃及的狮身人面像吗！"

"你亲眼见过这两个闻名全球的雕像吗？"尹尚很不屑地问他。

唐雪双眸饱含温情地注视着尹尚，强忍住笑，差点憋出内伤。廖辰风眼神愤怒，强忍心中怒火，然后差点憋出内伤。

"这可是招财龟，说不定真的能为你带来财运呢。凡事都要往好的一方面想嘛。"尹尚拍了拍廖辰风肩膀，安慰道。

"来了只招财龟吃了我的招财鱼，我走哪门子发财运去啊!?"廖辰风痛苦哀号。

众人实在隐忍不住，狂笑出声。

那只招财龟搬来这里后，也不怕生，只要是天气好的时候，就一定会爬到院子里的石头上晒太阳。廖辰风也因招财龟变得勤快多了，经常去小区和护城河里给它抓小虾和小鱼，没事还跑到菜市场给招财龟买菜，生怕这只龟祖宗没吃饱，把他辛苦养大的锦鲤给吃了。那乌龟过得闲散自在，生活安逸得让人忌妒。

后来，唐雪见招财龟被廖辰风伺候得这么好，都不忍心把它带回去继续遭受那暗无天日的折磨了。

宠物的生活好到让人忌妒的地步。不愁吃喝，还有人陪着玩，简直活得逍遥自在！人就没那么幸运，至少不是所有人都有那个逍遥自在的命。尹尚原本追求的就是这种"采菊东篱下，悠然见南山"的生活，谁知他思想跳跃了过去，身体却依然逗留在凡世。

由于坐着的时间太长，尹尚身体微微有些发福，原本英俊的瓜子脸，愣是被他懒成了鹅蛋脸。真是少年壮志不言愁，懒成胖子几度秋。其中的酸甜苦辣，瘦子哪会懂！所以励志瘦成一条线照亮所有胖子的唐雪实在是不忍心看尹尚的生活再这么糜烂下去，就拉着他一起跑步，直到汗流浃背才肯放他去休息。

有一次尹尚实在好奇，半开玩笑似的问唐雪："现在我又丑又胖，你怎么还喜欢我?"

"没事呀，只要你女朋友漂亮就行。"唐雪回答得十分认真。

运动对于胖子来说本来是一件相当痛苦的事，谁知唐雪才陪尹尚跑了几天，尹尚这家伙体内的运动潜能就被激发了出来。他不但主动找唐雪去跑步，现在竟还跑出了乐趣。可能很大原因是可以跟唐雪一起穿情侣装，然后让路人羡慕自己有个这么漂亮的女朋友。

爱显摆的男孩子都挺单纯的，要不尹尚怎么会傻里傻气等唐雪那么多年？

从天池湖到护城河，有很长一段的木质走廊。走廊的一边是清凌凌的水，另一边是绿油油的草坪与五颜六色的花田，这么清新的环境，不用来遛弯跑步简直可惜了。

远处，一对穿着白色运动装的情侣慢慢跑了过来。其中，那个相貌俊朗的男孩已经累得呼哧呼哧喘着粗气。而男孩旁边那位气质较好面容清丽的少女却依旧神采奕奕，看她那匀称的身材，就知道她是运动界的熟人。那么美到不食人间烟火的女子，不是都应该柔弱无力的嘛，而她为什么偏偏这么结实健美，一点都不像手无缚鸡之力的样子。不仅童话是骗人的，连古言情都是骗人的。这个世界真苍凉，连骗子都那么嚣张。

漂亮女孩见男孩累得扶膝喘气，也便停了下来。她走到俊逸男孩跟前，轻快地拍了一下还在喘息中的男孩的肩膀，声音爽朗道："尹尚，你想不想做英雄？"

"想啊，做梦都想。"尹尚不假思索地回答，眼睛中充满了激动的泪花。

"那我让你做一次英雄。好不好？"唐雪挑了挑眉，清澈的眸子里闪烁着坏坏的笑意。

"好啊，怎么做？"尹尚万分好奇。

"来，小尚尚，背女神回家。这样你不仅做了次英雄，还救了个美人。真正的英雄救美哇！太羡慕你了这么年轻就英雄救美了。"

……

尹尚跑得大汗淋漓，唐雪依旧潇洒飘逸。两人形成鲜明对比，怎么看都怎么觉得尹尚是柔弱的大家闺秀，唐雪是器宇不凡的贵族公子哥儿。

她们两人打打闹闹笑声不断，一路小跑回了家。为了彻底减肥，她为他准备了很多水果和各种饮品，只要是有助于减肥的，她都鼓励他吃。可是男孩子不像女孩子那么喜欢吃水果，每次尹尚洗好切好水果盘，他自己还没怎么吃呢，就被唐雪一扫而光了。

这天，尹尚和唐雪按照惯例，依旧小跑着准备回家吃水果。当他们进了小区，拐个弯儿准备回家时，却在门口不远处的地方遇见了韩译。

韩译身材修长，生得白净，相貌俊朗，给人一种玉面书生的感觉。乍一看，他就是一位安静的美男子。此刻，他正徘徊在街头，眉头紧锁，不知所措。

尹尚觉得奇怪，心说这小子风流倜傥，明明可以依靠才华修成正果，却偏偏靠脸混迹在女人堆，以欺骗无知少女的爱情为乐趣。真是坏透了！今天韩译莫名其妙跑到这里来，一定有什么激动人心的八卦新闻。尹尚忍耐不住，便走上前去，笑眯眯地问他："韩公子事务繁忙，今天怎么有空到这里来？是不是又来与哪个喜欢文学的妹子偶遇呀？"

第三十七章
脑子进水

　　韩译遭到尹尚调侃，还没来得及反驳。跟在尹尚身后的唐雪毫无预兆地一巴掌扇了过来，吓得尹尚顿时一个激灵，差点全身抽搐倒地口吐白沫不省人事。他深知自己的言行刚才过于轻佻。唐雪最讨厌他仪容不正，作风散漫，言行轻浮。所以尹尚平时很注重自己的言行举止，至少在唐雪面前很重视。自知自己错误的尹尚讨好似的朝唐雪嘿嘿一笑，表情傻傻的很呆萌。唐雪扑哧一声，被尹尚逗乐了。她实在拿他没办法。

　　尹尚不晓得唐雪跟这么紧，刚才还以为和她拉开了一些距离，小声调侃一下韩译没关系。

　　天下再没有比自己的仇人走霉运更令人身心愉悦的事情了。看到尹尚被揍，韩译强忍住笑，憋得面色通红。他的好日子也没持续多久。唐雪白了一眼韩译，没好气道："呵呵，还不死心，都追到这里来了。"看她那厌恶的神色，好像很烦他。她不等韩译答话，拉起尹尚就走。

尹尚觉得莫名其妙，怎么说他跟韩译也算是朋友。虽谈不上知己，但人家都来到咱家门口了，于情于理总得请进去喝杯茶吧。可是看唐雪气势，好像对韩译很反感。跟见了仇人一样，恨不得上去挠他脸。难道这两人以前有过节不成？尹尚不明其中隐藏的秘密，当着韩译的面也不可多问，只好对韩译做了个无可奈何的表情。意思是你小子肯定做了什么亏心事儿，老子今天也没办法，谁让我重色轻友呢，你在这里自生自灭吧。然后，尹尚便跟着唐雪乖乖地走了。

唐雪以为拉走尹尚，韩译待在那里无聊，等不了多长时间，便会自行离去。谁知她跟尹尚走了没多远，韩译竟然慢悠悠跟了过来。看他踌躇不前的样子，内心一定很犹豫、很纠结。他在原地挣扎了好一会儿，最终决定还是慢吞吞跟了过来。

最近的事情真是莫名其妙，先是邵婉晴不开心，再是宁静见谁都咬牙切齿，现在是唐雪讨厌韩译。尹尚实在忍不住好奇心，便问唐雪："雪儿，出什么事了吗？刚才看起来你好像很讨厌韩译的样子。"

"哼，抛弃妻子，简直是现实版的陈世美。真不知道他怎么有脸出门，像这种人，不是应该像过街老鼠，人人喊打的吗！"尹尚见她痛心疾首，顿时觉得唐雪对韩译的那种恨应该是从骨子里生出来的，恨到牙根痒痒最好让他出门就掉粪坑里淹死！

见唐雪讲得那么瞋目切齿，尹尚就暗自好笑。心说韩译你小子依仗自己生得面如冠玉颜为俊逸，就四处勾搭小姑娘，现在终于阴沟里翻船了吧。现世报应啊臭家伙！

"他抛弃的谁呀？你怎么这么恨他。"尹尚嬉笑着好奇道。

"唉，还能有谁。"唐雪无奈地叹了口气。继续道："当然性格柔弱的邵婉晴呗，如果换了是我或者宁静，早就把他活剥了喂狗啦！"

哎哟，这么狠毒。尹尚吓得赶紧向女神示好："雪儿你放心吧，我这辈子除了你谁都看不上。就是全世界的美女都跑来说要嫁给我我都不要。你就像天上的太阳，我爸妈赐予了我身体，你赐予我光明。就算黑暗永久侵蚀了大地，我拼了命也要找回太阳。"

"呵呵，就怕你自己不愿意睁眼！"唐雪瞥了一眼尹尚，撇了撇嘴。

"即使我瞎了也能感受到你的温暖。"尹尚讲得一脸陶醉。

"你都瞎了，我还要你干吗？"唐雪嫌弃地说道。

"你竟想着抛弃我，真是最毒妇人心啊！我竟看上你，真是活该我眼瞎！"

"现在知道还不晚。"唐雪从厨房端出水果盘，捏了一颗草莓塞进尹尚嘴里。笑嘻嘻地问他："甜不甜？"

"甜啊，女神喂我的，即便是山楂都是甜的。"

"你看，你自己被虚幻蒙蔽了双眼，怨不得我哦。"唐雪坏笑着对尹尚眨眨眼。

"你应该说，像我这样的绝世好男人不多了。"尹尚凑到唐雪近前，捏起一颗草莓，蘸了点蜂蜜喂给她。他知道，今天的草莓不是特别甜。"亲爱的，邵婉晴和韩译什么时候有那么一段不堪回首的往事了？"他还是忍不住问她，她就知道，他这家伙最喜欢探听别人的恋爱史了，尤其是那种以悲剧结尾的。每次尹尚在探听别人的陈年旧事时，还都有一个冠冕堂皇的理由，说什么小说剧情需要，为了文学为了艺术，他甘愿堕落成一位八卦男。

每次尹尚这么说，唐雪就笑他，即便你不堕落，单看你脸，就一定是八卦男无疑了。尹尚笑笑，回道，要不然别人只看我脸，都忘记我的才华了。不过，就凭你唐妹子这挑剔的眼光，我就无法轻视自己帅气的程度。唉，每天都被自己帅醒，真的很累的。

唐雪吃着水果，抬头看了眼楼上，充满着甜蜜气息的眸子里闪烁着几分怜悯，她低头吃了一口火龙果，对尹尚缓缓道来："唉，这段既浪漫又伤心的爱情故事，还需从咱们那个无知的青葱岁月讲起。"

那是三年前还是四年前，她已经记不清了。反正在她眼里，那一年的牡丹开得特别妖娆，而那一年的罂粟却开得特别庄重。反正那一年到处都充满了春天的气息，花开得特别艳，无论走到哪里，空气中都弥漫着花香，耳畔都萦绕着蜜蜂。那一年，邵婉晴最幸福，也最伤心。

春天有个特殊的功能，她不仅可以解封冰冻的大地，也可以解封被封印在少男少女体内的爱情魔鬼。尤其是在那个不知冲动后会给自己带来多么沉痛代价的无知岁月。

那一年春天，不知为什么，风筝大内突然刮起一阵文艺风。这股风波瞬间就席卷了风筝大每一处角落，就像北风突然转南风，一夜之间，万物复苏，个个生机盎然。

前阵子尹尚参加的那场无厘头辩论赛也只是在风筝大掀起一阵小风浪，对于风筝大这片汪洋大海，微不足道。俗话说，无风不起浪。这场文艺风的起因源自风筝大校园网内的几篇爱情故事，作者一连半个月，天天在校园网内更新一篇。

起初，正在爱情这条不归路上挣扎着的年轻人已经逐渐开始不怎么相信爱情，而转投痛恨初恋这个阶段了。爱情对于这个阶段的人来说，像蜜糖，甜到心里。又像化了脓的疮，痛到骨子里，一辈子也忘不掉。因为心的深处，有道抹不掉的疤。

对于每天都奔波于教室与宿舍的这帮年轻人来说，只有在无聊的时候才会泡到网上闲逛。这帮人那么充满活力，尤其是在春天，有看电脑的那个时间，还不如蹲在操场看看妹子瞧瞧帅哥，顺便对心仪对象暗送个秋波。

校园网在网络世界内的热门排行榜占据比重那么低，风筝大的同学们本就鲜有人在里面瞎逛。谁又会跑进去看故事，脑子进水了吧？跑进去写故事的那家伙，脑子肯定已经可以养鲸鱼了。可是后来事实证明，韩译是第一个在脑子里养鲸鱼的人。

韩译这小子可能觉得自己怀才不遇，满腹才华无处施展。冬天刚过，腹腔内的野心也随之萌发，就像春天里的爬山虎，在阳光的滋润下铆足了劲儿往上爬。它想用自己的触角踏遍整个建筑，它想用自己的才华辐射整个风筝大。所以，在没有做任何调查的情况下，他毅然决然地把自己精心敲打出的爱情故事贴到了校园网内。

故事贴上去的第一个晚上，韩译辗转难眠，就像夏天不作任何遮挡睡在天台，伴随着嗡嗡的轰鸣声渐渐进入梦乡。当天晚上，韩译做了一个梦，一个非常美妙让人难舍难分的梦。他梦见第二天天不亮，自己的宿舍门口就排满了人，有的拿着早餐，有的拿着纸笔，有的拿着情侣装。这群排队的人中有漂亮妹子，有帅气小伙，还有已经秃顶的大爷，他们来这里都只有一个目的，找自己签名。原因都是昨天深夜他们也辗转难眠，然后读了他的故事，瞬间被感动得泪流满面，一大早就起来寻他们寻觅已久的偶像。

到了中午，市电视台派人过来，专门为他做了长达三天的专访。专访一经播出，瞬间占据了省内各大电视台。自己的伟大事迹与伟大作品在网络被疯狂转载，由于转载量过多，导致风筝大校园网瘫痪数天。风筝大计算机系真是丢人，都丢到全国了，以后系里的兄弟姐妹们还怎么出去找工作！

又过几天，由于自己的丰功伟绩实在太大，惊动了省领导。省长特意抽出时间接见他，风筝大校长特意陪同，沾了韩译的光。韩译表示多谢学校栽培，虽然学校食堂的菜的确不咋地。但他不畏艰辛，寒窗苦读，每顿只买一份带肉的菜，坚持读书。省长被他艰苦的学习环境与不折不挠的奋斗精神感染得泪流满面，坚决推举他做省劳动模范。

为了宣扬他不畏艰辛刻苦读书的精神，省领导与校领导经过缜密商讨，决定安排省文化部、省宣传委、省劳动局、省交通局、省教育局，安排专车拉着他在全省游行，以宣传他不畏艰辛、坚韧不拔、百折不挠、一往无前的艰苦奋斗精神。

中央电视台得知此事后，迅速做出反应，安排专业队伍，扛着几十架摄像机，全天 24 小时跟踪采访，并全天 24 小时在 CCTV 不间断直播。

韩译瞬间火遍全国，红爆网络。全国粉丝暴涨，强烈要求韩译到他们家乡演讲。由于韩译无法分身，只能猫在一个地方。最终惹怒粉丝，粉丝们纷纷走上街头，堵塞交通，甚至绝食。

对此事件，韩译深表歉意。一边巡回演讲一边写书，他经过日夜努力，半月后终于完结。国内数百家出版社疯抢出版权，为此他们打得头破血流，韩译也为此头痛不已。最后由相关部门出面，才最终化解。

印刷厂连夜印刷，片刻不敢耽误，一个星期后，韩译首部作品全国统一发行。在韩译首部作品首销当天，全国各大图书馆门前火爆异常，队伍排了几公里长。结果开卖几分钟就销售一空。网络上更是疯狂，短短几秒就导致各大网站瘫痪，无法正常运行。

由于发行数量太少，很多人都未买到，导致粉丝极度不满。全国各大省市纷纷传来粉丝跳楼自杀消息，韩译落泪惋惜，跪地不起。此事惊动中央，中央迅速作出决定，全国印刷厂停止手头工作，全力印刷韩译作品。

一个月后，诺贝尔文学奖评委会破例为韩译颁发诺贝尔文学奖，以感谢他为文学界做出的巨大贡献。此消息一出，韩译的作品立刻被译为一百多种文字，全球发行。几个星期后，韩译火爆全球，引发世界性文学风波。全球人民统一阅读韩译作品，并成立世界级韩译文学研究会。韩译在全球上的影响力实在太广，很快有粉丝们自发组织成立韩译文学奖，此奖项为全球顶级文学奖。韩译文学研究会总部设立在风筝大，并在全球各个国家首都以及地方设立分会。

突然一个跟头，韩译"咣"的一声掉下床来。一切都恢复了原样。

第三十八章
一见倾心

　　门外没有等候多时的粉丝，室内没有伺候他的使唤丫头。上铺王大肚子的呼噜声依然震天响，床对面的人正甜蜜地嚼着大拇指。这么大人了，还没断奶，没出息的家伙。韩译在心中骂了一句，又滚回床上继续做梦去了。

　　梦境是那么的美妙，就像一个温暖阳光的午后，躺在溪边的花丛中，闻着花香听着鸟鸣一样。对于韩泽来说，真想沉醉其中，永不醒来。

　　喜欢睡懒觉的人一般都不会成就什么惊天动地的伟大事业，因为他把自己走向成功的时间都用来做梦了。这句话恰巧就在韩译身上印证了一下，他蒙着被子也不怕把自己捂死一觉睡到了日上三竿。等他醒来，课早的同学都已经放学回来，手里拎着帮韩译带的早餐。韩译裹着被子蹲在床头，仰头望天 45 度角，目光深邃，一副看透天下却不被天下优待的样子。幸好他生得面白貌美，不然就他这神情忧郁不洗头的劲儿，早被当作神经病扔进精神病医院了。

阳光照在他的脸上，他与太阳对视着。太阳好像在说，不要难过，今天与昨天一样，我依旧温暖。韩译说，今天的我和昨天一样，等于白活。昨夜的美好对于今早来说都是虚空，因为韩译贴在校园网内的那篇文章转载为零，评论为零，阅读为零。全部都是零，真干净。韩译气得没吃早餐，他以为自己写得不够好，蹲在床上又沉入自己的世界。

傍晚时分，晚饭刚过，韩译兴冲冲又贴了一篇。晚上依旧美梦缠绕，白天依旧全部为零。

就这么过了一个礼拜，校园网上韩译的文章阅读数依旧为零。韩译恼羞成怒，韩译急中生智。这天晚上，韩译再发文章时，后面附赠了几张美女照片，然后他把链接分别贴到了聊天群、贴吧和校友网。当天晚上，风筝大校园网访问量剧增，韩译感慨，美女的力量果然是无穷的。

就这么一连贴了三天，韩译写的东西逐渐吸引来了一些读者。他开始兴奋，开始疯狂，开始写东西不用标点，直接一句话一个段落。他的文体相当耐人深思，第二天终于有人评论，内容如下：敢问，你这是诗，还是散文？然后，此文章下面引发一连串热议。

就这么火了，无声无息。

风筝大人才辈出，马上有人开始跟风写故事，然后贴到校园网。大家热情高涨，纷纷献艺，好故事不断涌出。校食堂、校操场、校图书室、校宿舍、校教室、校人工湖，只要是能写东西的地方，都有人抱着电脑在那里敲键盘。

这是一种流行趋势，这是一种炫文方式。

同学们对此热情很高，就像在朋友圈发说说一样，不知道什么意义，但总想发，一天不发就觉得在这个世界没有存在感。校方洞察到同学们致力于写故事，毫不犹豫就在校园网发出一篇征稿启事，说是什么为了弘扬文化，为了丰富大家校园生活，特举办征稿大赛。

写东西本是同学们兴趣而为，校方突然插手，就像是在刷存在感一样。不过看到征稿启事上那丰厚的待遇，同学们的积极性还是很高的。

投稿者络绎不绝，故事五花八门。征稿启事就像开在春天里的桃花，引来无数勤劳的小蜜蜂蜂拥而至。这是一场没有硝烟的战争，不过在同学们看来更像一场追星似的簇拥。竞争很激烈，评委很为难。勇者总会在战乱中杀出一条血路。最终经过评比，韩译得了第一名，褚子墨得了第二名，尹尚得了第三名。前两名文笔甚好，内容充实，故事精彩。至于尹尚，评委们如此评价：文笔优美，字字珠玑，妙笔生花，但缺少灵魂。

这个缺少灵魂的评价，当时把尹尚折腾得不轻。他四处走访名师，讨教学问，最终众名师们一致认为，尹尚没有生活。他缺少历练，缺少感情，缺少那种波涛汹涌的情感起伏。

得第一名的韩译就比他舒服多了。韩译终于如愿以偿把自己的才华覆盖到了风筝大每一处角落，再没有比自己的才华被世人认可更春风得意的事儿了。

自从得了第一名，韩译就没睡过懒觉，天一亮就跑出去闲逛，去享受众人投来羡慕的目光。那种感觉就像在春天里洗过澡裸体出来晒太阳，冷冷的但却很温暖。

冷的原因很简单，当你背后光环的亮度有足够的光芒映射进别人眼睛中时，别人对你的影响就会重一些。倘若你的形象好，别人会投来钦羡的目光。这是温暖的。但在这种目光与呼声之外，又会变得冰冷。

就像追星族，遇见自己心仪的偶像会冲上去求签名求合照，等以上两个心愿都如愿以偿后，便会兴高采烈内心激动地离开。留下偶像在风中独自摇摆。

在合照的时候为什么不尝试着问一下偶像的联系方式呢？假如偶像对你一见倾心，岂不快哉。就算偶像不粉你，不给联系方式，也只不过是多说一句话而已。别谈这是什么偶像泡粉丝，反过来讲，倾慕自己爱的人有错吗？我之所以爱他，才会倾慕于他。和我之所以倾慕于他，才会爱他，难道这种爱情还有卑贱与高贵之分？

尹尚对唐雪就是先倾慕，再产生爱情，只是他们没有处在风口浪尖，没遭受众人恶毒讥讽，没有舆论压力拆散他们。

爱情是两人情投意合，婚姻是两人互相包容。对于后者来说，恋爱很简单。在柳树成荫的河边，在繁花盛开的公园，在人群拥簇的街道，只要轻轻一个回眸，或相视一笑，或羞涩扭头。那心脏不经意间的微微一颤，就是一见倾心。

那天，是多风的春天难得的一场春雨。雨后，空气中弥散着泥土的芬芳，使人心旷神怡。漫步在雨后的绿荫小道上，使人备感舒爽。在舒适的环境中待的时间过长，总会让人无端生出一些欲望，所以古人有言："温饱思淫欲，富贵不能淫。"

韩译那么春风得意，怎会安分守己。图书室是韩译经常待的地方，也是尹尚经常去的地方。韩译待在图书室是为了研究文学，尹尚待在图书室是为了看见唐雪。到后来韩译待在图书室是为了看见邵婉晴，他和尹尚一样堕落，以后写文章恐怕也会像尹尚那样没有灵魂。

一见倾心的爱情很微妙。那天下午，韩译像往常一样趾高气扬地走进图书室。他的自信来自别人钦羡的目光。世事难料，那天韩译的粉丝们冷静异常，大家都伏案读书，谁也没有抬头瞧他。也许大家一直这样，只是韩译神经不正常，一直都觉得自己光环萦绕，魅力超强。

那种光环的魅力确实是强劲儿的，当时名列校花排行榜内的邵婉晴在众倾慕者眼里就有这种神环。神环的魅力相当大，差点刺瞎了韩译那双强装平静无波的眸子。当时邵婉晴身着一套白色淑女装，安静地坐在一个不起眼的角落里。

你若只是来图书室读书的，给你个望远镜都很难发现她。可即便她坐得这么隐蔽，她背后的神环还是迷醉了韩译。只是顷刻之间，韩译再无法将自己的目光从她身上移走半毫。他内心隐隐有种冲动，想要走到她的身旁并肩座下。他想对她敞开胸襟，用生命去保护她，去呵护她。他站在发现她的地方，不由自主地朝她移去。他开始眼神迷离，他怕自己的举动惊扰到了她，他怕她的冷漠，他怕她的敌视。

她轻轻抬起头，向耳后别了一下秀发，快速扫视了一眼周围，继续伏案读书。她这不经意间的一个举动，看得他心跳加快，万分激动。他想她是不是也在看他，她是否和自己一样紧张，小鹿乱撞。

他不想等待，信步走了过去。韩译还是很有胆量的，不像尹尚，等了那么多年。

"嗨，我可以坐在这里吗?"韩译站在邵婉晴对面，小心翼翼地问她。

她抬起头微微笑了一下，笑容很迷人，眼神很温柔，但她并未说话。他被她再次迷倒。

他紧张中带有一点失落，以为凭借自己俊逸的相貌，横溢的才华，已经迷倒了校内万千少女。结果眼前这位自己心仪的女孩，却对自己不理不睬。他内心有些失落，还是在对面坐了下来。韩译假装看书，不时抬眼偷看对面的邵婉晴。他在心里酝酿，应该怎么与她搭讪，他怕自己的举动会吓到她。

图书室里很安静，此刻，他最怕安静。韩译偷偷瞄了几眼邵婉晴正在读的书，那是一本言情小说，韩译曾经草草读过一遍。可惜他只记住了大概情节，却忘记了主人公姓谁名谁。韩译第一次觉得自己读书没用。

邵婉晴看得津津有味，完全置身其中。过了一会儿，韩译还是忍不住，轻轻对邵婉晴说道："这本书很不错的，我曾经读过几章，可惜因为一些事，没有看下去。"

"是啊。"邵婉晴冲韩译笑了笑，继续埋头看书。

又没了下文，韩译有些着急了。他原以为对面这位女孩会跟自己讨论一下故事情节，顺便打听一下自己为什么不接着读了，这本小说那么有意思。然后韩译就开始吹嘘自己写作如何如何忙，刚刚在风筝大得了奖，自己也开始谋划一本小说了。大纲已定，说不定半年后自己的小说也会上市。然后女孩会花痴得好崇拜自己，到时候送给女孩一本签名书什么的……

人家不理自己，纵使有天大本领，人家就是不理你，你能咋地？韩译开始失落，坐在那里盘算着接下来怎么办，等了好久，他又想出一招。

韩译掏出纸笔，写了一张纸条，他写道：我叫韩译，我能跟你说话吗？他尽量把字写得漂亮公正，尽量让她不心生厌恶。他小心翼翼地塞给邵婉晴，他全神贯注地盯着邵婉晴。邵婉晴盯着韩译递来的纸条看了一会儿，拿起笔写道：我在读书。

纸条被递了回来，韩译万分紧张。结果邵婉晴只写了四个字，韩译开始慌乱了。他坐在那里左思右想苦思冥想，始终没想出一条计策。

时间一点点流逝，图书室的人越来越少。可是他一直坐在她的对面，安安静静地等她，没有为什么，只是觉得见到就很安心。

邵婉晴面前的书越翻越薄，韩译双目盯得越来越有神。终于，邵婉晴合上了书，仰起头轻轻活动了一下酸酸的脖子。

"好了，我读完了。你要找我说什么？"邵婉晴落落大方，非常有范儿。

距离传递纸条大约已经过了两个小时，他的耐心真好！

韩译突然被问，有些紧张，不知道怎么回答。随口道："我能借你书看看吗？我也挺喜欢的……"此刻，他多想说，我挺喜欢你的。

"喜欢就借你。"邵婉晴递给他。然后站起身，准备离开。

"那个……"一向自信的韩译开始吞吞吐吐。

"还有什么事吗？"邵婉晴随便一问，并没有停止要离开的动作。"我要去吃饭，看书很累的。"她抱怨道。

"这么巧，恰好我也去吃饭，我请你呀。"韩译动作麻利地开始收拾东西，还不等邵婉晴回绝，就跑过去继续邀请她："你想吃什么，为了谢谢你的大方，随便你挑，我埋单。"

第三十九章
几 度 秋 凉

那一瞬间，邵婉晴被韩译的热情吓坏了。虽然前不久刚结束的文学比赛余热未消，她对前三甲也有所耳闻。也只是有所耳闻，因为她的闺密唐雪在她耳畔提起过第三名尹尚。那时邵婉晴很不理解，为何唐雪不去关注第一名，却对第三名那么情有独钟，还反复读他的作品。

韩译的热情让邵婉晴很不心安，觉得韩译无事献殷勤，非奸即盗。她愣在原地有些不知所措，后悔刚才假装大方借他书看。虽然都是文艺小青年，共同讨论一下文学呀秋风月色呀什么的还是可以的。谁承想韩译突然就要邀请她吃饭，邵婉晴有些不知所措。

说到这里，唐雪还特坏地哈哈大笑道："尹尚啊，你不知道，当时邵婉晴那六神无主的样儿，可爱极了。"

"当时你在场？"尹尚狐疑地看着唐雪。整个故事听下来，唐雪并没提到自己，尹尚还以为那些事儿发生时她都不在场，只是为了故事精彩杜撰的而已。

唐雪点点头，肯定道："当然，我就在她身后。"

"那当时你什么反应？一直躲在邵婉晴身后偷笑？"

"来，赏你个西瓜，你太懂我了。我的确是躲在后面偷笑来着。哈哈，再想起来都觉得好玩。"此时，唐雪显得有些兴奋。

看到她这样，尹尚翻翻白眼："你也太不仗义了，朋友有难，你不出手相助也就罢了，竟还躲在一旁幸灾乐祸。"

"我给你纠正一下哦，那叫作桃花运，不是走霉运。虽然后来成了桃花劫，现在变成了犯桃花。"说着说着，唐雪从幸灾乐祸变成了满脸愁容。"假如当时我把邵婉晴拉走，或许风筝大就少了一段凄美的爱情故事。"

那天在图书馆，邵婉晴愣在那里一直拉扯唐雪衣袖，想让她帮忙解围。谁知唐雪天生性格叛逆，不像邵婉晴那么淑女文静。唐雪以为反正都是同学，韩译又没什么恶意，更何况当时韩译还用祈求的目光看着她。唐雪为了好玩，也就答应了，条件是只在学校食堂，不出去。

听到唐雪这么说，尹尚撇撇嘴，不以为然道。你们是看韩译那家伙生得面目白净帅气不像个坏人吧。唐雪不愿意跟他辩驳这些，拿个番茄塞进了他嘴里。

得到首肯，韩译乐得一蹦多高。立马头前带路，乐得屁颠屁颠朝校食堂方向走去。都已经走到了半路，邵婉晴还一副半推半就的样子。看她害羞中略带紧张的神情，唐雪就觉得好玩，非要拉着她去，半路唐雪还不忘给宁静打电话。得知消息后，宁静乐得肚子痛，结果等到了食堂，宁静后边还跟着宁凡。韩译本意是只约邵婉晴一人，谁承想跟来了三个保驾的。他就是先前再有坏主意，现在也不敢实施。

堪称中国八大菜系之外的食堂菜系是很让人难以忘怀的。他可以随意调来八大菜系中的任何一系，然后拆分融合，品组成一道新菜。这么独具创新的精神很值得青年人学习，也很值得推广，所以全国各个院校都不约而同地采用此方法。从最基本的饭菜开始创新，希望同学们在这种精神的熏陶下茁壮成长。校方真是用心良苦啊，基层都抓得这么好。

学校的饭菜本没什么好吃的，可它是最容易填饱肚子的。即便在瘸子里面挑将军，每一家都有那么一两道菜还是不错的，毕竟个人口味不同嘛。

韩译特意挑了一个安静的地方，小小破费了一下。虽然用餐的人比他预计的稍微多了那么一两个，但主要是邵婉晴来了，他还是比较心满意足的。用餐时间大约有一个小时，其间韩译没话题创造话题与邵婉晴聊得还是比较愉快的。

这只是一个开始，从今天这顿晚餐后，韩译每天都找邵婉晴聊天吃饭逛街看书，甚至到邵婉晴课堂蹭课。两人的感情日渐加深，大约过了两个月，韩译对邵婉晴表白成功。韩译的求爱创意也是别具一格，但却不是独具创新，他是在风筝大狼友圈剽窃尹尚的。可能到现在尹尚都不知道，韩译曾经还盗用过他的求爱创意。

成为正式情侣后，韩译和邵婉晴之间的亲密度又加深了一层，平时走在校园内也不注重什么仪容仪表，勾肩搭背的，很招人嫌，尤其是单身者们。

很快，现世报应就随着夏日温度的升高席卷而来。风筝大有那么多单身又富有心机的女孩，她们其中一小部分已经被韩译那俊逸的样貌迷得神魂颠倒。而对于邵婉晴来说很不幸的是，那一小撮心机者中还有一小撮长相甜美清纯一点也不像坏人的人。

很快，在韩译与邵婉晴之间就有一位美女插足，不幸的是，这位美女竟然插足成功。接着就是邵婉晴被甩，然后邵婉晴痛哭，唐雪发动朋友集体诅咒韩译不得好死。结果不出两月，唐雪他们诅咒成功，韩译被甩。

接着就是韩译回心转意，准备找邵婉晴复合，结果被宁静痛骂。谈到伤心事，邵婉晴再次以泪洗面。正当大家沐浴在成功的喜悦中时，突然传来不幸的消息，又有一位美女主动投怀送抱，韩译再次恋爱。

值得宁静她们庆幸的是，没过多长时间韩译再次被甩，然后韩译又来找邵婉晴。邵婉晴没有继续哭泣，而是对韩译不理不睬。可女人心总是柔软的。她听不得韩译的苦苦哀求，在众人极力反对下悄悄复合。

这一次他们的爱情是平淡的，没有了先前的激情，只留下彼此的牵挂。一直持续到毕业，韩译不辞而别。邵婉晴平静接受，没有情绪波动，一切如初。邵婉晴不知道他去了哪里，这么长时间，她不曾收到过他的任何消息。

她早已把他填埋在记忆深处，像死后的骨灰一样深深掩埋。谁知前段时间韩译突然出现，要找她再叙旧情。他说当年的不辞而别是为了不让对方有太多牵挂，自己一人出去独闯天下，成功后驾着七彩祥云前来娶她。多么美妙的童话故事，抄袭过来都不带眨眼睛的。

欺骗手段这么拙劣的童话，邵婉晴如果相信，真的可以在脑子里养鲸鱼了！

在屋外的小院子里，韩译慢吞吞踱步，看他那么犹豫，一向优柔寡断的尹尚都替他难受。唐雪一边嚼着苹果一边厌恶地睥睨着韩译，恨不得派她的招财龟过去咬他一口。幸好现在邵婉晴还在二楼待着，并不知道韩译一直徘徊在楼下，不然她还不得又要怒目圆睁。

就这么待着也不是办法，尹尚正要跟唐雪商量怎么办，这时门外突然传来宁静的声音："宁凡你快点，咋还没你家小哈跑得快。"宁静一路飞奔，几乎是瞬间蹿进院子的，她身后还跟着一只看起来威风凛凛的哈士奇。在哈士奇的身后，跟着已经累得喘粗气的宁凡。

等气喘吁吁的宁凡来到院子里，唐雪和宁静已经并排站到了一起。尹尚看她们这架势，是要跟韩译拼个你死我活，他看形势不对，正要上前劝解。唐雪突然对着刚进门来的宁凡吼道："关门，放小哈！"

正弓腰扶膝喘着粗气的宁凡突然看见杵在那里不知所措的韩译立刻怒火中烧，恨不得跑上前去与他拼个你死我活。韩译见情况不对，立刻求饶："别别别，我走，我走还不行吗？"

"门在那边，赶紧滚！"宁静伸手一指宁凡身后，恨得咬牙切齿，差点忍不住过去挠他的脸。

韩译灰溜溜离开，宁凡气愤地冷哼一声。等韩译走出院子，宁凡立刻关上了大门，"吮"的一声，像是对韩译判了死刑。一个躲在里面，一个等在外面。中间隔了一扇门，众人帮他关了一扇窗。

在天快黑的时候，廖辰风拎着刚买来的菜回了家。他走到客厅，见众人都围着桌子吃水果，也便兴冲冲跑过去凑热闹。他用牙签扎了一块西瓜，边吃边含糊不清地说："刚才回来的路上，我见到了韩译。看他满面愁容，也不知道在干吗。"廖辰风此话一出，气氛忽然沉闷了下来。

他自知情况不对，立刻小声问尹尚哪里错了。尹尚小声把韩译跟邵婉晴的事儿跟他简单讲述了一遍。

廖辰风了然地点了点头："那什么。你们先吃，尹尚你来跟我做饭。"

整顿饭吃得很融洽，只有邵婉晴一人闷闷不乐，也不知道在想什么。看她样子也不像特别哀愁，至少饭是吃得津津有味。

晚上，尹尚送唐雪她们回家。在半路，他看见远远的十字街口的路灯下，韩译一人孤零零蹲在马路边。伶仃孤苦，像极了无家可归的人。尹尚不知道这个男儿背后的故事，不知他那清瘦的身躯背负着什么。他只是清楚，邵婉晴对韩译很淡漠，他只能影响她的情绪，却触及不到内心。

那天夜里，唐雪开玩笑似的问尹尚，"如果现在有一位花容月貌家世很好的美女追你，你会同意吗？"

尹尚嘿嘿一笑，"那要看我能不能继承她家财产。"然后，尹尚屁股痛了两天。

在爱情的滋润下，尹尚的写作速度非常迅猛。先前那本已经完结，等待出版。他灵感翻涌，立刻又投入到下一本故事中。

蒋泽恺正在为新游戏做宣传，忙得焦头烂额，很少与廖辰风和尹尚闲玩。过了大概半个月，廖辰风实在耐不住寂寞，硬是把蒋泽恺拉了出来。

在他们喝得微醉时，尹尚突然问蒋泽恺新游戏宣传片拍完了没，搭建的摄影棚拆了没。

忽然见尹尚这么关心自己的游戏，蒋泽恺微微感觉不妙，假装敌视地问他："你想干吗?"

"干吗呀，干吗呀。你至于这么小心吗，来来来，喝酒。"尹尚跟蒋泽恺碰了一杯，放下杯子，嘿嘿一笑。继续道："在学校那会儿，我是出了名的最有创意求爱大师。你是知道的，对吧。"

蒋泽恺点点头，不否认。尹尚接着说："唉，这么多年，我只顾得拿出创意给别人用了，自己还没实行过，你说我憋屈不憋屈。"

"憋屈。"蒋泽恺特认真地点了点头。"你是想拿我那个全息投影棚去向唐雪求爱啊。"

尹尚激动地点了点头。

"那可是我花了大价钱的，以后在游戏展览的时候要用，让玩家身临其境，享受……"蒋泽恺忍不住开始吹牛。

"我说呢，你怎么突然舍得花大价钱搞 3D 投影这种东西，还以为你人傻钱多，谁知道你另有他用。"

"原本还想借给你呢，我看没必要了。"

"不不不，你蒋公子这么英俊潇洒富有土豪气质，看面相就知道你前途无量，一辈子享不尽的荣华富贵。"

"那好吧，先让你体验体验什么是身临其境。"

接下来的几天，尹尚天天跑去蒋泽恺公司，筹备他的求爱计划。先前唐雪说过，在护城河放荷花灯那一次只是告诉她，尹尚要追她。自己还没享受到被追的幸福感就草率地答应尹尚，那自己岂不是亏大了!

谈恋爱嘛，就要用心。无缘无故的，谁会那么草率就把自己嫁出去?

第四十章
迫 不 及 待

有人说，婚姻是爱情的坟墓。可是我觉得，婚姻是爱情最好的归宿。

这几天，邵婉晴一直闷闷不乐。像是丢了什么东西，一直找不到，心里牵挂着，魂不守舍的。唐雪为了分散她的注意力，带着她去了好多好玩的地方，这才勉强见她开心了些。韩译也不曾来过，即便有几次出现，也是躲得远远的。

后来，尹尚问他，你对邵婉晴那么牵挂，当初为何还要伤害她。韩译勉强笑了笑，说："我的过错是这段爱情故事中最大的败笔。"他知道错了，她能放得下那些年他犯下的错误吗？对于他来说，或许只是精彩人生中的一次锦上添花。而对于她，却是不可磨灭的伤害。

今天礼拜五，对于上班族来说，今天的下午是最美妙的。晚上可以疯玩，明天早上可以赖床不起，如果可以天天这么任性，人生岂不精彩快哉。

不过可惜的是，尹尚和唐雪都不是朝九晚五的工作。个体营业者更辛苦，别人的礼拜天是他们的工作时间，而且比平时还更忙。为了缓解唐雪压力，尹尚早早写完东西去她们店里帮忙。唐雪倒也不客气，安排给尹尚的都是体力活，谁让她们店内都是柔弱的小女生呢。

最近几天忙得尹尚焦头烂额，还好前些日子唐雪天天拉着他锻炼身体，现在尹尚已经瘦了些，身体也比以前壮了许多。尹尚看起来整个人都精神了不少，坐在电脑前写东西时真的可以做个安静的美男子了。

摄影棚的事儿在蒋泽恺的帮助下已经搞定，尹尚正在寻找一个合适的时机。他要给唐雪一个惊喜，一个可以让她激动得只顾喜悦不顾拒绝的惊喜。

在服装店，等一切忙完，天色已经见黑。唐雪忙碌了一天，已经累得不行，尹尚把她送回家，又做了饭。等吃过饭，唐雪便早早睡了，因为明天是礼拜天，逛街的人一定很多。她要养精蓄锐，迎接这场战斗。

星期天的晚上，邵婉晴躲在店后算账，看她眼睛发亮，满面红光，就知道这个礼拜天又赚了不少。唐雪这次表现得出奇的平淡，她蹲在店里的柜台后边，手捧奶茶，正与尹尚商量等会儿干吗去。她说为了表示对尹尚近日任劳任怨的帮忙，要请他吃饭。

像对于有人请客吃饭这种只带嘴不带钱的事儿，尹尚从不拒绝，尤其跟唐雪一起时。不过今天晚上尹尚另有其他安排，所以他很豪爽地对唐雪说："今天你请客，我掏钱，地方随便挑。"

每次尹尚这么豪爽，唐雪就从不客气，掏出手机就去美食网上找地方。为了热闹，尹尚又拉来了廖辰风他们。不过蒋泽恺今天好像特别忙，在尹尚给他打电话时，他说自己还在公司加班，如果尹尚要请客，就去他们公司附近。为了不扫他兴，尹尚也就答应了，反正那边的菜味道不错，唐雪又特别喜欢吃。

在邵婉晴把账目梳理干净后，外面已经完全黑了下来。唐雪兴冲冲地把饭局的事情讲给了邵婉晴，邵婉晴立刻从身心疲惫变成精神高涨，说为了庆祝生意越来越好，今天要好好宰尹尚一顿。

当他们三人来到蒋泽恺公司时，公司内除了一些还在加班的工作狂外，并没有见到廖辰风他们的身影。尹尚也不觉得奇怪，没有在大厅内过多停留，尹尚便拉着唐雪穿过了大厅，来到了后面一个更大的厅堂内。

那厅堂很黑，像是久无人居的山洞一样，阴凉凉的，与前面那个亮堂的大厅形成鲜明对比。唐雪很纳闷，不知尹尚带她到这边干吗。她疑惑地看着尹尚，半开玩笑道："黑灯瞎火的，你想劫色呀？"

"你太看得起他了。"邵婉晴接话道。

不过这次尹尚出奇的安静，他没有跟她们两人拌嘴。而是眼神温柔地看着唐雪，轻轻抚了抚唐雪秀丽的黑发，温柔地说道："亲爱的，你看那边。"

尹尚伸手一指黑暗处。瞬间，从唐雪脚下亮起一道光，那道光像是缓缓流淌的溪水，从近处开始蔓延，慢慢延伸到远处。光源开始分散，最后形成一条小路，小路像是无数只萤火虫趴伏在地面上，形成一条荧光小路。在荧光小路的尽头，亮着一盏灯，灯下站着宁静和宁凡，还有廖辰风、许颖和蒋泽恺他们。

在宁静的前面，摆放着一个漂亮的大蛋糕。许颖正在给蛋糕插蜡烛，宁静兴奋不停地对唐雪挥手，并招呼唐雪赶快过去许愿。

"亲爱的雪儿，生日快乐。"尹尚笑嘻嘻的，心里很激动，所以讲得不是特别深情。不过即便是这样，唐雪依旧感动得快要哭出来，她眼含泪花地望着尹尚："谢谢，我都忘记今天是我生日了。谢谢你还记得。"

"因为，你对我很重要，我要记得你的所有。"尹尚拉着唐雪，感受着她由于激动而微颤的手。"走吧，我们去吹蜡烛。"

尹尚拉着唐雪轻轻踏上荧光小路，瞬间，道路两边像是起了连锁反应。由黑暗变成绿色，地面上像是瞬间生长出了绿油油的青草，草丛中开始生出枝干，枝干瞬间生长，发芽，开花。红色的玫瑰、粉红色的百合、半空中还有像瀑布一样倾泻而下的紫藤……

那些植物明亮亮地发着微光，为了使场景更加逼真，空气中开始弥漫花香。置身其中，真的有种进入童话世界的错觉，一切都太梦幻了。

"哇哦！"唐雪和邵婉晴几乎是在同一时间脱口而出。"这么漂亮，你是怎么做到的？"唐雪难掩心中兴奋与好奇，忍不住问尹尚。

"立体投影。"尹尚讲得轻描淡写。

唐雪和邵婉晴难掩心中兴奋，站在原地转了几圈，伸手准备去摘一朵距离最近的玫瑰花。却发现自己把手伸出去，根本抓不到任何东西，像是在空旷的空气中轻轻滑动了一下，什么都没有。

尹尚看着她们天真的样子，觉得好笑："亲爱的，那都是假的，只是投影而已，根本抓不到。"

"不开心不开心，人家过生日，你都不准备玫瑰花吗？"唐雪像个小女生一样撅起嘴，在尹尚面前撒起娇来。

"当然准备了，就在前面。"尹尚拉着唐雪继续朝前走去。

随着他们的移动，荧光小路两边的草地和花朵都开始往前蔓延，像从地下迅速生长出来一样，非常鲜嫩。在花丛中，飞舞着色彩斑斓的蝴蝶，蝴蝶所过之处，在空中会留下一道七彩光晕。漂亮得令人窒息，那种视觉冲击很难用文字表达。

唐雪兴奋得已经开始奔跑，在她脚下所过之处，会溅起一层七彩光斑。像柳絮飞舞的春天，快速从中穿过，随着气流的移动会带起轻若无物仿如雪花的柳絮一样。邵婉晴看到那些溅起的光斑，也忍不住跑上前去，轻轻在地上跺着脚。与唐雪一起蹦蹦跳跳，快乐得像第一次穿起妈妈送给她的连衣裙。那种喜悦，是发自内心的。

不远处的宁静和许颖也无法抵挡这种童话般的美丽，丢下还没有插满蜡烛的蛋糕，跑到唐雪这边来。几人在荧光小路上蹦蹦跳跳，脚下溅起无数光斑，像是浩瀚星海，像是荧光沙滩，像是绚烂烟花。轻轻从地面扬起，然后在空中消逝，每一朵都那么让人惊叹。

灯光下的蒋泽恺瞩目着这几位玩得不亦乐乎的女孩，自言自语道："看来，投入那么多资金，是值得的。"

唐雪在小路上蹦跶了一会儿，有些累了，跑过来拉住尹尚的手，难掩心中喜悦问他："亲，你不是要送我玫瑰花吗？在哪儿呢，赶紧拿去呀。"

"在前面。"尹尚牵着唐雪，继续朝前走去。

在不远处，有一个石青色的小石桥，石桥下面清水潺潺。小河内生长着莲藕，荷叶苍翠欲滴，娇嫩得像是刚刚生长出来。在荷叶的间隙，盛开着红色莲花，亭亭玉立，竞相开放。仿如娇羞的少女，满脸绯红，微微含笑。在晶莹剔透的溪水中，游荡着欢快的鱼儿。看着它们在荷叶下嬉戏，令人赏心悦目，洗涤心灵。

尹尚牵着唐雪的手，走向石桥。只见尹尚虚空一抓，就摘下了他事先放在上边的一大捧玫瑰花。他捧着玫瑰花，眼神中充满期待与激动地望着唐雪，突然单膝跪地。从口袋中掏出戒指，呈到唐雪面前，郑重其事地说道："唐雪，做我女朋友吧！"

"那么，我要是不答应，你是不是就要投河自尽或者化身石桥什么的？"唐雪泪眼蒙眬，却依旧笑嘻嘻问尹尚。

"我才没那感性。乖，赶紧戴上戒指。"尹尚突然抓住唐雪纤细的手，强制性地帮她戴上了戒指。

"啊……尹尚你，我还没答应你呢。"唐雪大叫着，挣扎了几下。仍拗不过尹尚，最后还是乖乖戴上了。

"哈哈哈……"尹尚看着唐雪那种上当受骗的娇屈模样，忍不住哈哈大笑起来。突然，让所有人都始料未及的事发生了。只听"啪"的一声，唐雪突然甩了尹尚一巴掌。这一巴掌声音清脆，打得尹尚立刻愣在那里。看得众人也都愣在那里。

石桥下的人不知所措，石桥上的尹尚更是莫名其妙，他们全都看向唐雪，等待着她的下一步举动。

"之前我说过的，在我男朋友向我求爱时，我一定给他一巴掌，是对他让我等他这么多年的惩罚。"唐雪小心翼翼地看着尹尚，软弱地讲道。她眼神中透露着些许委屈和任性。

"那你多打我两下。"尹尚凑过脸去，示意唐雪不要心慈手软，尽管报仇！

"天，贱人！"看到尹尚主动献身，众人隐忍不住，异口同声。

吹过生日蜡烛后，唐雪哭着对尹尚说："现在我是你女朋友了，以后你还要对我好哦，还像之前没追到我那样对我好。"

"只要你不打我，以后我天天哄你睡觉。"尹尚此话一出，唐雪被他逗得扑哧一声笑了出来。

他们的恋爱，才刚刚开始。

后来，许颖看到尹尚花费那么大心思向唐雪求爱，羡慕得她一直在廖辰风面前嘟囔自己太便宜他了，都没让他花费什么心思只说了几句话就答应了他。对自己来说真的太亏了。

廖辰风被许颖逼得走投无路，跑去找尹尚硬是要他帮忙策划一场求爱行动，不然就拆散他跟唐雪！尹尚在廖辰风威逼利诱下，不得不妥协帮忙。

蒋泽恺笑他们老夫老妻要矫情，都在一起这么多年了，还学年轻人玩浪漫。廖辰风表示严重不服，说我们这是在秀恩爱，你能咋地吧。你蒋富帅想秀还秀不上呢！此话一出，廖辰风立马就后悔了，心道，自己被兴奋冲昏了头脑，竟说出这样的傻话。

廖辰风说得对呀，自己早就想向穆诗曼求婚了，可是她人呢？到底去了哪里？何时归来？一切对于自己来说都是未知数，他能做的，只有默默地等待。等待花开，花谢，秋风一夜，万物凋零。蒋泽恺仰头望天，眼神迷离，心中尽是无奈。